腦損傷

BRAIN DAMAGE

FREIDA MCFADDEN

芙麗達・麥法登 ———著 陳岳辰 ———譯

為我的病人而寫

獻給我認識最棒的小小作家Melanie
也獻給Elizabeth——期待未來那一天

序章

事情發生之前，如果有人問我頭部中彈會不會痛，我一定說會。當然會。

理所當然的吧，一塊金屬快速貫穿自己的肉與骨……要怎麼不痛？實習那年我待過急診室，見過剛中彈的傷患。雖然並非頭部就是了，一個人在肩膀，一個人是膝蓋，還有一個更倒霉的被射中胃。不需要問他們痛不痛，看表情就懂。

只是我自己不大需要擔心遭到槍擊這種事。急診室病人不是中產階級上層女醫師，也不住在俯瞰紐約中央公園的百萬豪宅公寓。他們棲息於都市的貧困角落，子彈穿梭如同雨滴落下般稀鬆平常的地段。

我與那種生活絕緣，過得非常安全，不是在路邊報攤買飲料就會莫名遭人射殺的身分。過世原因想必是中風或癌症，運氣好一點的話或許睡夢中心臟驟然停止。到時候我頭髮已經和枕頭一樣白，臉上皺紋不只多還很深。

至少原本的想像是這樣。

回到最初的問題：頭部中彈會不會痛？很多事情我忘了，這部分卻記得特別清楚。

我記得自己盯著槍口，以為對方不可能真的扣下扳機，也不相信自己會是這種命運。接著聽見爆裂音，一轉眼子彈飛了出來擊碎顱骨，鑽入大腦的灰質❶、白質❷、神經元、腦室，再次貫穿顱骨後扎在牆上。牆壁的隔音設計太好，所以鄰居沒聽見槍響。
過程完全不痛。什麼感覺也沒有。
痛都是後來的事情了。

❶ 灰質（gray matter）即皮質（cortex），因神經元的細胞體和微血管呈現灰色。
❷ 大腦白質指中樞神經系統被髓鞘包覆的神經軸突區域，因組織內含大量髓磷脂所以呈略帶粉紅的白色。

1

兩年前

有些時候會很厭惡醫生這個職業，例如現在。此時此刻的我正盯著一個五十二歲肥胖男性的胯下。

護理師潔西卡站在旁邊，名義是「協助」，實則是保護我不被裸下身的男性騷擾。以前碰到過，我覺得超級噁心。

皮膚科醫師的生活就是這麼精采。但我還是很喜歡自己的工作。

「真菌感染。」我將視線從勒洛伊先生的鼠蹊部挪到那張圓臉上，心裡鬆了口氣。不就是真菌感染嗎，勒洛伊先生的家庭醫師自己就能診斷，何苦浪費我的時間與尊嚴。

我下意識想與真菌保持距離，一退後卻頂上了牆。診間很小，小得誇張。幾個同事和院長羅傑埋怨過空間小到很難做事，但面積小代表診間多，診間多代表能容納的病人多，處理速度也更快。就院長的立場而言那才是重點。

「韓森醫師也是這樣告訴我。」勒洛伊先生回應時嘴巴動來動去，好像正在嚼什麼。難不成被人盯著胯下的時候他竟然吃起零食？天啊。「他就給了我一瓶殺精劑。」

我抿著嘴轉頭朝潔西卡使眼神。

「他給你什麼？」我問。

「殺精劑啊，」勒洛伊先生還在用力咀嚼：「我在起疹子的地方抹殺精劑抹了一星期都沒有好轉，所以想說來找專業的看看。」

我感覺得到潔西卡強忍笑意。「你是說『殺菌劑』嗎？」她打斷。

勒洛伊先生聳聳肩搔搔下巴：「喔，或許吧。」

究竟是韓森醫生開的藥膏藥效太弱還是他真的開了殺精劑給這倒霉鬼呢，我無法判斷，只能確定眼前的症狀是真菌。勒洛伊先生腹股溝皮膚潮濕多皺褶，如果我是真菌就會在這兒定居。（但我並不是真菌，住在紐約中央公園旁邊的高級公寓。這種錢我特別願意花。）

我開了一條殺菌藥膏並解釋用法。其實也應該稍微給他做點減重與糖尿病控制諮詢，但自覺沒那份能力。對方是個分不清楚殺菌劑和殺精劑的人，我覺得內容太有深度他反而聽不懂。更何況院長立了每個病患十分鐘的看診標準，勒洛伊先生已經用掉九分鐘。

將處方箋交過去的時候赫然察覺勒洛伊先生居然眼角噙淚，一秒過後嘩啦啦滴下來。我滿腦袋只有一句：搞什麼玩意兒？

病患哭泣的場面我自然是遇過的。例如曾有幾位癌症患者來過，所以我在診間角落備有一盒面紙而且定期更換。醫學院訓練其實包含如何安撫落淚病人，只是初次碰上都會驚慌失措，一心只想拍拍對方肩膀說「乖、乖」。

實際執業幾年以後就有了系統化做法，例如溫柔地拍手臂、遞面紙，然後聲音要能展現出同情與重視。雖然無法真的幫上什麼忙，但如果能給對方一丁點慰藉我是願意的，即使會超出十分鐘的門診配額。（去你的羅傑。）

不過不得不說……這是我第一次遇上有人胯下癢到哭出來。難道他聽錯，將真菌（fungus）聽成潰瘍腫瘤（fungating carcinoma）嗎？

唉，限什麼時呢。這下子非超時不可。

「抱歉，」勒洛伊先生用手背抹去淚痕：「我失態了。」

「怎麼了嗎？」我朝面紙盒伸手。

他面露感激抽了一張。「沒什麼……」勒洛伊先生深深嘆息：「只是去年剛離婚，我胖成這樣，現在居然還長真菌。哪有女人會要胯下生菇的男人？」

我清清喉嚨強迫自己微笑：「勒洛伊先生，還是有很多女性——」

「妳會和長真菌的男人約會嗎？」他直接打斷。

我會嗎？腦海浮現他濕潤紅腫的鼠蹊皺褶時有點反胃。「會啊。」我回答。

他悶哼。

「別擔心，」我拿起處方箋：「耐心擦藥膏，兩週內症狀就會好轉。好好控制體重就不會復胖。」

他接過處方，一副自己抽中頭彩的模樣：「真的嗎？」

「保證。」

我與勒洛伊先生握手，觸感結實溫暖。其實撇開真菌的話他並非一無是處，褐色眼睛有股暖意、笑起來也可愛，但為了外表也為了健康必須瘦下來。

「醫生妳人真好。」勒洛伊先生說：「之前就聽說了。」

我覺得自己兩頰泛紅：「謝謝。」

他又笑了。可是我抬頭一看已經在他身上耗了十五分鐘，這下子僅僅二十分鐘的午餐時間也得用來加班，而且已經做好被羅傑訓誡的心理準備。

潔西卡早就將下一位病人安排在別的診間，病歷放在門口架上，我取來掃了一眼。克拉克．道格拉斯，三十八歲，想檢查一顆奇怪的痣。幸好沒再來一個青春期面皰患者，雖說他們對業績很有幫助，我也不是特別排斥，但……一到八月感覺每天都在處理同個東西，我猜這些少男少女是想趕在開學前把臉弄乾淨。

敲門之後我沒等對方回應直接進去，因為診所的房門不知道為什麼都超級隔音。

我先強調一點：醫生也是人。病患在我面前為了檢查一顆痣脫掉衣服，即使我盡力維持專業形象，倘若看見皮膚皺得亂七八糟、病變太嚴重或一層一層的脂肪，也很難克制本能反應。

又或者，今天這個案例正好相反，是我這輩子前所未見的完美男性。

克拉克．道格拉斯極其俊美。我很肯定自己活了這些年還沒用過這兩個字形容男性，尤其成年之後絕對沒有。可是現在感覺再適切不過，他就是這麼帥。

而且還脫了上衣，打赤膊躺在診察台上，三頭肌和胸肌比例剛好不至於突兀，精實腹部浮現六塊輪廓。與脂肪皺褶中藏著黴菌的人真是天壤之別。

頸部以上也棒呆了。以前我總覺得褐色就褐色、說成栗色只是好聽，但他一頭濃密栗色頭髮很好看。還有酒窩，不是很大，但足夠增添性感魅力，所以更顯得完美無瑕。那雙眼睛朝我望過來，是清澈的藍，如同未受玷污的太平洋海水。

呃，感覺自己像是十幾歲小女孩寫些尷尬詩詞。得控制一下。

「道格拉斯先生？」我壓抑嗓音中的情緒，視線放在病歷上。

克拉克．道格拉斯露出微笑。天啊，連牙齒都好看，好看到噁心、好看到引人犯罪。

「我是麥坎納醫師。」自我介紹後握了手，他的手很大很暖，正好包裹住我小小肉肉的手掌。

「潔西卡沒有給你罩衣嗎？」我嘴上這麼問，心裡知道當然有，就整整齊齊放在診察台旁邊而已。

道格拉斯先生聳肩：「不穿比較方便吧？」

「怕病人尷尬而已。」我解釋。

「我不尷尬。」我很確定我看見他說這話的時候偷偷眨眼，所以他知道自己身材好而且還挺愛現。

道格拉斯先生想檢查的痣在背上，直徑大約三公釐，淺褐色完整圓形，或許是我執業以來所見過最沒什麼的一顆痣。如果我要在期刊發表文章討論完全無害的痣，可能會想把道格拉斯先生當作標準範例。理論上我是不會想寫這麼無關緊要的主題，不過當作與他聯絡的藉口還不錯。但當然我根本不會有這種違背專業倫理的行為。

唉，感覺腦袋被他電暈了。「我想你不必擔心。」我說。

道格拉斯先生挑眉：「連切片也不必嗎？」

「不需要，」我繼續說明：「完全良性。」

「那就好。」道格拉斯先生嘴上這樣說，卻完全沒有穿回衣服的意思。

「還有其他問題嗎？」

「有一個。」他回答：「妳會和病人約會嗎？」

哈、哈，好笑。一定是開玩笑。這種外在的男人才不會找上我這種條件的女人。倒不是說我多差，但很清楚自己與克拉克．道格拉斯是不同階級。他太帥了，我算普通而已。像頭髮會為了方便剪太短，雖是金色但不夠亮，要是再茂密蓬鬆些、多點波浪感會好得多。如果能拔高六吋（十五公分）有雙修長美腿更加分，不過還得減個二十磅體重（九公斤），老實說應該是三十磅（十三公斤）才夠。

無所謂，不重要，有些事實只能接受，比方說天空是藍色、腹股溝真菌很噁心。

「我是不會。」我淡淡回答。

「沒有例外？」他藍色眼眸朝我火力全開，一個男人怎麼會有那麼漂亮的睫毛？我要達到同樣效果可得用掉半瓶睫毛膏啊。

「沒有喔。」我想趕快結束這麼荒謬的對話。

翻開病歷要加註，恰好看見職業欄寫著：律師。一個很帥的律師。這人可能認為自己是上天賞給女性的禮物，和我眉來眼去就是莫大恩賜，我回家以後會興奮難耐與所有閨蜜分享豔遇經過。

他跳下診察台，總算將衣服從頭頂套下。糟糕的是穿了衣服更有魅力……不對，這不可能，只能說他穿著衣服同樣有魅力。

「如果我不是病人呢？」他問：「皮膚科醫生找別人就好。」

我搖搖頭：「應該不行。」

他又挑眉：「所以只要當過病人就絕對不行？即使十年前看的診也一樣？」

我嘆息：「唔，真的十年的話大概可以吧。」

「五年的話？」

我一邊搖頭一邊忍不住嘴角上揚，明知道他是故意逗我還是覺得這人挺可愛，尤其長得那麼好看真的很難完全抵抗。「或許吧。」

「這樣才對嘛……」他若有所思點著頭：「那……三個月呢？我三個月之後再來約妳？」

「好、好，」我只想趕快收尾：「那你三個月之後再來問。」

道格拉斯先生握拳：「好極了！」還又朝我眨眨眼：「那就三個月後見，夏綠蒂．麥坎納醫師。」

我賭我們此生不復相見。賭多少都行。

2

兩年前

這間公寓是我的避風港。

無論一整天多辛苦疲憊挫折，只要走進住處就能得到心靈慰藉。我住在中央公園附近，景觀很好，客廳寬敞，廚房用具齊全漂亮，還有兩間臥室。

多謝關心，但只有我一個人住在這兒。

可惜沒有保全。雖然大門有感應器，不過我還是會擔心。女性獨居多少有些顧慮，畢竟不管認識不認識大家都會放別人跟著進門……所以等於沒設防。話又說回來，我也不希望每天進出都要向人噓寒問暖、耶誕節一定得多買份禮物之類。何況大家都找強尼維修，他體格粗壯而且通常都待在附近。我還在自己這一戶的門上多裝了鎖頭，鎖匠擔保說中情局最高明的間諜也不可能輕易撬開。

綜合考量，我覺得自己住得還算安全。

回到家，我將鑰匙扔在廚房檯面，將壓在身體裡那口氣全吁出來。走沒兩步，貓咪過來大聲喵，那對綠黃色大眼睛裡充滿渴望。兩年前我從動物收容所收養了黑貓，取名咪咪（我是醫生，不是搞創意的），現在她算是我最好的朋友。

想養貓想很久了，但一直有顧忌。什麼顧忌呢？一方面是工時長，擔心沒空照顧。另一方面也怕養了貓真的會變成所謂的「貓夫人」，去上班的時候渾身貓毛、鄰居家青少年rap音樂太大聲就派貓去騷擾。❸

我個人認為貓夫人並非刻板印象而是確有其事。至少百分之五十的貓帶有弓蟲，正因如此不要讓孕婦清理貓砂。以前讀到過，弓蟲會感染飼主腦部導致精神疾病。換句話說，貓夫人之所以瘋瘋癲癲不是因為家裡養了二十隻貓……而是因為弓蟲，是因為真的有病。我不希望自己淪落到同樣下場。

但後來某天轉念一想，隨便啦，我想養貓。

咪咪是貓中美食家，別說乾式貓糧，連罐頭都只吃高級品牌。給她開了一個，鮮食看起來挺精緻的，有時候我都會想嚐一口試試看。（好吧，我招認是真的試吃過。不推薦。）真搞不懂為什麼她能要大牌，明明收養之前三個月都沒好料能吃。

接著從冰箱取了自己要吃的鮭魚排，放在平底鍋裡加進橄欖油、鹽巴、胡椒。無論晚上多累我都自己烹飪，談不上佳餚但總比微波餐好些。

聽見手機在包包裡響，猶豫著該不該接。可能是好閨蜜布莉姬（唔，僅次於咪咪的好朋

❸ 貓小姐或貓夫人是歐美社會的刻板形象，指飼養很多貓、上了年紀、言行古怪的獨身女性。多半為貶義。

友），但更有可能是我媽。父親走了以後她天天打電話，話題每次糾結在我還單身沒男友。現在實在沒心情聊那些。

唉，就給她一分鐘也罷。

「小夏！」我媽聲音洪亮，想必是用手機，不知為什麼她用手機就很難控制大嗓門，好像不用吼的我會聽不見。像我就只對上了年紀有重聽的病患才這樣講話。

「嗨，媽。」我朝鮭魚排瞥一眼，已經開始冒煙：「現在不方便喔，我在弄晚餐。」

「做什麼吃呢！」她大聲問。

「鮭魚排配沙拉，」說著說著我就從冰箱拿出一顆生菜。之前看到新聞說包裝好的生菜不衛生，後來我都自己切，但手要拿刀就只好用下巴和脖子夾住手機，這時會懷念沒有行動通訊的年代。

「煮完別忘記關火。」她提醒。

「妳覺得妳不說我就會忘記？」我盡量保持語氣平和，但實在很難。「都自己住多久了，煮也煮了好幾千頓，哪天妳沒跟我說，我就會忘記關火把整棟大樓燒掉？妳認真這樣想？」

「提醒一聲總沒錯。」她悶哼。

我愛我媽。是真的。世界上最愛的應該就是她。但不知什麼緣故，每次和她講話都會講到吼起來，事後又會因此十分內疚。為什麼和父母交談能使人退化回青春期？

「小夏，」媽說：「雖然妳大概又要拒絕，但我的橋牌搭檔有個兒子，人家很——」

「不要。」

「妳先見一面——」

「不要。」

「小夏妳為什麼這麼固執呢？」她問：「妳都三十好幾了，還不想結婚生小孩嗎？」

「都說過多少次了，順其自然，」我朝魚排聳肩：「有就有沒有就沒有。」

「妳不把握機會當然不會有。」

「沒有就算了。」

「可是小夏——」

「晚餐好了。」掀開鍋蓋一看，魚排表面金黃，熟度恰到好處。「之後再聊。」

我媽很不情願掛了電話，總算可以擺盤上桌。晚餐想吃什麼就吃什麼，電視想看什麼就看什麼，咪咪也會跳上沙發給我撫摸那身鬆軟黑毛，這種生活很愜意。

目前遇上的男人比不過這種歲月靜好。沒問題的日子幹嘛去改變？

只是酥脆魚排在舌尖化開的同時我忍不住想起早診那個克拉克・道格拉斯。儘管根本不可能，如果是他陪在身旁用餐我完全不介意，若想多待一會兒更好。

3

一週後

光線刺得像刀子。

黃色光束距離瞳孔僅僅幾吋，彷彿一根鑿冰器插進腦袋。即使想閉上眼睛擋住光線，但我辦不到，眼瞼不聽話，似乎被什麼給扳開。

我試著大叫制止，可是嘴唇無法動。眼睛被強制打開的同時嘴巴被強制關上，可能是被膠帶黏住。

「瞳孔沒反應。」一個聲音這麼說。

接著眼瞼被放開，我又陷入相對平靜的黑暗，視野中央殘留一顆大綠點。我想停留在這片黑暗別離開。

「胡說。」另一個聲音答道：「你瞎了嗎？瞳孔有收縮，我看得很清楚。」

然後又來了，我的眼瞼被扳開、視野被光線填滿前的短暫空隙有張模糊人臉輪廓閃過。上次隔了一會兒才覺得痛，這次來得很快。我不是信仰虔誠的人，但忍不住祈禱光束快點挪開。

求求祢，上帝，讓我回到黑暗……

「原本眼睛應該很美。」第一個人說。

雖然是讚美，但加上原本兩個字，聽起來很不妙。

「你看？」第二個人叫道，然後光束消失。「就說有收縮吧。」

「好好好，」第一個人回答：「那就再插著呼吸器一兩個月，先別急著把器官捐出去，沒腦死的病人繼續等。」

一陣漫長沉默之後他們繼續對話。「是器官捐贈者？」

「駕照上這麼寫。」

又一陣沉默。頭部疼痛逐漸消退，但意識跟著朦朧。安寧的黑暗湧上，感謝上帝。

「唔，至少還沒死。」

這句話給了我一點慰藉。我知道自己身上出了大事，但還沒死，還有呼吸。我仍然存在，尚未消失。

不知道能維持多久。

失去意識前聽見最後一句話：「你覺得她算是活著嗎？」

我不認識這女孩。挺漂亮的，頭髮在後腦綁成金色馬尾。年紀很輕，可能二十出頭，還一臉意氣風發。鼻子微微有些雀斑，看上去顯得更年輕稚嫩也更可愛。那張笑臉佔據我整個視野，帶來一股安心樂觀的氛圍。

「妳今天吃不吃東西啊，夏綠蒂？」她開口。

夏綠蒂是誰？我不知道她說的是誰，但目光集中過來，好像是與我對話。嗯，肯定是我，我就是夏綠蒂，那是我的名字。

好聽的名字。夏綠蒂。我喜歡。

往下一看，面前有個餐盤，盤上盛了三團食物，全都神似馬鈴薯泥，只是一團灰、一團白、一團黃。分色馬鈴薯泥？不懂怎麼做出來的。

女孩舀一匙灰色東西送到我嘴邊。「夏綠蒂，張嘴。」

眼睛往下，看見女孩穿著亮紫色刷手服，口袋前面掛著證件，大大寫著名字叫艾宓。也是好聽的名字，和夏綠蒂差不多好聽。

「快呀，小夏。」叫做艾宓的女孩催促我，藍色眼眸張得很大，神情充滿期盼。「幫我張開嘴巴。」說完她還動了自己的嘴做示範，露出小巧粉紅的舌頭。

我不想讓她失望，所以照她吩咐張開嘴巴。艾宓那張臉像耶誕樹一樣亮了起來，高興的時候人更美，只是我不很懂為什麼自己張個嘴她就這麼開心。

「很好！」她說。

給我的獎品是一大匙灰色糊狀物，感覺不太像鼓勵。湯匙金屬氣味很重，苦苦的，但那團食物味道竟然能更差，類似帶有怪異後味的肉。我很不喜歡，想著要吐掉，但又覺得艾宓可能會不高興。

「嚼一下，夏綠蒂。」艾宓抽回湯匙之後先下指示，然後張開下顎再收起，還做了兩次，像怕我不懂咀嚼是什麼意思。我模仿她，她就欣喜若狂一副要昏過去的樣子，快樂的標準未免也太低。

「夏綠蒂今天做得好棒！」感覺艾宓對棒的標準也很低。「然後吞下去。」

我理解她要我做什麼……應該說一半一半吧。我知道吞嚥是什麼意思，也知道自己有過這個動作，但現在卻不大確定實際上該怎麼做，而且不懂為什麼會這樣。

艾宓微微蹙眉，好像沒那麼高興了。我希望她開心，卻不知能怎麼辦，無論她希望看見的是什麼我都做不到。

「吞啊，小夏，」她繼續說：「快，吞下去。」

我連咀嚼也停了，感覺有些灰色物體從嘴角流出。艾宓看著那東西流到下巴才拿紙巾擦掉。感覺好糟。很想跟艾宓說自己已經盡力了，不是故意不聽她的話，我也很想配合。只是想張嘴說話的時候，本來還在嘴裡的食物也全部滑了出來，沿著下巴灑落到掛在胸前的餐巾。

她只是搖頭嘆息。

紅色的球，我努力盯著看。說得比做得容易。那顆球一會兒上一會兒下，跑到旁邊以後不見了，莫名其妙失去蹤影。到底跑哪兒去？我試著轉頭，但還是沒看見。

究竟在哪兒？

「哇、哇，小夏——」一個聲音呼喚，接著誰伸手扶著我肩膀。我這才意識到自己朝旁邊倒，那個人是怕我受傷。

找到了！是那顆紅球！

拿著紅球的人留著褐色短髮，乍看是個男孩，但我覺得不太對，那副五官精緻得像女孩。儘管嗓音比較低，聽起來也還是個女孩子。我覺得是女的，大概九成把握。

而且我視線朝下就看見她別著名牌。斐勒莉，女生的名字。這下子有九成九把握了。

「在找這個嗎，小夏？」那個女的（我覺得是女的）說話了，但是對誰說？小夏是？

等等，應該是我。那是我的名字。

斐勒莉指尖轉動紅球靠到我面前：「要不要自己拿拿看？」

我明白她在試探，希望我朝著球做點動作，卻無法理解究竟要我做什麼，所以只能乾瞪眼。等了一分鐘，斐勒莉擠出微笑卻搖搖頭。

「是我想太多嗎？」她笑道。

我盯著紅球，它不斷往上、往上、往上。這次我不會再弄丟。

「她今天反應如何？」

問話的年輕小姐長得漂亮，金髮綁成馬尾。那張臉有點眼熟，我看了下名牌，她叫做艾宓。嗯，我一定見過。

斐勒莉聳肩：「一開始不太行，後來追球追得不錯。還是沒法伸手，但換什麼位置都能跟上。」

「什麼位置都行嗎？」

斐勒莉笑著說：「到左邊還是跟不上啦。左側無感很嚴重，半邊完全沒知覺，剛才差點朝左邊摔出輪椅。」

這個「她」是誰，兩個人究竟在討論什麼？現場除了我沒別人，可是沒道理是說我。我又不坐輪椅，要怎麼摔出輪椅……我為什麼要坐輪椅？輪椅不是老人家用的嗎？

但低頭朝右邊一看，看見了扶手和大大金屬輪。唔，看樣子真的就是我坐在輪椅上。

「總比沒反應好。」艾宓語調有點難過，我不大懂為什麼。「怎麼說呢……上星期有一天狀況不錯，會自己張嘴，好像還嚼了一口，但後來又沒什麼進展，連檢查期間保持清醒都有困難。」

「昨天做了昏迷指數測試。」斐勒莉撥開散到眼前的褐色頭髮。她眼睛很漂亮。

「結果？」

「妳說呢？」斐勒莉悶哼：「無法做出有意識動作，還是植物人。」

兩人沉默一陣。

糟糕，紅球又不見了，聽她們講話聽得分心就忘記。跑哪兒去了？

「這感覺好差勁。」艾宓繼續說：「大半時間什麼反應也沒有，可是我真的不想放棄。她還很年輕……以前也是醫生……」

「嗯，但保險公司——」

啊，找到了！紅球就在斐勒莉手上，我找到了！

這次不能再跟丟。斐勒莉拿在手裡動來動去上上下下，但因為是紅色，追蹤起來並不難。

4

一個月後

「幫我睜開眼睛好嗎？」

一個很漂亮的女孩子坐在面前對著我笑。我喜歡那張笑臉。她牙齒特別整齊，小巧鼻子周圍有一些雀斑。

感覺什麼東西搓著我的手。低頭一看，那女孩牽起我手掌，觸感很軟，像個小嬰兒。

「很好，」金髮女孩繼續說：「眼睛不要閉上喔。」

我努力撐開眼睛注視她的笑容。很辛苦，我好累，能闔眼休息該多好。

「很棒。」她繼續說話同時拿著冰涼毛巾擦拭我額頭臉頰，我忍不住顫抖。一滴水珠順著臉頰滑到脖子。「妳眼睛很漂亮，顏色好特別，跟伊麗莎白．泰勒一樣是紫羅蘭色。」

紫羅蘭，和紫色差不多。我怎麼會有紫色的眼睛？正常眼睛不會呈現紫色才對。

「聽我說，」金髮女孩又開口：「我喊妳名字，妳就把大拇指翹起來，好嗎？」

我看了一下對方名牌，上面寫著艾宓，長得很面熟，總覺得之前見過。她的手真的很軟，像是小嬰兒。

「妳叫蘇珊嗎？」她問。

我叫蘇珊嗎？我覺得不對，聽著很陌生。嗯，我能確定那不是自己的名字。

「妳叫麗莎嗎？」

也不像。但我到底叫什麼名字？感覺自己一定知道，可是卻沒什麼把握，或許艾宓講了我也想不起來。

我朝右邊一看，房間裡除了艾宓還有別人，是個老太太，白髮盤在腦後但還是好幾十根散在臉上，灰框眼鏡感覺快要滑下鼻梁。我找了一下，沒看見她身上有名牌。

「為什麼她總是朝右邊轉頭呢？」老太太問。

「腦部右側受損常常導致忽略左側。」艾宓解釋：「簡單說就是她注意力很難放在左邊，也不容易察覺來自左側的刺激。」

「所以左邊看不見了？」

「不一定和視力有關，」艾宓繼續說：「是認知問題。比方說我碰她左手，妳看，她沒有反應，但其實觸覺神經運作正常，只是她沒辦法感知到被人碰觸，會忽略掉身體左側接收的刺激。」

所以艾宓現在碰了我？聽起來是這意思，但我無法感知。天知道感知是什麼意思。

「好奇怪。」老太太說。

艾宓點頭：「更奇怪的是影響不侷限在日常層面。左半側忽略患者也會忽略掉幻覺、夢境、記憶等等。」她轉頭回來看著我笑，「那妳叫夏綠蒂嗎？」

我叫這個名字嗎？不太確定，可是很耳熟。

「如果妳叫夏綠蒂，就抬一下拇指。」艾宓吩咐。

老太太滿臉期盼湊上來，隔著鏡片能看到一雙藍色瞳孔，眼睛底下發黑，衣服皺得像是穿著睡了一覺。

「動了！」她興奮大叫：「我看到她拇指動了！」

艾宓聽了搖搖頭：「我……不太確定。」

老太太鼻子抽了一聲：「妳沒專心看。」

艾宓咬了下嘴唇。

老太太起身走到我旁邊，伸手搭著我肩膀。我想抬頭看她，但感覺頭顱特別沉，有什麼很重的怪東西壓著沒辦法動。

「小夏，妳記得自己名字對不對？」她朝我說。

有點混亂。所以我到底叫做小夏，還是夏綠蒂？難道是麗莎或蘇珊？天啊，妳們怎麼不直接告訴我就好？

「她眼球追蹤表現變好了。」艾宓說。

老太太聽了只是揮揮手，好像覺得那一點也不重要，接著湊得更近，近到皮膚皺紋能看得一清二楚。她真的好老，身上有花香味。「小夏，其實妳都知道，只是沒辦法說出來，對不對？」

她朝我眨眨眼：「妳知道我是誰吧？」

我還真的不知道。

「麥坎納太太，」艾宓溫和的語調多了一絲強硬，漂亮面孔也做出惱怒表情。「事前說好的，妳不會干擾療程進行才可以坐在旁邊看。」

她在生氣，真的很生氣。我做了什麼讓她這麼生氣？一定是我的緣故吧？

天啊，我到底做了什麼？

「唉，夏綠蒂！」艾宓忽然改口：「別哭啊。妳怎麼哭了呢？」

老太太追問我哭了到底是好還是不好，艾宓則是一直搓揉我的手。都哭了怎麼會好？這老太太有什麼毛病？

我在做夢。至少我自己認為是。

槍響迴盪耳邊，我試著找到聲音來源但沒辦法。公寓右半邊看得很清楚，櫃子上都是皮膚疾病教科書，一張楓木書桌和一台寬螢幕電視機。腳步聲從左邊接近，但我看不見對方。

雖然是夢境，我也知道是夢境，卻仍感覺到一股溫熱氣息落在頸部左側，還有人在旁邊耳語。太真實了。

所以我醒了過來。

回到真實世界，房間很小，只有一張床、一個梳妝台、一架電視機和我們兩個人。我猜這就是我的房間吧，大家都這麼說。

那位老太太在旁邊講電話，雖然壓低聲音而且說得很急促，我還是能聽懂內容。

「這週末能不能來？」她低語。

老太太就坐在旁邊椅子。我也是坐姿，坐在輪椅上。雖然我不老也沒病，這陣子卻總是坐輪椅。唔，也許病了吧，我不太確定。

她稍微提高音量：「你超過一星期沒來探病，多忙都不是藉口——她是你的妻子啊。」

我看著老太太雙頰漲紅，好奇究竟是給誰打電話。

「她能認得你！」老太太叫道：「就算沒喊名字也認得出你。我確定！我知道她想見你！」

老太太幾乎吼起來了，不過門外忽然傳來腳步聲讓我分心。我望向門口，好奇進來的又會是誰。

是個男人，黑色西裝、打了領帶，乾淨的禿頭反射天花板燈光，身上散發一種懾人氣勢。

老太太抬頭一看，隨即對著手機低聲說：「警官來了，我要掛電話了。」她多聽了一會兒，那個男人也沒打斷。「我不知道，你有興趣的話自己打電話問他呀！」接著二話不說將手機塞進包包，閉上眼睛一會兒才睜開面對。

「辛普森警官，」她重新開口：「不是講好先別過來嗎，你答應過的。我不希望她受到刺激。」

對方搖頭：「我得和夏綠蒂談談，必須取得證詞。」

看來名字是夏綠蒂沒錯，總算有人肯直接告訴我。既然我就是夏綠蒂，那他就是來找我，也就代表我不配合的話他不會走，除非時間到。

「證詞？」老太太嗤之以鼻：「你看她是能提供證詞的樣子嗎？」

「每拖一天，破案機率就更——」

「都超過一個月了，」老太太沒好氣地打斷：「機率再低也低不到哪兒。」

兩人四目相交緊盯對方，後來男人雙臂抱胸，西裝外套皺了起來。

「麥坎納女士，」他開口說：「身為受害者的母親，我以為最希望槍擊案犯人落網的就是妳才對。」

「早就跟她說住在中央公園附近很危險，」老太太開始喃喃自語：「說了一百遍她就是不聽……」然後眼眶泛淚別過臉。

「如果調查失蹤的珠寶……」

她又悶哼：「別浪費時間了，納稅人的錢是這樣用嗎？槍擊發生的當下不多派點人力，那時候可能還逮得到人。」

「沒有可供比對的指紋，」男人解釋：「也沒有目擊證人。加上凶器是妳女兒自己的槍，追查來源毫無意義。」

「天知道小夏買槍做什麼。」老太太繼續嘀咕：「念醫學院的時候明明有過那種經驗，我實在不相信她會在自己家裡擺槍。到底腦袋有什麼毛病……」

「此外，」男人還沒說完：「得考慮夏綠蒂身上有鉅額壽險。她丈夫作為受益人能拿到兩百萬美元。」

「不可能，」老太太語氣堅定：「克拉克他不會……」

「得考慮所有可能性。」

「也罷。」她忽然改口還別過臉：「你愛問就問吧，看你能找到什麼可能性。隨你便。可是我……不想聽。」

老太太快步離開房間，留下我和男人獨處。對方肩膀微微下垂，嘆了很大一口氣，模樣倒變得不那麼嚇人，我一個人面對也無所謂。

他從褲子口袋掏出小本子和筆。

筆蓋是紅色。

「夏綠蒂，」他說：「能不能和我說一下十二月九號晚上發生什麼事？」

我盯著紅色筆蓋。盯著紅色，眼睛跟著轉，不要跟丟喔，小夏。不要跟丟。

5

兩個月後

我是被人吵醒的，他們聽起來很生氣。儘管用力閉上眼睛想繼續睡，但那些對話揮之不去，好像腦袋裡有一堆鍋子敲打。

「最多只有兩星期。」男性聲音說。

我轉頭過去看，說話的人個子很高，頭髮開始稀疏，兩鬢白得厲害，身上一襲及膝白袍。他雙臂抱著胸口，無框眼鏡底下目光十分銳利。

「意思是要放棄她？」

回話的是個老婦人，最近越來越常看到她，總是坐在我床邊小聲溫柔說話。可是現在老婦人面孔扭曲，更顯老態與醜陋。

「不是放棄的意思，麥坎納太太。」男人回答：「只是已經住院超過一個月，沒看到任何一點進展，和頭一天是完全相同狀態。」

雖然沒提名字，但我猜得到講的是我。反正大家怎麼聊都圍繞著我，而且總是不開心。

「剛剛還說不放棄，」老婦人駁斥說：「現在意思不就是要放棄。」

男人發出嘆息聲，我看不出他還有沒有生氣，其實表情更像是哀傷。他雙手插進長白袍口袋內，這時我留意到那條領帶有黃色小鴨圖案，忍不住嘴角上揚。

「麥坎納太太，醫院已經給她很多時間了。如果我能決定的話也願意繼續延長，請妳明白這點。問題在於保險公司不肯理賠了。」

「意思是如果她好起來，」老太太問：「就能回來治療？」

男人沉默好一陣，我差點兒忍不住睡著。眼瞼好重，一直往下掉。過了很久他才開口：「麥坎納太太，妳得面對現實，她恐怕一輩子就是這個樣子了。」

老太太低著頭：「不會的。」

「相信我，我也希望不會。」

她只能搖搖頭：「那接下來能怎麼辦？」

「這就看妳了。」男人回答：「妳也明白照護工作十分繁瑣，她無法自己更衣、沐浴、進食……妳覺得自己負擔得過來嗎？」

這番話我聽得懂。他是問老太太能不能獨力照顧我。我猜她會答應，因為她愛我。究竟多愛我是不記得了，但我知道她願意。

「葛林保醫師，你也明白的，」老太太回答：「我有風濕，丈夫前幾年走了，一個七十幾歲的人實在不知道……」

男人雙手在半空輕拍安撫：「我懂。那我和個案管理人商量，安排療養院。」

老太太都是皺紋的臉忽然一白：「療養院？」

「對她而言這是最好的選擇。」

「但她才三十七……」

男人蹙起眉頭：「我能理解妳的感受，可是別為此自責。夏綠蒂需要二十四小時全天候照顧，妳的狀況辦不到呀。」

老太太忽然回頭，訝異發現我睜著眼睛，低呼一聲捂住嘴：「哎呀，糟糕，都被她聽見了。不該當著她的面談這些。」

「麥坎納太太，」男人耐著性子說：「妳得明白，她其實無法理解——」

「是你們無法理解，她都聽得懂。」老太太怒沖沖打斷。

男人望過來，我們視線交會。那雙瞳孔是褐色，但眼白泛著血絲，看上去非常疲憊。他微微瞇眼盯著我，片刻後還是搖頭。

「明天就會給妳適合的療養院名單。」他說。

6

兩個月後

疼得好比炭塊在肚子滾動，驚醒以後還意識到這痛沒打算停下來，我只能睜開眼睛發出嗚咽聲。一開始是嗚咽，後來變成哀號，最後根本是尖叫，或者說我試著要尖叫。

有個穿著碎花圖案刷手服的女人站在旁邊，黑色頭髮高高盤起感覺頭皮被拉得很痛。她對著從我腹部出來的管子不知做什麼，我好討厭那管子，之前很多次想扯掉但她們不准，有一次居然給我戴了大大白手套、外頭纏上紗布讓我動不了手。

管子戳得我好痛，肚子那一塊紅紅滑滑很敏感。她們只會上繃帶上藥膏，說什麼這樣子就不會很痛了，都騙人。一有人碰那根管子我就想大叫。

我右手伸過去想將人推開。她褐色眼珠底下眼袋很重，被我一推就生氣瞇眼。

「夏綠蒂，乖乖讓我弄完好嗎？」她沒好氣道：「今天沒心情應付妳。」

我才沒心情忍受腹部劇痛，所以一直揮手想將她逼開。

「再亂動的話，」那個女人說：「我就去拿拘束器喔。」

接著她直接用力壓住我右手臂，指甲都扎進皮膚了。我知道自己還有一隻手可以對付她，但不知怎地現在找不到，右手被壓制就無能為力了。傷口又開始像炭塊滾過。燒起來了，我腦袋只有這幾個字，眼淚盈眶而出。燒起來了。

「停！」我哽咽說：「快停！」

奇蹟出現，那女人真的住手了，還張大褐色眼睛盯著我瞧，惱怒表情一掃而空。

「妳剛才說話了嗎？」她聲音變輕，聽起來很迷惘。

我只是瞪著她。不那麼痛了，好像又可以再睡會兒。我好累。

女人走出房間，腹部疼痛逐漸麻木，眼皮忍不住垂下。好累……

快睡著的時候女人回來了，身邊跟著一個金髮馬尾、臉上有雀斑的漂亮小姐。我應該知道她名字，叫什麼來著？

艾宓！她叫做艾宓。

「小夏，」艾宓拉起我的手握著，手指觸感好軟，像個小寶寶。「梅根說妳剛剛講話了，是真的嗎？」

艾宓手好柔軟。我好累。還是睡覺好了。

「剛才她出聲是什麼情況？」艾宓轉頭問那女人，不吵我的話我就可以睡了。

「清理餵食管。」

「那再一次吧。」

眼皮差不多要閉上的時候又開始痛。我抽了一口氣，怎麼這麼疼？比以前都更疼。話說回來我也不怎麼記得之前的事。

「停！」上次有效，所以我又叫了起來：「停！」

奇蹟再次出現。不疼了。還是有效，感謝上帝。

視線重新聚焦在艾宓臉上，她露出我見過最燦爛的笑容。「小夏！」她說：「妳今天真是太棒了。」

7

兩個半月後

腦袋癢得受不了，但不知道為什麼能這麼癢，是半夜有人過來在我頭頂撒什麼奇怪的搔癢粉嗎？還是很多小蟲子在我身上亂爬呢？感覺差不多就那樣，所以我一心想著用力抓，抓到不癢為止，對現在的我而言那堪稱天堂。

可是大家不讓我抓。

每次我想抓一下頭皮發癢的地方，一定會有人衝過來掐住我的手說：「小夏，不行！那邊沒有顱骨啊！」這似乎解釋了為什麼頭皮摸起來軟軟黏黏。

然後我還得戴一個好大的保護盔，手要伸進去很不容易。有時我想著把它摘掉，但大家看到了也很著急。又是什麼顱骨的關係吧。

我試著跟她們說頭皮很癢，她們好像聽不懂。我很氣，要是頭皮上都是蟲子怎麼辦？總該幫我檢查一下做個除蟲吧，但沒人理我。

我的醫生叫做葛林保，每天我都向他說一次頭皮發癢的事情。我心想能處理這種問題的不就是醫生才對嗎？結果大家說我以前也是醫生。那我應該能自己來，可是首先總得脫掉保護盔抓一抓，卻又沒人讓我動手。還以為當醫生的話就能自己治自己才對。

「今天怎麼樣？」葛林保醫生每天探視的時候都會問。我還挺喜歡他來，領帶總是很有趣，今天是氣球圖案。人感覺很好，或許他會願意幫我止癢。

「頭好癢。」我一邊說一邊舉起手想鑽入保護盔，不過早些時候又有護理師給我套了很厚的白手套，所以只能想想而已。

「我知道不舒服，」葛林保醫生回答：「但不可以抓喔。現在沒有顱骨保護大腦，亂抓會損傷腦部。」

「不會碰到。」我說。

「怕意外。」

「反正已經重傷了，」我問：「還能更慘嗎？」

他笑了起來。我不懂為什麼好笑，不是事實嗎？

「準備好回答問題了嗎？」他問。

我聳聳肩。

「叫什麼名字呢？」

「小夏。」

「姓什麼？」

我知道的。盯著他好一會兒以後想起來了。「癢？」

葛林保醫生搖頭：「不對哦，妳的姓氏是『麥坎納』。」

我知道。要是頭沒這麼癢的話一定能想起來。

「小夏，我們在哪裡？」

好討厭這些問題。頭這麼癢怎麼專心。「在這裡。」

「這裡是哪裡？」

「我房間。」

「嗯，可是這個房間在什麼地方？」

「就是……」我努力專注，也明白對方要一個答案，但腦海裡只有頭皮好癢這件事，想要抓又被手套擋住。「好癢。」

葛林保醫生對我露出笑容：「小夏，這裡是醫院的復健中心。」

「喔。」

「妳幾歲？」

我用力想，有個模糊印象，誰說過我生日快到了的樣子。那我應該比之前再大一些，可是現在究竟幾歲呢？「要二十了。」

醫生又笑了：「大家都想返老還童對吧？小夏，再試試看。」

「二十二？」

「妳三十七歲喔。」

天吶，真的嗎？我低頭望向手腕名牌，上面寫了個人資訊，但現在被手套遮住了。我怎麼會已經三十七？

「好老！」

葛林保醫生低頭朝我笑：「比我年輕啦。」

三十七的話，我是不是滿臉皺紋、白髮蒼蒼？三十七已經很老了對吧？太老了！我不想要三十七！還是二十比較好。但醫生說是三十七，那應該就是三十七。

他拿出聽診器放在我胸口。我深呼吸給他聽，每次聽完以後他都說我呼吸聽起來很健康。之後他會碰我肚子，我不喜歡，餵食管還插著，周圍都很痛。好消息是艾宓說只要我吃得夠多就能拔掉管子。

「狀態不錯喔，小夏，」他說。我笑了笑。「走之前最後一個問題。」

我點頭，下定決心這次要答對。

「妳幾歲？」

我盯著他眼睛：「二十……這癢？」[4]

從他表情判斷，我應該又答錯了。

[4] 原文為twenty-itch（二十、癢），應為twenty-ish（二十左右、二十這樣）的諧音。

艾宓是我的語言治療師。她說想把肚子那根爛管子拔掉只有一個辦法，就是我得吃東西。確實讓我自己吃了，但都吃些假東西，與食物這兩個字沾不上邊。

我在房間坐著輪椅，母親陪在旁邊。每次用餐她幾乎都在，我覺得很煩。她會一直說什麼「小夏妳得多吃些」、「再一口」。可是每次再一口之後又要我再一口，睜眼說瞎話。

今天午餐菜色是牛排、馬鈴薯、青豆。早上起床我媽幫忙圈的，那時候聽了還覺得不錯，畢竟牛排馬鈴薯青豆能出什麼問題呢，問題就是送上來的東西不符預期。牛排是一大團灰色泥巴，馬鈴薯是一大團白色泥巴，青豆是……可想而知，一大團綠色泥巴。

非得挑一個吃的話應該是馬鈴薯，反正馬鈴薯常常做成泥。肉弄成那樣我不想吃，青豆則是原本就不愛，而且這兩樣東西弄成泥狀不會變可口，青豆泥這種東西怎麼可能有人愛。

「快呀，吃點東西。」我媽催促。

右手拿起叉子，舀了一點馬鈴薯送入口中。

味道糟透。

「啊，小夏，」我媽嘆息：「別吐出來啊。」

也不是我故意要吐，但有時候不立刻吞下去就很難避免東西滑出嘴角。不好吃的話更是難上加難。

「為什麼不給我東西喝？」我問。

「有啊，」我媽說：「在旁邊。」

我低頭望向盤子，只看見三團泥巴和刀叉而已。

「在左邊喔，小夏。」

這狀況很多次了，明明東西就在面前但我找不到，別人會說在我左邊。一開始覺得沒道理，後來習慣了，有人要我找東西我卻找不到的話答案就是左。

我媽伸手過來不知道幹嘛，突然間一杯橘色液體跳進視野。說是液體又不大對，質地像是小時候會喝的雪泥冰沙，差別是不冰而且味道奇怪。說真的誰會想喝微溫的柳橙雪泥？但不喝又很難把馬鈴薯泥灌進肚子。

「很好，小夏，」我媽說：「再吃一口。」

該固體的東西被做得要液不液，該液體的東西又弄得要固不固。真不懂她們為什麼以為我吃得下去，但沒辦法我得盡力，把餵食管拔掉是當務之急。

8

一年九個月前

本來還希望下個月能跑馬拉松，現在是不可能了，連練習都沒辦法。最多跑五英里右膝蓋就開始痛。痛在側面，非常劇烈，而且腿不停痛感就不消失。起初以為能靠意志力撐過去，後來發現不可能。

找了醫生看診，對方說是髂脛束症候群，給的高明建議就是伸展或搭配物理治療。連醫生都只有這種招數可用就甭指望能參賽。

我一邊用iPhone播放佛利伍麥克（Fleetwood Mac）專輯，一邊繞著工作地點附近小公園練跑。膝蓋還是微微刺痛，心情不免跟著下沉。還以為會慢慢好轉，期待今天開跑之後不藥而癒。真的想太多。

「跑得挺快，」後頭傳來男人聲音：「一英里多久？」

我放慢腳步，挫折逐漸燒成怒火。我討厭跑步的時候被人搭話，練馬拉松的時候不需要有人在旁邊看戲般說三道四。

但回頭以後嚇一跳，跑在我身後的不是別人，就是克拉克．道格拉斯。

之前來看診過，以為之後一百萬年不復相見的帥哥？他的眼睛藍得像太平洋……也很像我的洗衣精。反正都很藍。

「妳好啊，夏綠蒂．麥坎納醫師。」他露出完美笑容，也跟著我停下腳步。

可想而知只是巧合，但心底不免有一絲興奮：難不成特地來看我這個平凡無奇的阿姨？可惜今天穿的是舊短褲和大一號T恤，整個人看起來特別鬆垮。

「你在這兒做什麼？」我取下耳機，史蒂薇．妮克絲（Stevie Nicks）的嗓音自背景消退。

「三個月嘍。」他提醒我。呃，天啊，居然真的是來找我。

我得當機立斷，趕快劃下休止符。但是……可惡，為什麼他穿短褲和T恤也這麼好看？

「道格拉斯先生——」

「叫我克拉克就好。」他還糾正我。

「道格拉斯先生，」我語氣更強硬一些：「這樣不太妥當。」

「妳自己說三個月之後，」他回答：「就考慮和我出門。」

我不可置信搖搖頭。平生僅見最帥的男性就站在眼前求我和他約會，這畫面太詭異了。

「抱歉，」我說：「感覺不太合適吧。」

克拉克點頭。我以為他終於死心，願意結束這場鬧劇。沒想到他改口說：「那比一場如何？」起先還以為聽錯。「啊？」

「我們繞公園比一圈，」克拉克挑戰似地說：「我贏的話就可以和妳約會，妳贏的話我就消失。」他笑道：「既然妳愛跑步，一定有把握才對？」

我低頭一看，克拉克兩腿結實，身高與爆發力都勝過我，單純繞公園一圈的話他不費吹灰之力就能贏。

「二十圈，」我回答。克拉克贏我一圈沒問題，但我賭自己能用耐力勝出。

他笑著說：「一言為定。」

才說完他就起步，佔了幾秒鐘領先優勢。緊追在後的我直到這時才想起自己膝蓋有毛病，二十圈距離超過五英里，要是膝蓋疼得太厲害一定跑不快。

我咬牙加速。非贏不可，尊嚴問題。有必要的時候我也是很死心眼。

不出所料，第一圈克拉克贏、第二圈他還是領先，但到了第八圈就明顯慢下來。我也看得出他呼吸沉重，說不定沒法跑完全程。看我漂亮逆轉勝。

「你要輸嘍。」我輕鬆寫意從他身旁跑過說。即使想要不那麼囂張也很難收斂。

「等著瞧。」克拉克氣喘吁吁說。

連講話都負擔這麼大，他要怎麼贏？

後來幾圈我就超前了，但沒有預期的多。膝蓋難得不作怪，我也已經領先兩圈。怪的是……我發現自己瞻前顧後，常常回頭望向不到一個路口外的克拉克。明明埋頭向前衝就能大獲全勝，但我沒有那麼做，一直把他留在視野範圍內。

最後到了第十九圈，克拉克完全停下來了。其實這圈他就跑得斷斷續續，撐不下去是意料之中。沒聽到腳步聲以後我轉頭一看，他手搭著膝蓋、身子向前彎，喘得很用力。

沒戲了。他這德行怎麼可能跑贏我。

我可以就這麼走開，也可以回去請他履行諾言以後別煩我，但同樣不出所料的是我又要笨，竟然走向喘息不已的克拉克。

他跑得兩頰漲紅，抬起頭時那雙藍到不能再藍的眼睛與我對望，臉上擠出帶著歉意的笑。

「妳果然跑很快。」他擠出聲音時額頭落下一滴汗：「好吧，麥坎納醫師妳贏了，我不糾纏了。」

感覺自己成了仗勢欺人的壞蛋。「別放棄呀，」我說：「不就剩一圈嗎。」

克拉克張大眼睛，笑意變得燦爛，忽然精神一振邁步向前。兩人並肩跑完最後一圈，我還刻意放慢腳步，將贏家位置讓給他。

9

一年九個月前

「我的天，妳穿這個一定很可愛！」

擠在梅西百貨兩大架子衣服中間差點就被週六人潮淹死。真希望自己沒出門，不知怎地竟然會被閨蜜布莉姬說動，為了準備接下來要和克拉克約會特地出門逛街。起初根本不想透露這件事，但還是說溜嘴，結果她比我本人更興奮。

確實很久沒約會了。

「趕快試穿看看。」布莉姬強迫推銷，手裡的綠洋裝縫了很多反光珠子與亮片。哪種人會想把這種東西穿在身上，真的有成年女性肯穿亮片裝？光是這麼看著我都眼睛痛。

「不像我的衣服。」我說著就將衣服接過來掛回架上。

「這件有什麼不好？」布莉姬問。

「穿著不是自己的衣服去約會，」我解釋：「對方喜歡的也就不是我，而是身上有奇怪珠子和亮片的女人。我得做自己。」

「嗯哼，妳做自己騙到誰了嗎？」

唔——

確實將近一年沒和男人出門過，理由我自己也不大清楚。以前有段時間常約會，是真的。後來工作變忙，漸漸覺得約會好像很浪費時間，而且只是例行公事……找人共度餘生成了一份重擔，有時候對方未必吸引自己還得硬著頭皮尷尬聊天。

所以我想休息一陣子。

一年也談不上太久，上次約會的時候總統還是歐巴馬，又不是好幾十年前之類。自我沉澱一下罷了，布莉姬大驚小怪了。

她不甘不願把綠洋裝放回去，轉頭走向雷夫．羅倫（Ralph Lauren）一架子黑色小禮服，同時間我胸部被路人肘擊兩次。身邊其他顧客採買積極，到底在熱鬧什麼？大家星期六除了買衣服沒別的事情好做嗎？真想一個個抓起來曉以大義，去曬曬太陽不好嗎！

「那這些怎麼樣？」布莉姬問。

雷夫．羅倫至少都是些經典款，我穿在身上也不會突兀。可是我翻了價格標籤就倒抽涼氣。

「布莉姬！」我叫道：「看清楚，這太貴了吧！」

她翻個白眼：「小夏，妳是醫生耶，不過就一件衣服，妳還付不起嗎？」

說得沒錯，只是小時候家境不好所以很難轉換心態，即使收入高了也沒什麼社交花費還是不懂由儉入奢。其實在藥廠工作的布莉姬也給了我不少投資情報，收益頗為豐富。

看她買東西才會真正感受到何謂財富，花錢不手軟的模樣比熔岩燈還引人注目，一千美元的花瓶隨手拿了毫不猶豫就結帳。感覺她跟我不同，不會因為某筆開銷特別大就滿懷罪咎。布莉姬懷孕了，現在是第二孕期，但她和別人不一樣，不是貪嘴而是狂買衣服，實在是有夠奇怪。

「這件，」布莉姬挑了特別短特別緊的一件出來塞進我懷裡：「試試看。」

標籤在我面前晃啊晃，上頭金額看得我差點嘔吐。但這次我沒拒絕，因為說老實話我已經很久沒這麼為一個男人陶醉，所以也希望自己約會當天能穿得夠美。不對，只是美還不夠，必須是絕美，我要克拉克看了會在心裡偷偷狼嚎。

「好。」我答道。

布莉姬一派勝利表情。「待會兒，」她說：「還要看鞋子。」

不太想面對自己為這次約會花掉多少錢，總之就是很多很多，餵飽衣索比亞窮苦家庭整個月不在話下、開發中國家兒童寄生蟲感染可以治療超過一百人，僅僅為了可能只穿這麼一次的衣服。

牛仔褲襯衫隨便配就去約會，覺得看不慣請便的那個小夏到哪兒去了？

不過黑色小禮服確實性感、堪稱完美，將身材塑造成曼妙的沙漏形，連蘿蔔腿都變得精緻起來，實在非常神奇（這樣才對得起價格）。

要是臉上也能套件黑色小禮服該多好。我拿出一袋化妝品，吹掉堆積的塵埃後開始檢查品項。只留半小時化妝根本不夠，認真要畫可能得畫好幾個小時、或許還需要整形醫師介入。我盡力施展所知技巧使嘴唇豐腴，然後連睫毛夾都翻出來了。但畢竟只是睫毛夾不是魔棒。咪咪全程在旁邊觀察，臉上表情彷彿是「妳在對自己幹嘛呀」。

小貓咪妳問得好。

克拉克按下一樓門鈴時我整個人進入恐慌模式，在屋子裡東張西望後悔自己怎麼沒留時間多整理一下。當然也沒有臭襪子亂丟那麼誇張，只是擔心會不會自己習慣了聞不到貓味。等人上樓期間我狂噴小黃瓜體香劑，他到的時候我腋下都冒汗了。

克拉克身著深色襯衫與領帶，拿著一枝紅玫瑰站在門口。看上去實在太帥，玫瑰也是神來一筆。

「獻給您，女士。」克拉克笑著將花遞過來。

我接過以後裝模作樣用力嗅，心裡卻想著單一枝不知該怎麼處理。沒有特別喜歡花，現在能養活的生命體大概也就是咪咪與自己兩個，只好先擺在餐桌，看看一天後是先枯萎還是先被咪咪吃掉。

克拉克又朝我笑，笑得我腿都軟了。從來沒有和這種長相的男人約會過，以前的對象雖然也不醜甚至算可愛，但完全不是同等級。假如我也能拍自傳電影，克拉克乾脆自己飾演自己，因為他就是那麼帥。

「可以走了。」我拿了包包不想再拖延，免得真有什麼不該出現的東西被他發現，例如忘記丟洗衣籃的內衣褲、或者擺在浴室水槽邊沒收好的衛生棉條。

克拉克動動鼻子：「妳剛才在做小黃瓜料理？」

我緊張地吞口水：「沒有啊。」

他轉頭望著我：「讓我參觀一下？」

該死。「呃，可以啊，如果你想。」

他跟著我走進小廚房、客廳、臥房和改裝成書房的另一個房間。以前就應付過房地產仲介，她好像怎麼也想不通我一個人為什麼要兩房。

克拉克手指從衣櫃邊緣擦過，那是IKEA的折扣商品。雖然我對今天的約會充滿興奮期待，但不知為何總認為並不會有他的孩子住進另外那間房。

「房子是買的嗎？」他問。

我點頭：「兩年前買的。本來想再等等，但又覺得……」

我最後一刻將話吞回去沒說出口。原本想說反正看起來一時半刻不會結婚，乾脆先自己獨力買房就算了。這話題不適合第一次約會，三十好幾的單身女性與人初次約會一定要裝作聽不懂婚姻這個詞。

婚姻？那啥玩意兒，飲料嗎？還是新創的網路公司？

「房子多大？」他追問。

我偷偷瞥他一眼。要不是已經知道職業，現在大概會猜他是做房地產的，約我出去只是想騙我賣房子。

等等，該不會他真的是房地產仲介，約我出去是為了要我賣房子？

「記不得了。」我回答時偷偷握拳，不習慣約會搞得這麼緊張，也不習慣心弦一直被克拉克撥動的感覺。又愛又恨。

他走向窗戶，靠得好近，我都擔心會弄髒了他。「公園景觀好棒。」

我堆著笑臉也走到窗前。這面窗景的確是購屋關鍵，我很愛眺望窗外那一大片綠油油，不管當天過得多差都能振作起來。「是啊，我很喜歡。」

我們站得很近，肩膀快靠在一塊兒了。「而且很浪漫。」

塗白的雙頰熱起來。我知道自己臉紅了，也肯定他能看出來。「嗯，對啊。」

美好的一刻與本來可能要發生的什麼被背後響亮一聲喵給打斷。我們同時轉過身，看見咪咪站在後頭，似乎等著人介紹。

「妳的貓？」他問。

是後門溜進來的流浪貓啦。

我點頭：「叫咪咪。」

克拉克淺笑道：「黑貓不吉利。」

「是有些人這樣說……」

但其實我很討厭那種迷信。當初收容所的人也說黑貓最難送養，大家都怕倒霉。

「長得挺可愛。」克拉克說著就彎腰想摸，但咪咪往後躲開還朝他低吼，似乎不那麼想認識了。「什麼品種？」

我聳肩：「就是隻貓。」

「店家沒跟妳說嗎？」克拉克挑眉。

「不是買的，」我解釋：「從收容所抱回來的。」

他一臉震驚盯著我：「夏綠蒂妳認真的嗎？從街上隨便撿一隻？可能有跳蚤或懷孕啊！」

「她沒跳蚤。」咪咪過來蹭我露出的小腿，我說話變得有點戒備：「收容所會檢查，都治好了。」

「他們當然會說治好了呀。」克拉克嗤之以鼻。

「你意思是他們會騙我？」

他聳肩：「一分錢一分貨。」

「反正我不會還回去。」心裡只覺得克拉克這人逐漸失去魅力了，那口吻好像店裡買的品種貓就比咪咪高級，這什麼混蛋心態，難怪還單身。「我養了兩年而且一直有帶她看獸醫，沒檢查出什麼毛病。」

「那就好。」克拉克妥協後蹲下來還想拍貓，手差點碰到那身黑毛的時候咪咪不只吼他還抓他。他馬上罵了一連串難聽話，跳起來按著自己傷口。我看了其實很吃驚，因為兩年期間咪咪從來不抓人，連同事的兩歲兒子想把咪咪當馬騎都沒事。

「居然沒去爪？」克拉克那口氣好像我犯了什麼罪。

「給貓去爪是很不人道的事情。」

他將手亮給我看，是破皮了。但就一點點出血而已。「看她幹的好事！這就很人道？」

才剛開始就命途多舛的約會。

我拿了消毒藥膏和OK繃要給他，但克拉克生氣甩開之後自己衝進浴室拿香皂清潔。其實這時候就該喊停了，可是克拉克一露面說聲「走吧」，我還是乖乖跟上。

10

一年九個月前

我盯著今天第一份病歷上十分眼熟的名字用力想。勒洛伊……勒洛伊……翻開之後一下子全想起來了，史丹利．勒洛伊不就是腹股溝長真菌那位嗎？然後看診理由只寫著「回診」，或許真菌又冒出來了，這種毛病本來就常常復發。

敲門以後走進小診間，黑髮男子換上診所提供的藍罩袍坐在診察台，樣貌熟悉中又有點不熟悉。我印象中的真菌先生沒這麼好看，身材比上回瘦了，但雙眼依舊流露哀傷。很難不察覺他一看見我整張臉就亮了起來，但也沒什麼好奇怪，畢竟我是能開藥給他的人。

「哈囉，」我笑著問候：「勒洛伊先生，今天是什麼問題？」我暗忖反正就是真菌感染。

「叫我史丹就好，」他回答：「只是回來檢查一下。」

我挑眉：「症狀還在嗎？」

他搖頭：「沒有，都好了，謝謝醫生。」

「舉手之勞，」我聳聳肩要他別客氣：「不過好了不必特地回來告訴我們呀。」

史丹．勒洛伊遲疑起來：「嗯，只是……」

我蹙起眉頭，猜測這位先生打算開口泣訴自己多無奈，所以做好心理準備隨時朝後頭面紙盒伸手。

「主要是想向妳致謝，麥坎納醫師。」他凝視我眼睛：「妳給了我勇氣，聽了妳說的話之後我減重二十磅，回復正常身材，然後……有自信很多。」

「哇。」在這行業得知自己真的幫助到人總是心頭一暖，也會慶幸自己走上醫生這條路。「太棒了，你現在體態是真的好多了。」

勒洛伊先生深呼吸一口氣：「所以我在想……」

噢——

「不知道能不能約妳出去吃個晚餐？」他開口了，那對褐色眼睛充滿期待，像隻可愛的小狗。

和病人約會是大忌，一個弄不好就要丟掉醫師執照。克拉克．道格拉斯已經算是破例，結果那天晚上一整個小時我只盼著趕快結束，因此面對史丹．勒洛伊我只有一個答案。

「抱歉，」我說：「醫生不能和病人約會，這違反規定。」

「哦。」勒洛伊先生面色一沉，但我知道他和克拉克不是同一種人，不會繼續給我壓力。「這樣啊。」

祝他好運以後將人送走並做了退掛。人家約我約失敗要用什麼名目和保險公司申請理賠？羅傑不高興是他的事。

走到下一扇門前看病歷的時候才開始懊惱，不知道拒絕他會不會是自己錯失良機。上星期與克拉克約會失敗還歷歷在目，睽違超過一年的約會對象如此俊美本來令人興奮莫名，結果卻只是坐在義大利餐館燭光餐桌邊大眼瞪小眼幾乎不講話。名副其實的災難。

可是換成史丹．勒洛伊應該不會，從他眼神就知道人真的很好，想必不至於被不吉利的貓抓一下就整晚生悶氣。應該說咪咪大概一開始就不會抓他。何況幾個月前看的診，現在也談不上是病人才對，算灰色地帶吧。

現在回心轉意或許還不遲。

明明還在猶豫，卻已經將病歷放回架子轉頭走向等候區。穿過厚重大門，房間不大但光線明亮，配置十多張木椅與市面上所有雜誌。我還沒機會找找勒洛伊先生在不在，一個面生男子快步衝到我面前。

「麥坎納醫師！」對方揚聲大叫。

完全沒見過這人。雖然每天病患數目多到難以想像，但這樣一個人我不至於忘記才對。我今天穿了高跟鞋，但對方比我還高一個頭，光頭頭皮很亮，身材極其魁梧像個橄欖球員，所以我下意識退後一步。

「您是……」我轉頭看向接待員瑪戈。

她搖搖頭：「巴瑞先生——」瑪戈擅長應付人家找麻煩，或許是育有三子的緣故。「方才跟您說過，麥坎納醫師今天早上行程排滿——」

巴瑞？噢，好極了，我知道是誰。

「麥坎納醫師，」對方低吼起來：「我要談談我老婆吉娜的狀況。」

芮吉娜．巴瑞來看診已經是一年多前的事情。她乾癬十分嚴重，大片皮膚呈銀鱗狀剝落。一般人不知道乾癬比多數疾病更容易引發憂鬱症，連癌症都沒它厲害。畢竟脫皮那麼誇張對自尊心會造成極大打擊，尤其芮吉娜．巴瑞這種年輕女性更為明顯。

之前一次看診，巴瑞太太泣訴丈夫虧待自己、是個控制欲極強的混蛋，而她就因為自信不足不敢分手。那天面紙盒加班加到超時。

「您太太好轉很多。」我說得很提防，不過巴瑞太太確實對藥物與光療的組合反應良好，最後一次看診時狀態極佳。

「她當然好，」巴瑞先生又吼道：「好得自以為我配不上她說要分手！」

唔，幹得好。

「這我也很遺憾——」我生硬地說。

「遺憾個屁，」巴瑞先生沒好氣道：「不知道妳給她下的是什麼迷藥，腦袋都不正常了。」

氣氛劍拔弩張，但我卻差點因為這番滑稽說法笑出來。「那是不可能的。」

「我知道背後是妳在搞鬼，麥坎納醫生。」巴瑞先生臉湊到我面前：「妳放心，我一定會叫妳付出代價。」

付出代價。

聽得我口乾舌燥起來。說來或許不可思議，無論前科犯、心理變態還是一般的混球我都治療過，但今天之前我還真沒有被病人威脅過。看著巴瑞先生樹幹粗的二頭肌在面前晃啊晃的內心不由得恐懼起來。

「這位先生，」忽然一個人插嘴：「你不能這樣對麥坎納醫師說話。」

回過神我望向出言相助那位，竟然又是克拉克．道格拉斯。他就站在巴瑞先生背後，白襯衫加領帶帥氣得刺目，我也從未這麼感激過一個人。

克拉克快步站到我和巴瑞先生中間，儘管高壯不如對方但也頗有氣勢。「麥坎納醫師治好你太太，」他繼續說：「代表你不具備提出訴訟的法律基礎。反觀你看似公開指控實則誹謗，其實是她可以把你給告上法院。」

巴瑞先生瞪大眼睛，克拉克稍微壓低聲音又說：「當然也有可能你那句威脅意思不是要訴訟，而是其他種類的『代價』，這個情況就需要警方介入處理。」他挑眉，「所以該報警嗎？」

不得不說克拉克一番話頭頭是道，巴瑞先生馬上態度就軟了。「不必，」他嘀咕：「不需要報警。」然後不再多做什麼恫嚇就讓瑪戈送出等候室。

現場剩下我和克拉克（以及幾個目睹方才那場鬧劇的病人）。

「沒事吧？」克拉克問。他連蹙眉都那麼好看。

「沒事。」但很明顯有事。

他摟著我手臂，不知怎地竟能找到沒安排病人的診間，進去以後先要我坐下，陪在旁邊等我不再顫抖。過程中他就只是牽著我的手完全沒講話，雖然和約會那天一樣彼此無語卻截然不同，這種沉默是好的。

「你怎麼會來？」我終於開口。

克拉克撇嘴一笑：「其實我是來道歉的。上星期我亂發脾氣，想跟妳道歉。」

「喔……」我支支吾吾：「唔，沒關係啦。」

我掐了下他的手，卻看見他眉頭又皺了起來。這時才注意到被咪咪抓傷的地方變嚴重，整個手背都泛紅。

「克拉克！」我低呼：「你有沒有給醫生看過？」

他聳肩：「還好啦，只是小破皮。」

「這不只是破皮喔！」我說：「一看就知道傷口感染了，需要擦抗生素藥膏治療。」

他聳聳肩，我搖搖頭：「如果是我開處方，你介意嗎？」

克拉克想了想說：「可是妳開處方的話，是不是就又變成我的醫生了？」那雙深邃藍眼珠凝望著我，「但我還想再跟妳約會一次。」

我只猶豫了一秒：「好啊。」

11

兩個半月後

每天我參加一個團體，靠玩遊戲幫我們回復記憶。譬如有時候玩益智問答，題目不從有名的小說或歷史人物出來，而是我們住在哪、生日哪一天之類。

即便如此卻非常具有挑戰性。

這團四個人，除了我還有大約二十歲的女孩子與年紀較長的一男一女。我們坐著輪椅擠進小房間，圍住一張方形小木桌。

另外兩個女的話不多，負責帶隊的艾宓通常得問好幾次才能得到她們回應。年輕那位常常玩一半就睡著。反之，那個男的話太多，需要艾宓出言制止。

我私下心想只有自己正常，但又擔心艾宓不以為然，因為她總是叫我多說些。

今天玩的遊戲特別討人厭。艾宓在一顆沙灘球上寫了十幾條問題，我們丟來丟去，輪到誰就由誰回答。

我不喜歡有幾個理由。首先我不擅長接球，左手似乎沒法好好用，只能靠另一邊。單手接沙灘球很彆扭。第二個理由是現在讀上面的字讀不清楚，原因我也搞不懂，看著一大片字的時候總覺得串不起來。艾宓說是因為我沒有讀到所有字詞，她問我知不知道為什麼自己會這樣，我立刻說一定是因為左側沒看到。我很明確意識到自己左半邊有毛病，只是控制不了。

輪到我接球，艾宓會過來幫忙，否則幾乎註定要落地。她扶著我右手上的球，指向球面上寫好的問題。

「小夏，唸出來。」她吩咐。

我望向她指的地方：「總統吃了什麼？」啊？這到底什麼鬼意思？

「我們怎麼知道總統吃了啥？」老先生開口：「大概龍蝦？還是牛排？」

艾宓耐著性子微笑道：「小夏，妳沒有完整唸出來喔。」

我想是有這可能，所以低頭再看一遍，只看到「總統」、「吃了」、「什麼」這幾個詞。她手探進口袋掏出紅筆，以前也這麼做過，接下來是把筆放在問句左側，我視線跟著紅筆就會知道句子從哪兒開始。

「美國總統叫什麼名字？」❺我仔細唸出來，還沒回答就被老人搶先。「叫戴夫！」

我蹙起眉頭，暗忖美國總統應該不叫做戴夫，只是自己也沒想起來到底叫什麼。好像是阿拉巴馬？

「唔，」老先生繼續說下去：「但真正的總統不叫這個名字，他中風生病所以才讓戴夫假扮。戴夫演得太好了，大家都相信，只有總統的老婆除外。第一夫人看起來有點像男人，發現真相是因為戴夫看了她的腿。她老公早就不看她的腿了。」

「嗯……」艾宓說：「是《冒牌總統》這部電影的劇情吧。」

「當然是電影。」老人嗤之以鼻：「因為總統中風，戴夫假扮總統，結果變成真總統。演總統老婆的女演員看起來有點像男的，妳應該知道我說誰吧。總之兩個人在車上的時候戴夫看了她的腿，所以她發現總統是戴夫不是自己老公，然後……」

我的天，這老頭怎麼還沒說完，哪來這麼多話。

雖然想認真聽他說，但很快分心了，因為一張臉靠在房門小窗往內看。好面熟，而且非常帥，帥得不可思議，像個電影明星之類，栗子色頭髮茂密滑順而且下顎方正。他敲了敲窗戶，我心忽然跳得很快。

艾宓比出手指示意老人暫停，但沒什麼效果。還真是不意外。她去開門，同時老頭子講電影講個不停。

「抱歉，」她朝門外的人說：「這邊是環境認識團體，目前活動正進行中喔。」

對方笑了笑，臉頰有酒窩。天吶，真的好帥，我有心花怒放的感覺。

「我找夏綠蒂。」男人說。

找我？

❺因為視覺殘缺，夏綠蒂原本只看見what、President、ate三個單詞並自己補上助動詞與冠詞，但卡片上完整句子是What is the name of the President of the United States?

「這樣啊，」艾宓回答：「可是團體治療還沒結束，能麻煩你等十五分鐘嗎？」

「我取消了很重要的會議過來看自己太太，」男人又說：「妳真的要讓我在這兒空等嗎？」

自己太太？

他說我是他太太？

唔，難怪覺得他眼熟。

我再打量一次，這人真的是我丈夫？帥是很帥，但是不是老了點，感覺至少四十。話說回來我總忘記自己不是二十歲，葛林保醫師怎麼說來著？我五十七的樣子，這麼說的話其實是老妻少夫。

「還是想請你在外面等，」艾宓說：「再十五分鐘就好，盡量不要造成病人分心。」

「我不會搗亂。」對方堅持要進來，自己走向房間角落空著的椅子。「就坐這兒。」

艾宓神情不大高興但不再多言，可是之後我很難專注在團體活動。男人一直看手機，我卻忍不住一直偷瞄，所以球上的問題大半答不出來，還有一次直接被球打中鼻子。幸好是塑膠做的而且灌滿氣，否則可能會受傷。

活動結束，通常艾宓親自將人一個一個送回去，但今天那個男人（而且顯然是我丈夫）在，她就問對方：「你送小夏回房間好嗎？」

男人眨了眨眼睛。好漂亮的眼睛，藍得像香皂。「原來她能走路了。」

「還不能，」艾宓皺起眉頭：「你得幫她推輪椅。她住二〇一號房，就在護理站旁邊。」

男人點頭站到我身後抓住輪椅把手，繞過桌子就準備穿門而出，然而他誤判門口寬度讓墊腳板撞在門框。「抱歉。」他開口。

滿痛的，但既然是自己丈夫，也只能原諒他笨手笨腳。在走廊他一直沉默，到了護理站才忽然停下來走到輪椅前面望著我，臉上堆著笑的時候酒窩更明顯。我何德何能居然嫁給這麼英俊的男子，但又為什麼直到現在才在這裡見到他？

「認得我吧，夏綠蒂？」他問。

我點頭：「我丈夫。」

獎勵是他笑得更燦爛。「對，我叫什麼名字？」

名字？難道他不知道我去團體治療是因為連自己名字都很難記住？奇怪的是這次我還真的就想起來了：「克拉克。」

他笑著點點頭，卻不知為何看起來沒那麼開心了。艾宓有時候會給我看人臉的圖畫或照片，都是不同情緒，要我學著識別。現在問我這男人是什麼情緒，我會說緊張。

「聽我說，夏綠蒂，」他搓搓自己手掌：「抱歉我沒能常來探病。只是我最近真的很忙，工作和瑣事太多了。」

「沒關係。」

我嘴上這樣回答，心裡卻有點顧慮。假如是丈夫，不該全程陪伴嗎？常常看到夫妻結伴探視其他病人。

我望著他不知道該說什麼好。名義是丈夫，但他帥得不可思議，整個氣氛讓我超級緊繃。

「總之呢，」他繼續說：「夏綠蒂妳狀態不錯，太好了。」

聽他稱讚我笑了起來，但我一笑他就張大眼睛。

「怎麼了？」我問。

「妳的臉……」他說。

我的臉？我臉怎麼了？

他繼續說：「沒事……就好像有點歪。不會太嚴重，幾乎看不出來。」

臉歪了？怎麼回事？說不定很嚴重，我得記住這件事情，之後問一下葛林保醫生。或許還來得及治好。

我丈夫，克拉克，他低頭看手錶。「天啊，居然拖這麼久，我得走了。」

走？不是才剛到？而且明明說自己特地取消會議趕過來，是我聽錯了嗎，又或者他人在旁邊很久我沒看見？以前有過這種事，但相反情況更多。我以為自己接受好幾個小時的治療，結果他們說我才進去裡面兩分鐘。

克拉克本來好像想湊過來吻我，但他猶豫之後改成拍拍我的頭。頭還戴著保護盔，被拍出很大聲音迴盪耳際。接著他就揮手道別，自己沿著走廊進電梯。

甚至沒把我送回房間。

「他走啦？」

我往右邊看，團體裡的老頭子坐在輪椅到了身旁。他眉頭緊皺，雜亂的白眉毛擠成一團。

「他忘記時間了。」我解釋。

「但才剛來不是嗎？」

我不知道怎麼回答。

「我不太喜歡那人，」老頭繼續說：「讓我想到戴夫接手之前那個總統。人很差勁，幹了很多傷害窮人家小孩的事情，對老婆也不好。演他老婆的女人看起來很像男的，妳知道我說誰嗎？」

「雪歌妮．薇佛。」我說完，旁邊護理站裡的護理師好像嚇了一大跳，感覺應該偷聽了我們講話。有時候我自己也會被自己嚇一跳，這顆腦袋大概沒全壞，只是損傷有點重。

12

兩個半月後

又做夢了。

這次比較清晰不模糊。我走在長廊，來到一扇門。門後是自己的公寓。我插進鑰匙開門，裡頭有人等我。

隨即，一聲槍響。

我倒在地板淌血等死，咽喉被血噎著還是大叫求救。

救救我。

左邊虛無中傳來腳步聲。右半邊清楚可見，有書櫃、電視……左半邊卻一片空白。

儘管只是夢，我感覺一股熱氣吹拂在頸部，有人湊到耳邊說了句話。

差別是這次我終於聽清楚了。「妳自作自受。」

驚醒之後我坐在病床渾身顫抖不停冒汗，好一會兒才確定環境安全無虞，自己不是倒在公寓地板上等死，而是好端端活在醫院。

只不過，房間裡有個陌生男子。

在這地方面生的訪客不算奇怪，而且還得考慮或許只是我忘了對方長相。說不定見過好幾次，只是我記不得。能肯定對方並非我丈夫，再者也能推測他在醫院上班，畢竟穿著藍色刷手服、胸前掛著名牌，只是整個人散發一股令人不安的氣息。

我瞅了一下名牌。這人叫做克里斯，但名字底下的頭銜是「強暴犯」。天吶，這男人是強暴犯。強暴犯來我房間做什麼？

抬頭正好看見克里斯下巴的鬍碴與發黑的雙目。

害怕不足以形容我的心情。

我抽一口氣，默默祈禱強暴犯對我沒興趣。要是艾宓進來的話，強暴犯可能會挑她吧。正常男人一定選艾宓不會選我，她漂亮多了，也不必戴保護盔。強暴犯當然會要她。

倒不是我希望艾宓受害，沒那個意思。但至少艾宓轉身狂奔或許逃得掉，我沒機會。

「哈囉，小夏，」強暴犯克里斯開口了：「要不要換衣服？」

錯愕中我會意過來：強暴犯一開始要找的就是我，是醫院派來強暴我的。

可能是療程一環。我很久沒有性行為，好幾個月，可能醫生覺得一切照舊才會好得快，包括性生活在內。

強暴犯走到病床邊，我心臟都快跳出來了。無論是不是治療我都不想被強暴，都差點被人殺掉了還得接受這種待遇？但我打不贏人家，那能怎麼辦呢，躺著任他宰割嗎？

只有一個辦法了——我扯開嗓子尖叫。

克里斯一臉惶恐。可能其他病人都咬牙承受吧。他退後幾步，緊張地左右張望。至少暫時嚇阻了強暴犯，接下來就看有沒有人救援。

一分鐘後我認識的護理師妮可衝進病房，表情與我一樣恐慌。其實我沒發現自己叫個不停，直到妮可伸手搭我肩膀說：「小夏，怎麼了？為什麼大叫？」

我趕緊閉上嘴，深呼吸緩和情緒，身子又抖個不停。

「他想強暴我！」我告訴妮可，同時強忍淚水。希望強暴犯不會將矛頭指向妮可，我沒辦法保護她。

妮可猛然回頭惡狠狠望向克里斯。他張大猙獰雙眼卻高舉雙手。

「我什麼也沒做啊？」他開口：「今天要做職能治療，我只是問她要不要換衣服，結果不知道為什麼她就瘋狂大叫。」

職能治療？最好是。

「是嗎？」妮可雙臂抱胸，但回頭柔聲問：「別怕，他做了什麼嗎？為什麼說他要強暴妳？有沒有碰什麼妳不想給別人碰的地方？」

「我沒碰她！」克里斯打斷：「一根指頭都沒碰到！」

妮可又瞪他一眼，然後牽起我右手輕輕捏一下：「小夏妳說說看，跟我說為什麼覺得他要強暴妳。」

「名牌上就寫著強暴犯啊！」我解釋。

起初妮可一頭霧水，瞇起眼睛瞥了克里斯的名牌。「小夏，」她說：「上頭寫的是『職能治療師』（occupational therapist）。」

「不是，」我叫道：「是『強暴犯』！」

她眉頭緊蹙一陣卻忽然笑得開懷：「哎呀，『職能治療師』去掉左半邊就變成『強暴犯』（rapist）了啦！她看不見左半邊的東西，把你當成強暴犯了。」

兩個人笑了起來，我是不知道好笑在哪兒。後來他們一起解釋是我忽略字詞左半邊才導致誤會，可是我覺得自己差點被強暴都快嚇死了，一點也不有趣。

反正我不喜歡這個人，才不要他幫我換衣服。

想上洗手間。

最近尿意總來得突然。原本我在房間裡坐輪椅看電視，看的是益智節目，有時候內容好難，但來賓拿到大獎的表情看了很開心。那些治療也該給獎金才對，會有趣很多。

護理師送我回來之前問過我要不要用洗手間，那時候我說不要，因為真的沒感覺。可是一有感覺就波濤洶湧，動作不快可能會來不及。

來不及很多次了。

住院以來護理師一直給我穿方便褲。很多人不知道在這兒「方便褲」其實就是成人紙尿布的雅稱。如果我能夠及時上廁所就不必穿了，麻煩的是我總要接近最後一刻才察覺自己必須進廁所。現在就是這樣。

更麻煩的是，我找不到呼叫護理師的按鈕。

通常會擺在大腿，但低頭一看找不到。右手邊桌子上也沒有。我猜是在左手邊，但放在左側跟放在國外沒兩樣。

真的不去不行了。

病房浴室距離才大概五英尺（一點五公尺），我覺得自己去或許不是問題。五英尺嘛，我站起來都超過了，所以只要跨越我身高這點長度就好。

右手在輪椅推輪用力划，結果卻不如我想的筆直前進，而是原地轉圈。另一手能用的話應該就沒問題，但左手和呼叫按鈕一樣好比放在國外沒帶回來。

總之動不了。

僅剩的另一個選擇是走過去。

他們用一條腰帶將我固定在輪椅，但靠右手很容易就能解開。左手不知去向，右手倒還好用得很，大概兩秒就解掉腰帶。

然後那個笨警報就響了。我懶得理。

右手撐著輪椅站起來，但其實我應該先把腳跨出去。或者說，我應該直接等護理師過來扶自己。

反正不到五秒鐘，我就面朝前跌在地板。

引起好大騷動，幾乎整層樓的護理師都跑來看。大家圍著問我怎麼了，七嘴八舌討論該怎麼扶我起身才妥當。

「妳幹嘛起來呀？」有人這樣問。

「上廁所。」我解釋。

「哎呀，」另一個護理師留意到了：「都濕了。」

顯然已經太遲。

之後一片狼籍，她們先拿好幾層浴巾墊著輪椅才讓我坐回去，然後轉到病床上清潔，整個過程用了至少二十分鐘。

幫我擦乾淨之後，葛林保醫師也趕過來探視。他雙手交叉胸前，感覺我做了什麼天大的壞事，連領帶上的猴子好像也在生氣。我低著頭很不安，感覺最糟糕的一點就是沒能及時進廁所。想必醫生也知道了。

「小夏，」他問：「沒事吧？有沒有什麼地方受傷？」

「自尊心而已。」我回答。

他一挑眉哈哈大笑，好像覺得很有趣，接著轉頭朝坐我身邊的護理師問：「輪椅墊或腰帶上沒有警報器嗎？」

護理師點頭：「有，只是她動作太快，我們趕過來的時候人已經跌倒。」

「太快是嗎？」葛林保醫師搔搔下巴：「那小夏，我們得把妳放到走廊嘍。」

實在不想被放到走廊，還是房間裡頭好。但恐怕也不是我能決定的，何況想上廁所能找得到人比較重要，所以走廊就走廊吧。

13

兩個半月後

我正式成為走廊居民。

每個人都要交代這麼一句，沒完沒了。早上起床護理師交代助理護士把我放在走廊，治療師斐勒莉做完課程交代下一個治療師把我放在走廊。我說怎麼不寫在保護盔上就好？

基本意思是每當我坐輪椅就必須待走廊，方便大家盯著，免得我又自己起身摔個狗吃屎。

午餐時間，我媽沒過來，所以我和其他幾個走廊客一樣拿吃的坐在房間外。嚴格來說或許不算走廊而是交叉口。兩條走廊都看似無邊無盡，牆壁刷上毫無生氣的白漆，亮得能閃瞎我眼睛。

但所謂走廊其實比房間有趣。像我就在護理站旁邊，不僅能看見她們忙些什麼，還能聽到她們聊病人八卦。明明和我才距離五英尺而已，她們好像覺得我是聾子似的。除此之外還有訪客帶著一家老小來來去去，要是沒什麼人就會搬一台電視和老式錄影機過來放電影。都是好多年沒看過的舊片，比如《瘋狂聖誕假期》或者《火爆浪子》。

這幾天艾宓終於肯讓我吃不是泥巴的食物。是該興奮，可以吃三明治之類的了，不過只能有起司或鮪魚沙拉這種容易咀嚼吞嚥的餡料，雞肉牛肉就不行。所以很遺憾，想吃肉的話還是得打成泥。也許之後我可以改吃素。

真正令人欣慰的則是能喝水。好懷念自己喝水的日子，否則嘴巴總是很乾很澀不舒服。感覺好像能喝一整天水、喝掉整片海。不是北極海那麼一小片，而是太平洋那麼大一片。

現在一起待走廊的人多半年紀很大，剩的頭髮不多，而且不是花白就是全白，臉上皺巴巴，雙眼矇矓渙散。再來他們耳朵都很差，就算跟我講話了，我回答的內容他們老是聽不到，挺讓人感到挫折。

或許應該叫護理師給我調整位置。老人家都放到我左邊，眼不見為淨。

不過我正右方是個比較年輕的男人，大概三十多歲，褐色頭髮與我一樣剃得很短，跟他顱骨左邊那排骨釘應該脫不了關係。差別是他顱骨還在，否則就和我一樣得戴保護盔了。

他拿著切好的肉排要吃，我忍不住觀察。這人餵自己餵得不行，動作很笨拙。雖然能用叉子叉起肉片，但沒辦法立刻將東西送入口中，手會亂甩半天才到達定位。他心裡一定很急很難受。咀嚼時他留意到我的視線，轉頭過來眨了眨褐色眼睛。雖然不像我老公超帥，但在我的標準算可愛，而且笑容很和氣，感覺非常好相處。

「看什麼呢，保護盔？」對方沒好氣地說。唔，可能也不是那麼好相處。

我別過臉，低頭繼續吃三明治。是不該一直盯著人家，但也不想盯著那些煩人的長輩，走廊上沒什麼別的地方能看了，所以我眼睛很快還是又飄回去。他兩手顫抖，正試著打開一個小盒子，裡頭應該是奶油起司。花了一分鐘他才開成功，撕去盒蓋之後卻直接將手指插入那團白色物質。

本以為是要用手指沾起來吃，畢竟瞧他中午也沒吃多少，結果竟然是像土著打仗那樣沾著奶油起司在臉上亂畫。不過這幾個動作比他餵自己吃肉要流暢得多。

幾乎整盒奶油起司都到了臉上以後才有個護理師發現。牌子上名字叫貝蒂。

「小詹！」貝蒂叫道：「你又把自己搞成什麼德行啦？」

這麼說來，男人名字叫小詹。他眨眨眼睛一副無辜模樣，但睫毛也沾到了奶油起司。「什麼意思？」

「你臉上全都是奶油起司。」貝蒂語氣很不悅。

小詹往我這頭看過來：「保護盔幹的好事。」

不等我出言捍衛自己清白，貝蒂打量我一下就搖搖頭說：「沒騙到我哦，小詹。」她又伸出手，「奶油起司盒子給我。」

小詹朝他笑了笑，我果然沒看錯──他笑起來很好看。「不在我這兒。」

貝蒂語氣強硬起來：「不然在哪兒？」

「在我屁股裡。」他一本正經說。

我忍不住笑了。好不容易才能喝水，這下子笑太用力差點被嗆到。

「不好笑。」貝蒂說。

「保護盔覺得好笑啊。」小詹朝我眨了下眼睛。

貝蒂雙手交叉在胸前，生氣地跺了一下腳。小詹這才慢吞吞從輪椅坐墊取出奶油起司盒子往護理師那方向扔，扔偏兩英尺遠落在地板上。

護理師嘆口氣，彎腰將盒子從地上撿起。「來吧，」她吩咐：「去擦一擦。」

說完就將小詹給推走。在走廊吃午餐其實沒那麼糟。

14

兩個半月後

行走團體治療第一天。

我躍躍欲試，因為目前為止都沒怎麼自己走，大部分時間被鎖在輪椅上。有站起來過，或者在房間裡小心翼翼試了幾步，就這樣而已。

但都進了行走團體，可以多走一會兒了吧，否則幹嘛叫做行走團體是不是。

治療地點是個小體育館，四面大窗、光線明亮。團體除了我還有四人，早上十點大家集合，一開始坐輪椅排成半圓。助理護士推我進去以後首先看到幾座雙槓，小時候上芭蕾課曾用過。

「要跳芭蕾嗎？」我訝異地問。

不是我不願意跳芭蕾，是我無法理解用意。連走都走不好，幹嘛練芭蕾蹲？

一名嬌小女性穿著綠色刷手服，褐色直髮綁馬尾。她低頭朝我笑道：「雙槓不是用來跳芭蕾，是幫大家走路的時候保持平衡。」

聽起來合理多了。應該吧。

褐色直髮的女生叫做娜塔莉，同樣穿著綠色刷手服與她合作的黑人男子叫做史提夫。兩人從最右邊開始帶著我們一個一個起身走路。

團體裡我只認得兩個人。老太太是走廊上耳朵不好的長輩之一，再來就是把奶油起司畫滿臉的小詹。起初還猜想他會不會不認得我，結果坐到他旁邊沒多久就聽他說：「咦，保護盔來了。」

復健開始以後，我很快意識到原來行走團體由一群走路走不好的人組成，實在很諷刺。最先起身的老人家用了助行器，但過程大半要靠娜塔莉攙扶。他身子一直往前傾，走幾步以後上下半身幾乎呈直角，娜塔莉趕快叫史提夫將輪椅推過去請老先生回座休息。

下一個輪到小詹。娜塔莉將他推到雙槓前，轉頭吩咐史提夫：「這個有點麻煩，需要你幫忙。」

與我不同，小詹手腳動起來靈活，但卻還是走不好。要他站著問題不大，可是一邁步就亂了套，整個人像醉了似地重心不穩，險些朝側面倒下去。明明沒喝酒，走起路卻左搖右擺，即使他右手緊握雙槓仍倚著娜塔莉與史提夫才保持直立，所以走沒幾步同樣被放回輪椅。

「哇，好慘。」我看了說。

太遲了，非常不得體。但有時候我自己都不明白為什麼有些鬼話無法克制就脫口而出。

小詹猛然轉頭瞪著我，耳根子都紅了：「那看看妳多行。」

輪我了，娜塔莉將我推到雙槓前，心跳有點快起來。

「要我幫忙嗎？」史提夫問。

娜塔莉打量我一下。「個子不大，」她回答：「應該不必。」

她將我右手牽引到雙槓，我牢牢握住冰冷金屬。接著她要我起身，我盡力了，但整個人瞬間前傾。還好有娜塔莉接住。

「史提夫！」娜塔莉低呼：「得要你幫忙！」

史提夫快步過來，兩個人合力保持我身體直立。其實我不知道癥結在哪兒，但娜塔莉一直叫我站直、重心不要全壓在身體左邊。我很努力維持站姿，但他們說我直立的時候我卻覺得自己往旁邊斜。

忙了好幾分鐘連站都站不穩，遑論走出第一步。被送回輪椅時我看見娜塔莉額頭落下一滴汗。行走團體治療才開始就大失敗。

「我的天，」娜塔莉搖搖頭：「這樣不行，我在想她也許還不適合參加這團體。」

不。不、不、不！我不想離開行走團體，不想一直困在那架爛輪椅上！別趕我走！

心裡其實很想求她再給一次機會，但我沒真的開口，只是坐在原位咬著嘴唇不講話，聽娜塔莉和史提夫評估我是否能夠留下來。最後他們認為再給我幾天看看進步程度。

娜塔莉將我推回半圓形隊伍，小詹那雙褐色眸子與我視線交會。考量到前因後果，被他損兩句也是我活該。

可是他什麼也沒說。

15

三個月後

各種療程裡，我最喜歡、唯一會期待的是語言治療。

艾宓的語言治療地點通常就是我房間。兩個人一起坐在床邊，我坐輪椅、她坐普通椅子，中間擺一張附輪的小桌。每天都用同樣的問題開場。

「小夏，我們在什麼地方？」她問。

「醫院的復健中心。」我回答。

艾宓笑了：「很棒，今天幾月幾號？」

「三月六日。」

我會知道是因為房間掛的白板有寫。而且無論去什麼地方總有人寫日期、大家還一直問我幾月幾號，都提示成這樣了想不知道也很難。

我向艾宓提過這件事，說自己都是抬頭看牆壁再回答日期。但她說沒關係，不算作弊，知道要從哪兒確認日期就做得很好。

「太棒了！」艾宓低呼並在筆記板上寫了幾個字：「妳為什麼會在醫院呢？」

這一題我總有障礙，自己也不明白緣由。「受傷了。」

「身體什麼地方受傷呢？」

「頭。」

「怎麼受傷的？」

我閉著眼睛，暗忖自己又要給出錯誤答案。「摔倒了。」

「不對，小夏。」她糾正：「妳被子彈打中頭部。」

記不住或許是因為我不信。我怎麼會被子彈打中呢？就一個普通人，普通人不該被槍打。會中彈的都是警察、罪犯或者電影裡的人。

「誰開的槍？」我問。

艾宓忽然在板子上寫一大堆字：「這我不確定。」

看著她動筆，我忽然想起昨天與母親有過一段對話。

「是強盜嗎？」我繼續問。

艾宓放下筆記板張大眼睛：「怎麼會這樣說，是想起什麼了嗎？」

我搖頭：「不是，我媽講的。」

她嘆口氣，面有難色搖搖頭。

接著她從筆記板取下紙條擱在桌子，我看得見上面的圖畫，也知道以前做過同種練習。

「小夏，跟我說說看這上面畫的是什麼？」

我低頭瞟了一眼黑白素描：「媽媽洗碗盤。」

「對，還有嗎？」

我注視：「這個媽媽分心了，水槽的水滿出來。」

「還有嗎？」

我搖頭否定，但知道艾宓接下來會怎麼做，因為每次都一樣。她拿出亮紅色的尺放在圖畫左邊，我的頭也跟著朝左邊偏過去。找到紅色了，有標示以後就能看見圖畫其餘部分。

「兩個小孩想從餅乾罐子偷吃，」我說：「站在板凳上的小男孩好像要摔倒了。」

「很好。」艾宓靠著椅背一臉若有所思：「小夏，妳為什麼說圖畫裡的女人是媽媽？」

「因為圖畫裡有兩個小孩吧。」我聳肩。

「嗯。」艾宓繼續問：「可是我沒拿尺出來之前，妳根本沒看見兩個小孩。」

「那我就不知道了。」我說：「或許她樣子就像個媽媽。」

「還有一種可能，」艾宓說：「是妳的大腦其實能看到這兩個小孩，但沒辦法好好組織。說不定左邊的東西妳都有接收，只是大腦還無法處理。」

要說可能當然是可能，不過圖畫裡的女人真的像個媽媽，畢竟身上穿了圍裙呀。

每次用餐都分為兩階段。

首先助理護士把我推到走廊，大家都能盯著我。然後餐盤擺到我面前，我吃光以後再告訴她們。

接著是第二階段：護理師或助理護士將我的盤子轉了半圈，忽然間盤子上又裝滿食物。目前進入第二階段，行走團體那個叫小詹的坐在我右邊。在我看來他只是偶爾出現，但我不免懷疑會不會他每次都在，只是坐到左邊的時候沒被我發現。

小詹盤子上有一堆切小塊的雞肉和一堆青豆，進食動作與上次所見相比沒有太多進步。尤其我不知道誰的餿主意，竟然給他吃豆子？他舀一匙小心翼翼朝嘴巴送，但快要放進嘴裡的時候手往旁邊抖一下灑得到處都是，盤子碟子褲子地板都沒有倖免。

而且他的匙子還戳到自己眼睛，我就忍不住爆笑。

小詹揉揉眼睛然後瞪著我問：「保護盔，妳覺得很好笑是嗎？」

「是。」當然是覺得好笑，不然為什麼要笑。

他放下匙子，伸手從餐盤抓起一把青豆。我注視著他，暗忖該不會要抹自己滿臉，結果他卻朝我這方向丟過來。

這回就很準。

豆子散開，我變得跟他一樣慘。有些黏在臉上，大部分落在胸前。由於偶爾會有戴著保護盔更衣的情況，所以衣服領口特別寬鬆，於是一部分豆子滑到胸罩上卡住。

「諾克斯先生！」一個護理師連忙跑過來，應該看見了整個事情經過。我知道她叫瑪姬。

「你是不是朝夏綠蒂丟豆子了？」

「沒有啊。」小詹撒謊。

我沒講話，但瑪姬低頭瞟他盤子一眼，再看看我衣服上那些青豆。我的菜單可沒有豆子，真相呼之欲出。

「向夏綠蒂道歉。」瑪姬指示。

「我沒做錯事。」他不從。

忽然一位老先生莫名其妙從空氣中變了出來。這麼說來他剛剛大概待在左邊。這人穿著格子襯衫與卡其色休閒褲，換句話說大概不是病人，因為病人通常穿運動褲、T恤，偶爾會穿牛仔褲。有時候訪客和病人不好分辨，尤其年紀大的話。

「怎麼回事？」老人家問。

瑪姬搖搖頭：「您兒子方才朝這位小姐丟豆子。」

「詹姆士！」老人家厲聲叱問：「你幹嘛這樣？」

小詹沉默一陣，可能還在盤算自己能不能全身而退。

但就連我也明白不可能，所以他終於開口：「是她先的。」

瑪姬又搖頭。「不可能，」她告訴老先生：「這位病人沒惹他，平常根本不太開口。」

「明明就有！」

他又從盤上抓一把豆子朝我丟。我說幹嘛給他吃這麼多豆子？

「詹姆士！」他父親喝道：「立刻給我住手！」

他把盤子上剩的豆子全撈起來，這節骨眼了大家都知道他想幹嘛，所以被瑪姬直接扣住手腕扳開指頭，豆子掉得滿地都是。

總比掉我身上好。

「哎呀，真抱歉。」老人家對瑪姬說：「不過這不是他的本意……以前他不是這樣的人。」

「我懂。」瑪姬彎腰清理，老先生也跟著幫忙，不過看那模樣腿腳已經不靈活。「畢竟腦部受創，這些行為在復原期間常見。」

「嗯，但是……」老人咬著唇：「跟原本的小詹實在差距太大了。原本他脾氣好得不得了，而且敢作敢當，從小到大沒給我添過一丁點麻煩。」

瑪姬瞅他一眼似乎不大相信：「是喔？」

老人點頭：「不知道病歷會不會寫這種事情。他一個人帶大兒子帶了六年，孩子的母親……不聞不問。」他雙眼矇矓一兩秒，隨即搖搖頭。「總之，如果小詹看見自己現在這德行一定會嚇壞。」

「別太擔心，」瑪姬將豆子撿乾淨以後重新起身：「不過還是得請小詹道歉。」

「當然。」老先生低頭瞪著兒子：「小詹，你怎麼可以亂丟吃的東西？快點跟人家說對不起。」

小詹張大眼睛還是不退讓：「她起頭的，她應該先道歉。」

「快點道歉。」他父親語氣非常嚴厲。

小詹臉都皺了，好像快中風一樣，但後來似乎想通了，嘆口氣朝我說：「對不起，保護盔。」

「我也代他道歉。」老人家跟瑪姬說。

瑪姬笑道：「也不是多大的事。他可能是覺得這位小姐長得可愛，喜歡她才逗著她玩。」

「才沒有！」小詹大叫

為了強調立場，他把麵包捲也拿起來朝我扔，被保護盔給彈開了。

16

三個月後

常常看到別的病人有很多親屬來探視。我就只有母親一個人。我問過她自己父親身在何處，為什麼從未露面。但話才說完，腦海浮現多年前母親接一通電話的場面，話筒彼端傳來我爸心臟病發作身亡的消息。如果他還活著當然會來探病，如果有兄弟姊妹也一樣，但母親說家裡就我一個孩子。

當然我還有個丈夫克拉克，但只來過那麼一次。心裡好像盼著他來、又不太希望他再來，不知為什麼見了他心裡會緊張。

至於母親，有時候很煩人，不過通常會從廚房拿些汽水給我喝。醫院裡提供一些小罐汽水，並非可口可樂，不知道哪兒來的小廠牌。也沒有雪碧，但有萊姆口味。

我也喜歡被母親呵護的感覺，比方說在房裡坐輪椅總覺得冷，就能叫她從上面櫃子搬大棉被為我蓋上。護理師也能幫忙，可是她們有時候說室溫已經偏高，再蓋被子身體會過熱。不知道為什麼我感覺不是很熱就是很冷。

與她一起坐在房間的時候我忽然有個念頭。「我有小孩嗎？」

她盯著我，神情訝異。可能這問題真的很奇怪。

「怎麼這麼問？」她蹙起眉頭：「妳覺得自己有小孩？」

「應該沒有吧。」我回答：「有的話，總會有人提起，他們也該過來看一下才對。」

我越仔細想越覺得自己不可能有小孩。有的話，自己一定會知道才對？不可能生了個兒子女兒卻又忘得一乾二淨。更何況兒女豈會不來探望？

話雖如此，其實我怕的是自己真的連孩子也能夠忘掉。畢竟一開始父親過世的事實就忘了。要是有兒子女兒卻忘記了，我會很難過。

「沒有啊。」母親回答。

謝天謝地。「那就好。」

不過立刻又想到另一點。我都三十七，年紀不小了，到現在還沒生？

「但怎麼會呢？」我問。

我媽看過來：「是說怎麼沒有小孩？」

我點頭。

她沒有立刻回答。我想這問題或許問得還可以。之前偶爾問了蠢問題，別人一聽就會嘴角上揚甚至笑出聲。這問題說不定也不聰明，但既然我老大不小又已婚，感覺有小孩比較合理。

「妳想專心在工作。」我媽最後這麼解釋。

受傷之前我是醫生，和葛林保醫師一樣，只是專長在皮膚。我聽完覺得超奇怪，怎麼會有醫師的專長是皮膚，皮膚又不會生病。後來和艾宓提過這件事，她說例如有人生疹子就會來找我幫忙，像我自己一直抓頭也抓到起疹了。我猜這工作還滿重要的吧。

不過以後恐怕沒辦法繼續給人治皮膚。

「沒小孩也好，」我想了想：「不然現在根本沒法照顧。」

「說得對。」母親回答。

每次想不起來自己以前是怎樣的人都覺得好挫折。前幾天待在走廊的時候護理師又放了電影，劇情是一個男人碰上搶案被別人射中腦袋。中彈前他是個大混蛋，中彈後卻變成老好人。我想這個故事告訴大家的是：壞人腦袋被開槍是好事。

問題是，我不覺得我以前是壞人。

但誰知道呢，除了我媽之外沒人想過來探病，她可能也只因為身為母親才非來不可。我問過這件事，我媽說其他人在我受傷後那段期間來過，現在隔得太久，大家和我以前一樣要忙工作。

我努力回想之前的生活。記憶還在，只是蒙上厚厚一層紗，好比睡醒以後很難想起夢境內容。我還記得曾經與克拉克一起用晚餐、給自己別上長耳墜、迎著大雨叫計程車之類，然而更深入就剩下一片朦朧。

17

一年半前

說來奇怪，我和克拉克繼續約會。

而且持續四個月，還不得不承認這四個月很開心。仍舊不太相信這人會成為我孩子的父親，但又覺得不是完全不可能。世界之大無奇不有，畢竟人類都登上月球了。

咪咪也一樣，不太情願但還是接納了克拉克。算是吧。頭一個月左右彼此保持距離，現在似乎將他當成家中一員，為了成為全宇宙最胖的貓去當人家的跟屁蟲討點心。

然而克拉克有自己的詮釋。

「妳的貓不信任我，」他這麼說：「總是想要監視我。」

我笑了：「監視你？」

「是啊。」克拉克不改口，雖然嘴上笑著但我感覺並非全然是玩笑話。「她不信任我，怕我做壞事。」

「別說傻話了！」我回答：「她很喜歡你啊，否則怎麼常常跑到你的頭旁邊睡覺。」

「唉，那是想要暗殺我呀！」他說：「夏綠蒂，她是直接坐在我臉上睡覺！」

了。」

「那是貓咪表達情感的方式啦。」

「好吧。」克拉克還是嘀咕：「哪天妳醒來發現我被妳家貓咪肥屁屁悶死的時候就後悔莫及了。」

沒錯，我們兩個同床了。畢竟自己是個三十好幾的女性，在戀愛關係中就算想要也很難禁慾貞潔。更何況我沒有想要，這就好像在沙漠迷途一整年終於找到甘泉，難道還有力氣說「先觀察六個月再看看」？怎麼可能，當然大口喝下去！

只是關於做愛我變得有些敏感，一定搶在克拉克走出浴室之前就先關燈，總想著再瘦二十磅多好、乳房堅挺些多好、小腹不夠平坦之類的事情。

很多人說男人與美女約會是筆大開銷，但我發現女人與帥哥約會，尤其對我這種很久沒有全力經營外貌的女性而言同樣所費不貲。最近買衣服鞋子的支出看了都頭暈，還有上星期在美髮師那兒也破財，把人類發明的美髮用品全買了一輪。現在頭髮確實金黃閃耀好比太陽，如果不能苗條纖細，至少要有一頭秀髮。

我還做了除毛，把自己弄得和新生兒一樣光滑。當然不是真的全除，先喝了杯酒壯膽才有勇氣做比基尼蜜蠟除毛。所以與俊男約會傷的不只是荷包，身體也得耐得住痛。那雙Jimmy Choo高跟鞋同樣能為我作證。

後來我逐漸不確定做這麼多是做給他看，還是做給其他人看？彷彿逼著自己成為旁人心目中配得上克拉克的約會對象。我很討厭與他出門時被別人行注目禮，大家一定心想他看上這女人哪一點？可以的話我也想要不在乎，但我辦不到。

偶爾會害怕過去那個「只要我喜歡有什麼不可以」的小夏被消磨殆盡。

床上運動一小時以後躺在克拉克旁邊，我試著不去思考這些事情，任由克拉克將自己拉近，依偎在他寬厚肩膀。與他相擁總是帶來溫暖慰藉。

「感覺很好。」他說。

「嗯。」我小聲回應。確實感覺很好。

他鬍碴磨蹭我額頭，接著聽見幾個字傳到耳邊：「夏綠蒂，我愛妳。」

然後我僵了。克拉克第一次說這句話，我明白正確回應是我也愛他之類的，但禁不住脫口而出的是：「為什麼？」

或許不得體，但我是真的很困惑。

克拉克抽開身子不可置信等著我：「『為什麼』？妳怎麼會這樣問？」

我感覺雙頰漲紅。果然不該那麼說是嗎？但說都說了還是得解釋清楚。「因為……我覺得……我又不是……」

他蹙眉搖頭，我趕快將話說完：「我不漂亮啊。」

嗯，沒想到我真的說出來了。但結果呢？我不後悔，這句話遲早要問，否則這會永遠約得不踏實。

「夏綠蒂，」克拉克又將我拉過去：「妳很多方面都很棒，不只人漂亮，還聰明有趣溫柔呀。」

聽明是說得過去，醫師執照考試的分數是證據。但我想不出自己哪裡有趣，雖然談不上刻薄但好像也不特別溫柔，史丹．勒洛伊不就被狠狠拒絕了嗎？

「真希望能讓妳看到我眼中的妳是什麼模樣。」克拉克柔聲說。

他撫著我的臉，說他覺得我漂亮、聰明、有趣、溫柔。其中三項我都覺得自己沾不上邊，但無所謂，不在乎了。雖說未來還是得面對，此時此刻刨根究底毫無意義，放寬心享受過程才是正途。

「夏綠蒂，我愛妳。」他又說了一遍。

「我也愛你。」我低聲應和。

18

一年又四個月前

明明應該與克拉克沉浸在浪漫晚餐慶祝約會持續半年，卻滿腦子想著自己癢不癢。

今天最後一個病人手臂胸口長癢疹，起初我以為是普通濕疹，意識到是疥瘡[6]已經太遲。雖然有手套之類基本防護，但早知道可能是疥瘡的話我會全副武裝，可以的話就把病人隔離起來。

如今與帥到沒天理的男朋友面對面聊起叫計程車的趣事，我卻擔心有沒有小蟲鑽到自己皮膚底下。

搞得我快發瘋了。

「夏綠蒂，妳好像有點心不在焉？」克拉克挑眉。

總不能跟他提疥瘡。哪個女的會和平生僅見最帥的男人聊疥瘡，不可能。

「想到一些工作上的事。」

克拉克點頭微笑：「要不要和我說說？」

除了帥得莫名其妙（剛才是不是說過？）之外，克拉克居然還很願意聽我聊工作。多數人聽幾個皮膚病故事就目光呆滯，但他卻能專心聆聽。聊到找麻煩的病人或者與保險公司起爭執，他也很懂得如何開解。

所以儘管不可思議，克拉克是個好男友。這遠遠超乎預期，原本以為都長這樣了人一定很渣，三兩下就始亂終棄，但從他身上完全看不到這種跡象，不僅一直溫柔還頗為細膩，能體諒我工時長又想練習馬拉松。（膝蓋好多了。）

只是有時候會暗自希望他可以不必這麼帥。男朋友帥當然是好事，可是帥到離譜又另當別論。現在就是很好的例子，兩個人坐在一起，餐廳裡所有人都在好奇以我的容貌怎麼騙到克拉克，即使減掉十五磅還是忍不住這樣覺得。

比我年輕至少十歲、一雙美腿讓我兩條蘿蔔相形見絀的女服務生過來收餐盤。「親愛的要不要點心？」她問。

一進店裡她就毫不避諱想和我男友打情罵俏，我都懷疑難道店員開了賭盤，賭她今天能不能跟克拉克回家。

「不必，謝謝。」克拉克回答。他很安分守己，不做任何回應。

服務生走開的時候一臉落寞，而且完全沒問我要不要點心。算她走運，今天不是我給小費。

克拉克啜了口酒，視線從杯口邊緣落到我這兒。我下意識抓抓裸露的前臂，明知道就算真的得疥瘡也要兩星期才有症狀，卻一直覺得癢。

❻ 疥瘡由疥蟲感染引起，故有傳染性。

「夏綠蒂，」他輕聲說：「我想說的是，這半年有妳真好。」

「有你也很好。」我低聲答道。

回家路上去藥房買個百滅寧藥膏好了，至少心裡舒坦些。

「感覺和妳特別親近，」克拉克還沒說完：「我沒想過自己會對另一個人有這種感覺。」

「我也一樣。」

疥瘡風險應告知性行為對象，克拉克當然符合條件，但我開不了這個口。變成傳染疥瘡給他的女人就太丟臉了。

克拉克忽然起身，我被弄得一頭霧水。難道自己隱瞞接觸過疥瘡患者的事情被他發現，準備掉頭就走？可是他不但沒奪門而出，反而做了完全相反的動作——

他單膝跪地，從口袋掏出藍色天鵝絨盒子。

不，會，吧？

「夏綠蒂，」克拉克打開絨布盒，那顆大鑽石被頭頂水晶燈照得絢爛奪目。閨蜜布莉姬是鑽石行家，對克拉數、切工等等都很講究。我不懂那些花里胡哨的東西，但眼睛還沒壞，至少看得出這顆鑽石非常大，合不攏的嘴得伸手遮一遮。「妳願意嫁給我嗎？」

嗯，不癢了。

餐廳裡所有人望過來，連那個討人厭女服務生也看得瞠目結舌。

「我願意。」我立刻回答，然後看看周圍眾人目光：「你快點起來。」

克拉克站立同時卻將我也帶起，當著大家的面深深一吻，全場歡聲雷動。或許是我這輩子最浪漫的時刻。撇開疥蟲的話。

今天早上克拉克吹了口哨，顯見心情很好。他一開心就吹口哨，而且我聽出大部分旋律是莫札特。挺奇怪的，誰吹口哨會吹古典樂？

高中音樂鑑賞課上得扎實，所以我能聽出那些曲子（謝謝您，李博曼老師）。今天早上克拉克下床進浴室那時候吹的應該叫做安魂曲。我一邊笑一邊跟著哼。

就要嫁給他了。另一間臥室終於也能派上用場。

克拉克尿尿聲音持續好久，感覺像是宇宙歷史上最長的一泡尿。好不容易才等到他走出浴室，看他一臉神清氣爽彷彿身體輕了十磅。

「先去吃早餐，」他說：「然後再去調戒圍。」

他買的戒指有點大，因為參考基準是我珠寶盒裡的東西。現在可是我體重的歷史新低，所以克拉克高估了，但他很貼心說與我一起去店裡修改。

「好。」我回答。

克拉克開了電燈，我本能伸手遮住臉。昨晚卸妝過，從住院醫師時代就有的兩個黑眼圈不想給他看見。話說回來頭髮也得再上色，髮根變得好明顯。

進了浴室我用最快速度處理完畢，之後與克拉克一起去「我家餐廳」。說起來好像我家開的一樣。原本每次出門會挑不同的館子，後來發現彼此都喜歡兩個路口外希臘式餐廳的小圓煎餅，於是早餐常常上那兒解決。我們兩人相處還在摸索期，有個共通習慣也挺能營造安穩感，彷彿三十年後白髮蒼蒼了依舊會一起上我家餐廳。（克拉克白髮就好，我會繼續染成蜂蜜金。）

克拉克為我開門：「女士優先。」

我笑著進去的時候差點迎面撞上一個人，看起來好眼熟。

對方看見我神情一亮：「是妳！」

「哈囉……」我努力回想免得場面尷尬。是病人嗎，還是老同學？

所幸他注意到我的猶豫。「我叫史丹，史丹．勒洛伊。去診所找過妳……」

胯下真菌男！對呀，怎麼會忘記呢？人家還想找我約會，我不得已婉拒了呢。

「啊，對！」我說：「勒洛伊先生最近還好嗎？」

「還可以。」他說完望向克拉克，兩個人莫名對望一陣。

「這是我未婚夫。」我朝克拉克那邊點了下頭。這話說出口還是覺得好怪，將來改口說老公大概更怪。

「喔……恭喜。」勒洛伊先生面色沉得很明顯：「兩位怎麼認識的？」

我用心電感應想叫克拉克別回答，可惜沒有用。他露出一口完美白牙笑道：「其實我一開始是她的病人。」

勒洛伊先生褐色眼睛張得很大：「這樣啊？」

克拉克點頭：「可以講給孫子孫女聽的故事，對吧？」他湊過來輕輕啄我臉頰一下：「我去找座位，妳待會兒過來。」

其實我很想跟著進去就算了，但又覺得欠勒洛伊一個解釋，得說些什麼別讓他認為我很糟糕，即使當下我就覺得自己是全宇宙最壞的那種人。

「那個，」我小聲開口：「原本是不能跟病人約會……」

「別說了，我懂。」勒洛伊先生立刻接話：「我都懂，妳不必解釋。」

「喔。」我回答：「好吧。」

「妳說自己不跟病人約會，意思是不跟沒達到妳超高標準的帥哥約會。」他挑眉：「我說得沒錯吧？」

我的天，還能更尷尬嗎。「勒洛伊先生……」

他又舉起手：「真的，不必解釋。」他聳肩：「反正我也慶幸自己沒多花時間在妳身上。」

勒洛伊先生與我擦肩而過走出餐廳，我呆在原地一會兒，喉嚨像是被什麼東西哽住了。這人什麼毛病，難怪老婆會棄他而去，絕對不是鼠蹊部長真菌的緣故。

但我還是有種欲哭無淚的感受。

深呼吸之後準備進去找自己的未婚夫，可是回頭望向門口竟發現勒洛伊先生站在外頭。

而且直直瞪著我。

我別過臉，快步朝座位移動。

19

一年又兩個月前

克拉克和我搭計程車去市中心。車子高速行駛在中國城狹窄街道，他悄悄牽起我的手掐了一下，我也輕輕掐回去。

碰上紅燈，剎得很急，我默默祈禱別還沒到目的地就出死亡車禍（不死也一樣慘）。等紅燈時一個遊民二話不說貼過來開始擦擋風玻璃。

「不要！」司機大叫：「不需要，走開！」

遊民卻比了個讚的手勢繼續擦。燈號轉綠的時候司機立刻狂踩油門衝出去，要無賴的擦車工差點整個人往後跌倒。

「天吶！」克拉克低呼。

「是吧！」司機說：「那些傢伙太離譜了，不懂尊重人。」他瞄了我們一眼，留意到克拉克那身黑西裝與我的及膝乳白色洋裝。「兩位穿得很體面，有什麼特別的活動是嗎？」

「可以這麼說。」克拉克朝我眨眨眼。

確實很特別，因為不到一小時之後我們就要結婚了。結婚！

我自己都覺得難以置信，不過八個月之前誰能想像我會坐上計程車前往市政府，但今天夢想成真。克拉克求婚以後也沒什麼好等的，兩個人都三十好幾快四十。

跟認識不到一年的對象結婚實在很不符合夏綠蒂．麥坎納風格。以前我沒這麼衝動，總是過度謹慎。可是另一方面我連外表也與一年前的夏綠蒂．麥坎納相距甚遠，進步了非常多。

可惜進步再多都追不上克拉克。他西裝領帶的模樣太帥。本來以為過一段時間就不再受外表蠱惑，但事實不然，我還是一樣心動。可以的話我想現在就撲過去，不過這畢竟是別人家的老計程車，而且後座還微微飄著速食與香菸的味道。

車子以破紀錄速度抵達目的地。距離布魯克林大橋幾步之遙的白色大樓非常不起眼。之前克拉克問到能不能接受在市政府的公辦婚禮，我迫不及待點頭答應。很多女性期盼婚禮要盛大隆重，但我想法不一樣。換個方法解釋吧：我小時候沒跟爸媽要過新娘芭比。會開口的話應該是要醫生芭比，不過我童年時代還沒那種東西，最後只能自己拿剪刀剪開娃娃四肢再用針線「縫合」。

沒有很奇怪才對？

總而言之我本來盼的就是小婚禮，所以今天只有我、克拉克、法官三個人就好。不對，還要加上我媽。

她是見證人。本來希望克拉克父母也出席，不過他們遠在密西根，而且似乎感情不融洽，我只和他們通過一次電話，得到幾句僵硬的祝福。至於雙方為何這麼疏遠，我從克拉克口中問不出明確答案。他轉移話題的功夫比性能力還強。

下了計程車，克拉克理理西裝、拉拉領帶，好像對自己打的結不太滿意，解開重做，但是重新繫好還是朝著胸口蹙眉。

「感覺不大對。」他嘀咕。

「沒什麼問題啊。」我說。

他還是搖頭：「夏綠蒂妳幫我重新打一次？」

我悶哼：「你怎麼覺得我會打領帶呢？」

他挑眉：「能縫別人的臉，竟然不會打領帶？」

「完全不同兩件事喔。」

克拉克翻了下白眼又解開重繫。望向大樓前方階梯，我媽已經在入口等待，往我們這邊招手招得那麼用力，感覺手臂都要脫臼了。獨生女結婚，她開心到不行。

「還好嗎？」我問克拉克，他還在打領帶。

「當然。」他咕噥。

「確定？」

克拉克抬起頭用那雙又深又藍的眼睛望著我，嘆息以後忽然雙肩垂下，有一瞬間我怕他會在這節骨眼上悔婚。自己是還能承受，但要告訴媽媽就很麻煩，跟拿刀捅她沒兩樣。

「就……」他有點羞怯地聳聳肩：「沒結婚過，覺得……好像是件大事。」

「然後你懷疑自己是不是做了正確的抉擇？」我問。

「那倒沒有，」其實他遲疑了一下才開口：「只是……」

我不禁皺眉：「只是什麼呢？」

克拉克望著我好一會兒才搖搖頭：「沒事，有些傻念頭罷了。」

唔，一點都不像沒事。

他牽起我小手：「我們結婚吧，夏綠蒂．麥坎納。」

嗯，走吧。

20

三個月後

後來參加行走團體時小詹和我被分在不同組。或許因為豆子事件，醫護怕他會再朝我扔東西吧。幸好又有新成員進來，就坐我隔壁。

她年紀大概四十，不像小詹和我這樣動過開顱手術，所以保留了漂亮絲滑的金色長髮。我很喜歡，老是盯著看。

現在我頭髮被剃得很短。以前那頭金髮至少到下巴，後期的照片裡還再長一些，可能我有故意留。知道這麼清楚是因為我媽在病房牆壁掛了好多照片想幫我回復記憶。

「我忍不住想說，」隔壁的女人開口了。還沒輪到我們兩個練走，就在輪椅上聊了起來。她聲音很沙啞，好像講太多話以後喉嚨急需水分。「沒看過妳這麼漂亮的眼睛。該說是什麼顏色呢，紫色嗎？」

「紫羅蘭。」我回答。其實自己看起來覺得只是深藍，但好多人跟我提起的時候都說是紫羅蘭，我就順大家的意吧。

「像我眼睛就泥巴色，」隔壁女子又說。我看了一下，就褐色而已。不過想想也對，泥巴就是褐色。「對了，我叫安潔菈。」

我朝她笑了笑，一會兒以後她開口：「這時候妳也應該說自己名字喔。」

「小夏。」

她笑了，牙齒有點黃。我看過房間裡的照片，知道自己牙齒算白，所以至少牙齒沒輸。「全名是夏琳？」

「不是，是夏綠蒂。」

「啊，結網那個。」

我不懂她在說什麼。

「《夏綠蒂的網》，」她主動解釋：「一本童書，故事是蜘蛛和豬成為好友，可惜結局的時候蜘蛛死了。」

我還是聽不懂，也不知道什麼童書。「我沒有小孩。」我回答。

「我也沒有，」安潔菈說：「而且沒小孩和我來復健有關。之前吃避孕藥造成腿部血栓，後來流進腦部。」

「喔。」

血栓比腦部中彈嚴重嗎？我猜並沒有，大腦最慘應該就是中彈了吧。

安潔菈拉了一下左臂。她左手一直軟在大腿上，好像沒辦法動。但至少她能看見左邊有什麼。應該可以，因為我坐她左邊。「早知道就不該做什麼白痴避孕，」她繼續說：「生一打娃娃又如何，總比現在好多了。」

輪到我練習，走起來比第一次好些。還是得靠娜塔莉和史提夫攙扶，但至少能在芭蕾槓中間踏出幾步，算是有點進展。

接著輪到安潔菈。她左腳掌到小腿都纏著繃帶。治療師在她左腿綁上吊帶、扶她起身、幫她挪動左腿並穩住重心，然後由她自己邁出右腳。她還是得抓住雙槓，但能走完來回一趟。

坐下以後，安潔菈拆開右手吊帶魔術貼，左臂又垂了下去，得自己再提起來擺上大腿。

「吊帶是幹嘛的？」

她露出奇怪眼神：「和妳的一樣不是嗎。」

「什麼意思？」

「妳手臂上有一樣的東西啊！」

「哪有？」

「親愛的，去照照鏡子。」

完全聽不懂她在說什麼，我左手沒綁吊帶。

說不定有？我左手在哪？跟左邊扯上關係，什麼都很難找到。得請艾宓幫忙找回我的手。

「來吧，小詹。」我聽見娜塔莉說，「到你嘍。」

轉頭一看，小詹坐在輪椅上，雙手環抱胸口、眼睛盯著大腿，臉上沒有笑容。

「不想練了。」他淡淡道，可是語氣很肯定。

「不想好起來？」娜塔莉問完補上一句：「就算為了兒子？」

他轉頭望過去，「反正好不起來。」他嘀咕完，下意識朝著顱骨骨釘搔了搔：「做了也是白做。」

「別這麼說呀，小詹。」安潔莅沙啞地說著：「大家不都一樣慘，有練才會有進步。你先好起來，才能回家照顧孩子不是嗎？」

他左右張望之後深嘆一口氣。我明白那種感受，有時候自己也一樣，明明什麼治療都不想碰，但身旁所有人異口同聲說別讓他們失望，最後通常會就範。

「好吧。」他又嘀咕。

娜塔莉和史提夫將他扶到雙槓那邊。小詹表現很差，與幾天前第一次看見比起來沒什麼變化，整個身體搖搖擺擺。走到雙槓終點還得靠娜塔莉攙扶才能回到輪椅，否則一定跌個四腳朝天。

小詹將臉埋進手掌：「可惡。」

娜塔莉拍拍他肩膀，但他沒有抬頭。「小詹，聽我說，你可以好起來。葛林保醫師根據你的腦部掃描做過判斷，運動失調問題有很高機率能康復。」

他還是掩著臉。

「小詹，看我。」娜塔莉又說。

他這才慢慢放下手掌，眼眶又紅又濕。

「想康復的話，你就得練習。」娜塔莉繼續說：「不可以放棄，知道嗎？」

他點頭小聲答道：「知道。」

這次我也能感同身受。他們也跟我說了好多次別放棄，雖然表面上我繼續堅持，心裡其實想放棄想得不得了。

今天小詹很沉默。

護理師忘記了，又讓我們兩個在走廊上相鄰。現在看起來無所謂，他不像是有丟人豆子的心情，所以應該安全。

之前小詹頭上總有骨釘，今天卻不見了。縫合線與乾掉的結痂還在，周圍頭髮都被剃光。應該是醫生取下骨釘了，他至少外表上正在慢慢復原。

我明目張膽盯著他，他卻完全沒理我，看盤子上的水杯看到出神。我不知道那杯水有趣在哪兒，自己也盯著看了一會兒還是沒看出來。

一身白袍的葛林保醫師順著走廊走過來，領帶今天有點歪。每次圖案都很有趣，今天是瓢蟲。我覺得一個醫生的領帶上畫著卡通瓢蟲有點好笑，不過也沒人有意見。至少我自己挺喜歡的。

我擠出笑臉希望醫生來跟我講話，但他直接挑上小詹。

「哈囉，諾克斯先生。」醫生先開口。

小詹抬頭，卻還是沒回話。

「感覺如何？」葛林保醫生問。

他聳肩。

「小詹，」醫生繼續問：「能告訴我這是什麼地方嗎？」

我心臟蹦了一下。這題我會！

「在醫院。」我回答。

醫生朝我笑一笑，但那個笑容比較像是覺得我煩。我明明就答對了呀。「很好，小夏，但我是問小詹，妳讓他回答好嗎？」

我點頭。

「小詹，這是什麼地方？」

「醫院。」他咕噥。

「什麼種類的醫院？」

這題我也會！

「復健中心。」我開口。

小詹朝我這方向撇了一下頭：「就她說的。」

葛林保醫生嘆了口氣。我不懂為什麼我又答對了，結果他還不高興。

「小詹，」醫生說：「你知道自己為什麼住院吧？」

他又凝視那杯水。說真的，杯子究竟有什麼神奇魔力？好一會兒以後他才回答：「因為我他媽的從樓梯摔下來，現在什麼都做不了。」

醫生斑白的眉毛中間浮現皺紋，他伸手搭在小詹肩膀。

「有時候呢，」葛林保醫生解釋：「腦部開始康復的話，最早認知到的就是治療過程有多長，這時候常常會非常沮喪。」

小詹聳聳肩：「大概吧。」

「我可以給你開藥改善情緒，」葛林保醫生說：「願意試試看嗎？」

他又聳肩：「試就試啊，反正都吃那麼多藥了。」

醫生從白袍口袋掏出紙條寫了幾個字。我很同情小詹，看樣子他又得吃藥了。我不喜歡吃藥，但又得吃好多藥。肚子上那根管子不拆掉勉強有個好處：如果不想從嘴巴吃，護理師可以直接把藥塞進管子。

21

三個半月後

今天職能治療師斐勒莉帶的活動叫做梳洗。我坐在床上，面前擺了折疊桌與小水盆。她給了我工具，我用右手接過。

「好，小夏，」她吩咐：「梳洗給我看。」

因為在床上，所以沒戴保護盔。我開始梳頭，頭髮本來就沒剩多少。

「小夏，」她打斷：「是這樣用的嗎？」

我又拿來刷眼睫毛，斐勒莉好像還是不開心。其實我不知道她究竟期待什麼，為什麼不明講呢？

葛林保醫師進來的時候還在搓手掌。我立刻觀察他領帶，今天是蝙蝠，不知道是不是萬聖節到了。

「我的明星病人表現如何呀？」他問。

「嗯……」斐勒莉回答：「她拿著牙刷要梳頭或刷睫毛，醫師你說呢？」

「會不會是當成旅行用的隨身梳子啦？」葛林保醫師朝我眨眨眼。

看得出來斐勒莉覺得我表現不好，還好葛林保醫生總是替我說話，還誇我是明星病人。但最近我開始覺得應該只是客套話。

「左手有進展嗎？」葛林保醫師問。

「沒有。」斐勒莉聳肩：「你自己試試看。」

醫生本來站在面前，下一刻忽然消失！像是變魔術變不見了一樣。應該是從門口竄出去了？但我又還能聽見他聲音：「小夏，我在這兒，在妳左邊，轉頭過來。」

我往左邊看，還是看不見，一點一點挪動到後來才終於找到領帶上的蝙蝠。

「看見了！」

葛林保醫師低頭笑道：「抓住我的手。」

我用右手扣住他手指。醫生的手很暖，我喜歡這種手。雖然有句諺語說「手冷心暖」但我覺得沒道理，為什麼手冰涼代表心暖熱？手暖心才會暖吧。

「不對，小夏，」他笑著說：「換另一隻手。」

大家沉默中等我照醫生吩咐做出動作，但我實在做不出來。相信我，可以的話我一定配合，但這和要我搖尾巴是差不多意思。

「我看過她動手臂，」斐勒莉將明明很短的褐色頭髮撥到耳後：「似乎不是自發動作。」

葛林保醫師若有所思點點頭。

「另外，」斐勒莉補充：「左手臂肌肉張力也很差，現在幾乎沒辦法打直手肘或扳開手指，連更衣都越來越困難。」

「她有試著配合妳嗎？」醫生又問。

「有時候，」斐勒莉回答：「但其實她別動還更好，手臂狀態太差了，切掉還比較省事。」

切掉手臂？我的天，沒想過還有這個可能性。我抽了口氣：「你們要切掉我的手？」

真的很不願意。就算自己找不到左手，至少知道它是在那兒的。但話說回來，就算被切掉了，我可能也不知道。

「當然不會切掉妳手臂，」葛林保醫師拍拍我右手安撫：「斐勒莉只是開玩笑，雖然是不該說這種話啦。」

「嗯。」我附和。

「抱歉，」斐勒莉喃喃說完雙手抱胸：「但總之換衣服和洗澡都變得很麻煩，基本上離不開別人照顧。這樣等她回家以後怎麼辦？」

「還有時間，我們再想想。」葛林保醫師回答。但我心裡嘀咕，不知道自己還有多久，治療結束以後呢？有時覺得自己是不是一輩子無法離開，但又知道不可能。畢竟是醫院，不是給人住的，沒有人能永遠住在這兒。

「這段期間，」他繼續吩咐：「你們給夏綠蒂的左手臂試試看電刺激療法，說不定能喚醒知覺，有助於肌肉收縮。」

斐勒莉咕噥著什麼「值得一試」之類，葛林保醫師則向我解釋電刺激療法是什麼，問題是他一直站在我左邊，我脖子轉到都痠了實在很難專心聽。聽著聽著我就睡著了。

今天治療師想電擊我手臂。只能說我一點都不期待。

結果是一群人坐在那邊等著被電擊。據說是為了幫我手臂回復功能，但我真想不出為什麼手臂被電就會動。很不想被電，也跟斐勒莉說了，但她一如往常不在乎。

今天被電的有四個，大家圍著桌子，中間就是設備。行走團體裡有漂亮金髮與菸嗓的安潔菈也在，看了比較安心一些，她一直對我很好。

「以前做過嗎？」我問。

「有呀。」安潔菈回答。

我咬嘴唇：「怎麼樣？我是說，什麼感覺？」

「啊，其實也沒那麼糟。」她說：「就類似小時候不小心把叉子戳進電燈座，全身被電一下那樣，差不多感覺。頭髮會稍微豎起來。」

天吶。

安潔菈笑起來喉音很重：「小夏我跟妳開玩笑的啦。其實沒什麼感覺，真的。」

她自願第一個來證明給我看。斐勒莉把好多東西接在她手臂，看上去和鋼鐵人的生化機械幾乎沒兩樣。我不太愛漫畫書一類，但記得克拉克帶我看過《鋼鐵人》電影，主角能用手臂上的裝置射死壞人或升空飛行。這個電療會不會讓安潔菈也得到神奇力量呢？會的話就太棒了。我也想要飛，多方便啊，尤其現在走不動。

斐勒莉撥動開關。我盯著看，以為安潔菈手臂會噴出雷射光，但結果只是手指張開。

「很好，安潔菈。」斐勒莉說：「現在握拳。」

她皺起眉頭，手指微微彎曲。「很棒喔！」斐勒莉叫道。

「沒有很棒呀，」我說：「又沒有射到人。」

她們先一起朝我望過來，接著安潔菈大笑，斐勒莉只是搖搖頭。

接下來輪到我。原本應該是才對。不過斐勒莉忽然拉了另一隻手臂過來，讓我看著她把機器接在前臂與手掌。感覺應該也是示範吧，我不知道那是誰的手，只知道在左邊、看起來是女的，沒什麼體毛但有點浮腫，手指稍微蜷曲起來。

「什麼時候輪到我？」我問斐勒莉，她還在調整另一個人手臂上的東西。

「現在呀。」

「所以我是下一個？」

斐勒莉不耐煩地嘆口氣：「小夏，這些東西是裝在妳的手臂上喔。」

「這不是我的手呀。」我很困惑。

「這是妳的手。」

我轉頭望向安潔菈，她還沒脫下電療裝置，手指又打開了，不過這邊的對話都有聽見。「小夏，親愛的，那真的是妳的手喔。」

我皺著眉頭低頭望向那條手臂。或許真的是我的手？所以我沿著它找，從手掌到手肘，繼續往上看看有沒有連到身體。看左半邊的東西好辛苦，得一直照艾宓教的，往左轉、往左轉。

唔，既然他們都說是，那大概真的就是吧。

斐勒莉又撥動開關。雖然我還不大相信那是自己的手，但確實裝置一啟動就有了奇怪的感覺，彷彿蟲子在身體裡飛來飛去嗡嗡作響。接著我就看見手臂伸直了。

「好，小夏，」斐勒莉指示：「現在妳用力握拳。」

我想握拳，真的想，所以努力從大腦送訊號過去。但感覺不到手的時候很難控制手指，我連那東西是不是自己的都無法肯定。

所以手指一動不動。

22

三個半月後

「喂，保護盔！」

雖然聲音從我右邊過來，我還是沒理會，心思全用在吃東西。難得今天吃的都是固體食物，艾宓說只要我吃夠多就能拔掉肚子那根管子。我好想拔，所以要專心吃。

「保護盔！」

隔著保護盔聽見小小一聲咚，然後青豆就掉進盤子。抬起頭，毫不意外坐在右邊的是小詹，手裡又拿著豆子好像還想丟過來。要叫護理師別再給他吃豆子了。

不知道究竟給他下什麼藥，小詹情緒振作很多，今天早上在行走團體都表現不錯，靠著助行器不必握雙槓也不必別人扶就能自己行動。進步真的很明顯，我什麼時候也能做到呢？

我放下叉子瞪他：「別叫我『保護盔』，我不喜歡。」

本以為小詹會回些不客氣的話，沒想到竟然蹙起眉頭，還說了：「抱歉。」他猶豫片刻後又問：「妳叫小夏對不對？」

「對。」

「我叫小詹。」

不懂他為什麼以為我不知道，這半個月幾乎天天見面。奇怪在於今天小詹特別不同，比較冷靜、不那麼瘋癲，彷彿大腦一夜間好轉許多。真有這種事？我又拿起叉子刮了些馬鈴薯泥，「我知道。」

「喔。」他笑得有些害羞：「還以為……唔，反正以後不會叫妳『保護盔』了，抱歉。」

「謝謝。」

他低頭看看自己那盤吃的，有切塊的肉和很多豆子，但都剩很多。到底為什麼每天給他一大堆豆子？

「還是多吃點比較好，」我提醒：「不然肚子那根管子永遠拆不掉。」

小詹那張迷糊臉我看了差點笑出來。其實他真的很可愛，類似鄰家男孩的感覺。「肚子什麼？」

「肚子的管子呀，」我解釋：「至少得吃一半，不然他們不肯拆掉。」

小詹稍微推開盤子。我們都一樣，座位附有安全帶，大腿釦環連接警報器，想自己起身會被護理師發現。不過他沒碰釦環，直接拉起T恤露出精瘦腹部上稀疏體毛，低頭看了看說：「我應該沒接管子。」

確實沒有。我猜他傷勢比較輕。

他放下衣服以後輕輕摸著頭皮上的疤：「也沒戴保護盔。」

「算你走運。」我口氣聽起來好像太酸了，也罷。

「不會呀，」他說：「保護盔看起來很酷。總比頂著剃一半的光頭和又大又紅的疤痕走來走去要好看。」

「但是很不舒服。」我解釋：「太悶了，而且釦帶會刮下巴，如果滑下來遮住眼睛就什麼都看不見。頭總是很癢，他們又不讓我抓。」

他瞇著眼睛：「可是為什麼要戴保護盔？」

「因為頭部中彈，」我說：「顱骨整個碎了，被醫生拿掉。現在沒有顱骨，只好戴保護盔保護。」

小詹褐色眼睛瞪大了問：「妳完全沒顱骨了嗎？」

「沒啦。」我說。

但我心裡暗忖是不是太誇張了，搞不好只取走一半？感覺應該有留一部分吧，不過我感覺是缺了很大一片。

小詹又望著我一會兒，然後開口：「可以看嗎？」

我瞻前顧後，走廊上有幾個病人，但目前沒看見護理師，可能都在病房給藥換便盆之類。但也可能就站在我左邊所以我看不見。

感覺應該沒人在左邊。用餐時間總是安安靜靜。

「可以啊。」我答應了，然後朝著保護盔釦帶伸手。只靠右手想解開挺不容易，我猜護理師還在釦環上動過手腳增加單手操作難度，畢竟我意圖取下的次數太多。在小詹專心注視下，我總算聽見一下清脆的喀嚓，繫帶應聲鬆脫。

摘下保護盔以後，天吶，真是太太太清爽了。裡頭感覺有個五百多度吧，而且頭一下子輕了好多，有種飄飄欲仙的放鬆感。如果不必被綁在輪椅上就更棒了。

其實我也不懂，都坐在輪椅上了，又不會跌倒，為什麼還要戴這蠢頭盔？

「哇……」小詹抽了一口氣。

「是什麼樣子？」我問。

他挑眉：「妳自己沒看過嗎？」

我搖頭：「照鏡子的時候都戴著保護盔。」

小詹認真思考，若有所思搓搓下巴。看他鬍碴的量，可能一整天沒刮過。不知道誰幫他刮呢，手抖那麼厲害不可能自己來才對。

「就好像有人在妳顱骨咬了一口吧。」他說。

「咬？」我鼻子都皺了：「一小口還是一大口？」

小詹笑了：「超大一口。」

我伸手自己摸摸看，想知道到底範圍有多大。給他這麼一說我才留意到軟的區域真的非常廣，換句話說我模樣像怪物。

說不定這才是出門得戴保護盔的真正理由吧，怕我嚇到人。

可是小詹沒露出恐懼神情，反倒一副著迷的模樣。「下面就是妳的大腦？」

我點點頭。

他眨了幾次眼睛：「我可以摸摸看嗎？」

我聳肩：「唔，摸就摸啊。」

小詹伸的是左手。通常他像喝醉了一樣手飄來飄去，但看得出來現在他非常非常專注小心，很溫柔地在我頭顱柔軟處輕撫。我自己是幾乎沒感覺，直到護理師尖叫：「夏綠蒂！你們在幹嘛！」

顯然我不該脫保護盔的。護理師急匆匆把頭盔扣回去，又找來護理長準備對我訓話。小詹今天人真的不錯，一直跟他們說是自己的餿主意，要罵就罵他，於是他真的被狠狠唸了一頓。

這人其實不壞。至少以後不會再叫我「保護盔」。

23

四個月後

行走團體令人沮喪。

每個成員表現都比我好。每一個。只有我不知道為什麼卡住，到現在還得扶芭蕾槓，其他人都已經能靠助行器。

我有什麼毛病，為什麼辦不到？

坐在原位灰心喪志的時候輪到小詹上場。說實在的他成績也挺差勁，靠史提夫拉著褲子扶住肩膀才能走。即使史提夫個頭高大，看得出來過程吃力，雖然小詹矮他一兩英寸也比較瘦削，但移動時重心飄忽不定，大約每十五秒鐘就要偏左或偏右，需要有人幫忙接著。

走完之後小詹跌進我旁邊的輪椅，嘆口氣揉揉太陽穴自己先開口：「好糟糕。」

「哪兒的話，」安潔莅翻個白眼：「跟我剛進來那天比較的話，你已經進步好多了。」

「還不夠呀。」小詹嘀咕。

「怎麼不夠呢？」安潔莅問。

「就，」他說：「你們也知道我家裡有小孩，這樣子根本沒辦法照顧他。」

「那現在是誰在顧？」安潔菈追問：「孩子的媽？」

小詹眉頭一蹙：「不是，暫時由我爸媽幫忙。孩子的母親……已經不管事了，他只有我可以依靠。」

安潔菈好像還想說點什麼給他加油打氣，但娜塔莉過來要她練習，對話也就一度中斷。輪椅上的小詹神色茫然，漫不經心搔著自己頭皮。看起來跟我的一樣很癢。

「你兒子叫什麼名字？」我問。

他望向我，一臉訝異，眼神中的落寞褪去，嘴角浮現一抹笑容。「山姆。」

「多大了？」

「六歲。」小詹補充：「是個乖孩子。我……很想他。」

聽得我皺起眉頭：「小孩不能來探病嗎？」

「可以，但……」小詹抽一口氣：「不能讓他看到我這德行。我不想。」

要是安潔菈還在旁邊一定會叫他別傻，不過我倒是能夠理解。他還在抓頭，傷疤周圍頭髮逐漸長出來了。至少人家很快就能看起來正常，跟我不一樣。

「你怎麼受傷的？」

「摔下樓梯。」他回答：「有一階壞了。」說完他又仰頭想了想，「大家是這麼告訴我的，但其實那整天發生什麼事我沒印象，應該說從那天起有兩個星期我什麼也記不得。記憶缺了這麼一大塊的感覺還挺奇怪的。」

「在家裡摔的？」

「在酒吧。」小詹說。

「你喝醉了嗎？」

「啊？怎麼可能！」他好像有點生氣，但隨即改口：「地點在酒吧，別人這麼想也是理所當然吧，但我沒喝酒。」

「那就告酒吧呀。」我提議。

小詹笑了起來：「可惜我告不成，因為那酒吧是我開的。」

我盯著他看：「你是開酒吧的？」以前沒認識過酒吧老闆，感覺挺酷，但我沒說出來。

「我和我弟布萊德合開。」他聳肩。

安潔莅撲通一聲坐回輪椅的時候正好聽見最後兩句，解開左臂吊帶之後就朝這小詹探身。

「你開酒吧啊？」她一副改觀了的語氣：「沒想到你這麼酷，一定吸引很多女生。」

「是啊是啊，」小詹語氣很平：「吸引超多女生的，所以一年多沒對象啦。」

「你竟然整年沒對象？」安潔莅悶哼：「怎麼可能，一來你長得不錯，二來很多女生會倒追酒保吧。」

「嗯，但……」小詹聳肩：「我不是那種萬人迷酒保，只是個有會計和商學院學位的書呆子。我弟把他所謂『無聊的東西』都推給我處理，所以我會趁兒子上學的時候顧店，通常沒什麼人。下午兩點跑來喝酒的女性也不是我想約會的對象。」

安潔菈笑道：「那等我們出院，你要請我們喝一杯嗎？我和小夏？」

「只要我能出院回去上班，他媽的整間醫院我都請啊。」

「我要白俄羅斯。」話雖如此我只是開玩笑。我想目前這狀況是不能碰酒精的才對。

「那我要一個shot的波本。」安潔菈附和。

「我還想看看你兒子。」我又說。

小詹一聽似乎非常吃驚，隨即安靜下來眼神飄遠。我覺得不大妥，明知道他因為情緒不好吃了藥結果還提他的傷心事。但我是真的想見見他兒子，應該和爸爸一樣很親切。像我受傷成這副德行了幸好沒小孩，但心裡其實很想要。真有小孩的話，現在會和小詹一樣，思念得不得了。

「小夏，」娜塔莉叫喚：「到妳嘍。今天要不要試試看半邊的助行器？」

安潔菈就是用半側助行器。她左手動不了，需要兩條手臂操作的一般助行器自然也就不合適。半側助行器類似將普通助行器切一半，靠單手就能支撐。然而安潔菈做得到，我怎麼看都覺得自己沒辦法用這個走路。

不必覺得了，保證不能呀。「我做不到吧。」我對娜塔莉說。

「史提夫和我都會幫妳。」娜塔莉發出啦啦隊長那種高亢嗓音，我彷彿看到她在面前翻筋斗、揮彩球。「不會讓妳跌倒的。」

我搖搖頭：「真的不行啦。」

「試試看啊小夏，」安潔菈朝我握拳：「可以的，妳一定行。」

我望向小詹，希望有人支持我。現場如果有人理解我辦不到，應該就是他了。

沒想到他也朝著我笑：「嘿，妳也看到我這副亂七八糟的樣子了。連我都能用助行器，還有誰不行？」

根本是霸凌。

娜塔莉和史提夫聯手扶我起身。馬上就有感覺了——每次站起來都覺得身體搖搖晃晃，找不到左半邊所以很難平衡。與其說很難，其實就是辦不到。而且半側助行器的支撐力不比雙槓，用它走路難上很多，感覺隨時都會脫手滑出。「我想坐下，」還沒邁出半步我就對娜塔莉說：「感覺要摔倒了。」

「不會摔倒。」娜塔莉不肯讓我走：「我抱著妳，史提夫抓著妳左腿，想摔也沒辦法摔呀。」

「我會摔倒啦！」我還是這麼叫著，心臟噗通噗通跳得好用力。他們怎麼不懂呢，我還沒準備好，說不定這輩子都沒辦法，否則進度怎麼一直追不上大家？現在放棄還不遲，接受自己下半生無法走路就好。

「小夏，妳可以的！」小詹大叫起來。我不知道他幹嘛叫，明明跟我也才一碼距離（約三十公分），不必叫那麼大聲我也能聽見。

額頭冒出豆大汗珠。我真的想回去。「小夏加油！」安潔莅也跟著起鬨。

不知他們怎麼辦到的，繼小詹和安潔莅之後居然現場所有人都高喊我名字。小、夏！小、夏！連療程中很少張開眼睛的老先生都應和起來。有人幫自己打氣的感受是不錯，上一回是什麼時候呢？想不起來了。並不是說從小到大沒人肯幫我搖旗吶喊，只是我想不起來，反正好多事情我都想不起來。

用盡全力抓住半側助行器，我挪動右腳跨出一步，史提夫幫我搬左腳，接著我再動一次右腳。不知不覺中我走完整趟，全場歡聲雷動。

「就知道妳一定行！」小詹又高呼。

我自己可真的完全不知道。

24

四個月後

我和我媽在房間看一個叫做《傑瑞．史賓格秀》的電視節目。還滿好玩的，有個來賓和我一樣曾經中彈，不過人家被打中的是腿，傷勢看起來也沒有我重。開槍的是她妹妹，因為她和她妹妹的兒子的爸爸上床了。我聽到的是這樣，感覺有點複雜。

那個妹妹到現場想要向姊姊道歉。當事人哭了，說不知道能不能再相信親姊妹。不相信也理所當然吧，親妹妹都朝她開槍了。

我不禁心想：找到對我開槍的人之後，我是否也有機會上電視決定要不要原諒？

「有沒有找到對我開槍的人？」我問我媽。

大約每星期一次，我會夢見自己遭到槍擊那一夜。夢境總是相仿，槍聲之後有個聲音在左耳縈繞：妳自作自受。很恐怖，也很挫折。要是能看見左邊，就能知道是誰開的槍。但夢裡的左邊和現實的左邊一樣，只剩下空白。

我媽朝我蹙眉：「警察認為是強盜，但還沒找到人。」

問題來了，普通強盜為什麼會說我自作自受？「會不會是我認識的人？」

我媽眉心蹙得更緊。我躺在床上，她坐在旁邊，手得穿過我身體才碰得到換台按鈕。「別看這種東西。」

「但我想知道她會不會原諒妹妹啊。」我不滿道。

「她當然會，」我媽說：「這是電視。」

下個節目是情境喜劇，我好像認得幾個演員卻不知道在演什麼，所以看不大懂。為什麼不換回《傑瑞．史賓格秀》呢，我喜歡啊。

看了幾分鐘，葛林保醫師走進房間，我媽趕快關了電視坐直身子，還不忘拉拉衣服、撥開白髮。有時候我懷疑她是不是看上醫生了，要是真有什麼發展也好，自從我爸走了以後我媽好像沒有感情生活。

葛林保醫師朝我們揮揮手，走近之後我就看得見領帶，今天是小狗和小骨頭交錯，我又笑了出來。

「情況還好嗎，麥坎納醫師？」他問。

雖然知道自己是醫生，醫院幾乎沒人會特別提起。就算當醫生當了很多年，在病房被這樣稱呼還是感覺很奇怪。只有葛林保醫師偶爾會用「麥坎納醫師」叫我，次數也少之又少。

「還可以，」我補上一句：「只是很想知道那個女的會不會原諒妹妹對自己開槍。」

葛林保醫師一頭霧水，我媽翻個白眼解釋：「剛剛在看《傑瑞．史賓格秀》。」

他仰頭大笑，能看見補牙的地方，不像我一口完美白牙。但其實也挺可愛。

「麥坎納太太最近如何？」葛林保醫師改口問她。

「時好時壞，」我媽說：「有時候夏綠蒂跟過去沒兩樣，腦袋轉得很快，但又有時候不太講話，也好像不記得我是誰。」

醫師點頭：「這不奇怪，她腦部逐漸康復，存活的神經元開始修補、建立新連接彌補損失的部分。這過程很緩慢，但她已經有了很大進展。」

「嗯……」我媽嘴上附和，卻顯得有點猶豫。

「不過呢，」葛林保醫師繼續說：「剛剛我其實是想問問妳自己狀況還好嗎，麥坎納太太？」

我媽笑起來不露牙齒。「也是有好有壞啦，」她回答：「現在特別擔心的是小夏出院以後怎麼辦。」

醫師眉間微微皺起：「嗯，確實是個問題，但別在妳女兒面前討論比較好。」他提高音量：「總之今天有個好消息。小夏妳進食情況良好，所以我可以幫妳拆掉餵食管了。」

可以拆掉餵食管！真不敢相信，活了大半輩子沒這麼開心過！

「小夏妳不反對吧？」他問。

我用右手拉起灰色T恤邊緣，露出肚臍眼上方四吋處突出的管子。受傷以後一直連在身上，周圍皮膚早就紅腫，只是這麼掀衣服都覺得很刺痛，疼得我忍不住瞇眼。

「快拿掉。」我說。

葛林保醫師又笑了：「看來是沒問題，但不必這麼心急——」

「現在立刻拿掉。」我堅定地說。

「這才是我認識的小夏。」我媽附和。

葛林保醫師去病房外面換上黃長袍與藍手套，拆了一包紗布放在病床旁邊小桌上。

「要怎麼拔？」我問。

「就用力拔。」他回答。

我不太喜歡這答案，但顧不得那麼多，就算得趁我醒著用刀刮出來也得拔。所以醫師一手放在我袒露的肚子、另一手抓住那根管子時我毫不抵抗。「一、二、三！」

噢，天吶、天吶，也太痛了吧，拔掉之前我就先死了。

屏住呼吸、緊閉眼睛勉力支撐，好不容易聽見啵一聲終於不痛了，只是仍有異樣感。

「有夠痛！」我叫道。

葛林保醫師舉起管子指著我體內那端，形狀像個蘑菇，比起外面那端大多了，簡直像我生了個孩子一樣。話說回來又沒真的生過，我懂什麼呢。

「這是妳身上最後一根管子。」醫師說：「夏綠蒂．麥肯納，從此刻起妳正式回歸無管人的行列。」

誰想再插回去，我跟他拚命。

25

四個月後

唯一訪客是我媽，小詹的訪客也多半是他爸。他父親來得很勤，一週三、四次，父子兩人都很好相處。最近常聊到他們兄弟合夥的酒吧，我感覺小詹很擔心，不大相信弟弟能經營得好，總說什麼「布萊德連收銀機都不會用」。

話說回來，我覺得現在的小詹自己也用不了。他好像沒考慮過這點就是。

他父親通常在晚飯後出現，正好六點整，今天也不例外。我們兩個坐在走廊把剩下的東西吃完，或者說只是做個樣子而已。小詹有一半食物灑在胸口和大腿，我則是盤子左半邊都沒動。

「嗨，爸。」小詹打招呼。

「嗨，小詹。」他父親說完第一個動作就是探身過去給他清理乾淨。其實清不清也差不多。他撥開食物的同時朝我笑了笑：「嗨，小夏。」

小詹有介紹他父親給我過嗎？這我倒是沒印象。應該有吧，不然他爸怎麼知道我名字，而且每次都會打招呼？不過有人跟自己講講話也好，就好像多了個人來探病。

「布萊德能處理退稅嗎？」小詹問：「不然就叫他把文件拿來，我可以……」

「別緊張，」他爸安撫：「我們請了個人幫忙。」

他反而瞪大眼睛：「那要收多少錢？光我的醫藥費——」

「小詹，別擔心這麼多。」他父親又擺出嚴厲語調：「好好養病，其他事情以後再煩惱。」

他拉了走廊上留給訪客的空椅子坐在兒子隔壁，印象中有提過自己膝蓋不好，沒辦法站著太久。

「對了，你媽也來了，正在上樓。」

小詹皺眉：「那誰照顧山姆？」

他爸猶豫一下：「她帶山姆來了。」

小詹眼睛張更大。「不，」他用力搖頭：「不不不——」

「小詹……」

我沒見過小詹那麼激動，整張臉紅得簡直發紫。「爸！」他壓低嗓音：「我說過現在不想見他。」

「小詹，別說氣話。」他父親安撫：「山姆每天吵著找爸爸、問大家什麼時候能見你。你這樣不行，既然好多了就——」

「我還不能走路！」他朝父親低吼。

「那什麼時候能走？」他父親說：「萬一真的都不能走了呢，難道你就一輩子避不見面？」

小詹只是搖搖頭，畢竟已經太遲了，一個年長女性牽著小男孩出現在走廊彼端。男孩一看見我們就放開祖母的手衝過來：「爸！」他叫得實在太大聲，嚇了我一跳。

男孩像是半個成年人，頭髮和眼睛與小詹一樣是褐色，但臉圓得特別可愛。也不是小詹不可愛，只是兒子更可愛，而且可愛的方向不一樣。更靠近之後，我看見孩子臉上從鼻子往兩側長了雀斑。他敞開雙臂，父子用力抱著彼此，看得我好心疼。

「好想你喔，爸爸！」兒子說。至少我聽到是這樣，他臉埋在小詹肩膀上聲音都糊掉了。

「我也想你，孩子，」小詹附和：「好想你。」

先前小詹口口聲聲說不想見兒子，但明明真的見面以後超級開心。山姆開始說起這陣子自己身上的事情，講話速度好快，我有點跟不上。不知道小詹會不會介紹我給他兒子，雖然之前他說會，但如果他不想讓兒子認識戴著大保護盔的怪女人也是能理解，我不會太介意。

「——奶奶昨天晚上做雞湯，我不喜歡，就去了麥當勞。我想吃雞塊，結果她說不行，因為我自己說不想吃雞。」山姆說著：「可是雞跟雞塊完全不一樣啊，雞肉白色的又不好吃，雞塊黃色的而且很脆。」

「對啊對啊。」小詹說到一半朝我這兒望過來，毫不猶豫就開口：「對了山姆，這是我的新朋友小夏，她很想見見你。」

山姆這才停下關於雞的自說自話，看著我的時候眼睛張得又圓又大。本來以為是因為保護盔，結果他一開口說的是：「妳眼睛是紫色的。」

「紫羅蘭色。」我糾正。

「好漂亮，」孩子這麼說。我笑了笑，以為自己過關，沒想到他緊接著還是問了：「妳為什麼要戴安全帽呀？」

我轉頭看看小詹，以為做父親的會自己解釋，結果他卻一臉尷尬。看樣子還是只能自己來。面對一個小小孩，還是別提什麼頭部中彈的事情比較好，免得給他留下心理陰影。所以我說：「醫院後面有冰上曲棍球場，我等一下要過去比賽。」

山姆眼睛瞪得更大：「冰上曲棍球？」他那興奮模樣好比聽到醫院後面是北極、耶誕老人帶著小妖精正在準備禮物。「我也想玩！爸，我們可不可以去？」

小詹朝我翻了白眼：「不行喔，以後再去。」

「人家想去嘛！」山姆不罷休，拉著他父親的手。小詹的輪椅原本沒固定，被孩子拉動幾英寸，他趕快鎖住免得滑走。山姆看了一副無奈樣：「爸，你起來呀！」

祖父過來輕輕搭著孫子肩膀：「山姆，來的路上是不是說過？爸爸生病還沒好，現在不能陪你玩。」

「很快就會好，」小詹對兒子說：「等我出院回家，馬上陪你玩冰上曲棍球好不好？我保證。」

總覺得小詹不該輕易承諾，尤其他應該辦不到。

山姆嘟嘴皺眉，但還是可愛。後來忽然改口問：「那媽咪帶我去可以嗎？」

現場忽然陷入尷尬沉默，小詹張大眼睛望向自己父母：「他見過凱倫？」

凱倫又是誰？

小詹雙親交換眼神，之後祖父對祖母說：「妳先帶山姆去小詹房間，我們聊一下。」

小詹兩頰又漲紅了，比之前他父親說山姆會來那時更激動。兒子一走遠，他立刻朝自己父親低吼：「他見過凱倫？」

「凱倫聽說你出意外，」他父親解釋：「就想幫忙照顧山姆。」

「她都吸毒吸到神智不清了！」小詹怒吼。

他父親瞥我一眼，微微蹙眉：「詹姆士，聲音小一點。」

我發現他父親每次要叱責就會叫他全名詹姆士。我媽也是，不滿的時候才叫我夏綠蒂。

「我沒辦法信任她。」小詹壓低呻吟繼續說。

他父親嘆了口氣：「你們一段時間沒見面，其實她變了不少，真的改頭換面。」沉吟一會兒之後，他父親補上一句：「凱倫是想看看你願不願意……稍微讓步。」

「她又想幹嘛？」小詹問：「探視權？」

他父親搖頭：「她提的是共同監護。」

小詹嘴巴合不攏，盯著大腿眼神茫然：「休想，絕對不可能……」

「小詹，」他父親語調溫和了些：「就算你回家也還需要人幫忙，凱倫能幫忙照顧孩子的話對大家都輕鬆很多。你也知道，我和你媽不年輕了。」

再開口時，小詹聲音很輕，但我卻每個字都聽得清清楚楚：「除非殺了我，否則別做夢。」

26

四個月後

今天在走廊和娜塔莉做物理治療。我坐在輪椅，她雙手扠腰站在面前，閃亮褐色頭髮束成高馬尾隨她動作搖擺。娜塔莉外表瘦削其實是精壯，在行走團體扶我的時候能看到刷手服底下肌肉線條鼓脹。

「今天，」她說：「要來練習輪椅移動，希望妳推輪椅的時候更靈活，可以比電動輪椅更可靠。」

娜塔莉外表雖然年輕，神情卻總是自信，彷彿這份工作做了一百萬年。

「都教我走路了，為什麼還要學著用輪椅？」我問。

她眉心微微皺起。「走路是很好的練習，」她解釋：「不過小夏妳得有心理準備，剛出院的時候不大可能走得好，所以在家裡主要還是靠輪椅，而且會維持一段時間。這妳都明白吧？」

「喔。」但其實我不明白，只是忍著不表現出失落感。儘管在行走團體表現不佳，我還是以為離開醫院當下就代表能走路。「會多久呢？」

娜塔莉搖頭：「我沒辦法預測。」至少沒跟我說一輩子。

她站直身子，靠得很近下指令：「好，小夏，雙手放在輪圈。」

我照她吩咐做。

「不對，是雙手都放在輪圈。」

「我放了呀。」

「妳只有右手放在輪圈而已，」娜塔莉看著說：「左手沒放上去。把左手放到輪圈上。」

左手很煩，有人叫我做我明明做不到的事情更煩。它很累贅，我都快覺得斐勒莉說得對了，直接切掉比較快，至少不會動不了還一直有人叫我動。

我根本沒辦法正常移動左手，得靠右手去挪、拎起來擺在輪椅左側輪圈，而且這動作其實並不簡單。首先我看不到左邊輪圈，它掉進左半邊與整個宇宙中間那片無垠縫隙了。再來我並不真的能夠看清楚自己左手，即使用右手去碰也沒什麼知覺，感受特別奇怪，像是一塊僵硬笨重的物體。

此時此刻，右手抓住左手，但左手還是不動。不但不肯動，還一直往外抽，平常不會這樣，不知道是不是好徵兆。

「小夏？」娜塔莉叫道：「妳在幹嘛？」

「把左手放到輪圈啊。」

「那是我的手！」

喔。難怪。

娜塔莉嘆口氣站遠點觀察一陣才說：「這樣妳沒辦法用左手推輪椅。」

嗯，我可能該早點告訴她。

娜塔莉跪下來把輪椅右側擱腳板收起，然後要我右手推輪子、右腳控制輪椅方向。我左手就這麼收在大腿、左腳也繼續踩著板子不動，但成效還不錯，已經很久沒靠自己力量移動這麼長距離。

「做得很好！」娜塔莉也這麼說。

我越滑越快，想衝過整條走廊。我想加速，想感受風吹過髮梢，就算幾乎沒有頭髮、少少的頭髮都壓在保護盔底下也無所謂。快到了，終點線在眼前，然後——

忽然間輪椅停下來。

毫無道理。身子向前拋，安全帶壓得我無法呼吸。但若不是安全帶箍著大腿可能摔個狗吃屎。

「怎麼回事？」我大惑不解。

「妳撞上左邊牆壁了。」娜塔莉笑著拍拍我肩膀：「小夏妳不必這麼快呀，滑的時候要小心左邊有沒有障礙物。這又不是比賽。」

比賽？

這兩個字勾起記憶碎片，我閉上眼睛回想病房掛的照片，其中一張裡我將金色短髮綁成馬尾，全身上下都是汗，上衣貼了一張號碼牌寫著237。

「以前我跑過馬拉松。」

「對啊，」她淡淡道：「妳媽媽有提過。」

跑步的氛圍回來了。腳踏在地面、沒被保護盔蓋住的頭髮在風中飛揚。以前的我很喜歡那種感覺。

「妳覺得我還能不能跑馬拉松呢？」

「一定可以啊。」娜塔莉回答：「就算妳不能跑，也有人可以幫妳推輪椅滑完全程，所以參賽不是問題。」

感覺不大一樣，但算了。反正我或許也不想聽到真正的答案。

27

四個月後

今天好累。

身體很沉，手臂像是一千磅重，頭大概一噸吧。光是肩膀撐著頭都費盡全力。

午餐擺在面前但我沒什麼胃口。早上他們叫我練走路我也說不要，心裡只想睡覺。

坐在走廊的時候每次旁邊都同個男的，現在也是。名字忘了，只記得開頭應該是J。他想和我講話，但我好累，說不出什麼，連告訴他自己太累了都辦不到。好想請他先別說話了，讓我回去睡覺。多希望有個人送我回房躺床。

醫生過來找我們講話，但我也不記得醫生名字。今天好多名字都想不起來，大家為什麼要取不一樣的名字呢？好難記，都同一個名字不就好。

或許可以請醫生送我回去，可是我怕我沒力氣問。

「葛林保醫生，」隔壁那男的這麼說。喔，對，醫生姓葛林保，我得記住。要是不這麼累就好。「今天小夏怪怪的。」

醫生挑了下斑白眉毛，領帶上的笑臉圖案好像在我眼前跳舞。「是嗎？怎麼說？」

「她都不講話。」男人這樣回答，表情有點擔心，眉間多了條細紋。他長得挺可愛，可惜想不起來名字。「今天進了走廊以後一句話也沒說，午餐也不動。」

醫生露出微笑。可惡，我又忘記他名字了。「不過小詹你應該也知道，小夏平常就不多話呀。」

「她會和我講話，」那個男的很堅持：「每天都會。」他抽了口氣繼續：「我受傷以後第一個清楚的記憶就是坐在走廊和她聊天。」

我盯著醫生領帶上那些笑臉。不知道為什麼有點模糊。

「小夏恢復速度會比你慢，」醫生對他解釋：「她傷勢嚴重很多，每天狀態會起伏。」

「不對，」那男的搖頭堅持：「醫生，真的有問題，我很確定。」

醫生朝我走過來，笑臉圖案清楚了一下又模糊掉。我真的得睡會兒，一會兒就好。拜託，拜託。

「小夏，」醫生說：「妳今天覺得怎麼樣？」

我覺得很累。有說出口嗎？不太確定。

「小夏，」醫生開始搖我肩膀：「看著我。看我的臉。」

「我好累。」總算擠出一句話。

感覺醫生的手指擺在我額頭。為什麼他的手指這麼涼呢？跟冰一樣。冷手冷心？

「好像有點發燒，」醫生跟我說：「先帶妳回房間做些檢查。」

能回房間，能躺床上。感覺好開心，終於可以睡覺。

「她沒事吧？」隔壁男的問。

「小詹你別擔心，」醫生安撫：「不會有事，我保證。」

當然不會有事，睡一會兒就好了。

做夢了。同樣的夢這次變得更生動，跟真的一樣，彷彿伸手就能觸碰到。

下班很晚回家，走出電梯進入有些昏暗的走道。四周太安靜，就這時候會希望有門房，聊多瑣碎的小事也無妨。踩在地毯，腳步聲渾濁。到了自家前方，右側最後一間，我探向門口，插進鑰匙。

門在身後關上，左手無意識摸索著電燈按鈕。按下了，要有光。（聖經典故）

接著就看見了，槍口直直對準自己。全身血液像是結了冰，我想尖叫卻叫不出來。

然後是槍響。

一瞬間我的世界陷入黑暗。不對，不是黑，精確地說是血紅，就像角膜染了一層血。

紅色褪去之後我盯著自家公寓天花板，有一條裂縫形狀像恐龍。早想著應該重漆，可是太忙，一直都太忙。

我想站起來卻動不了，身體不聽使喚，又噁心又暈眩。一定出了什麼大差錯，受的是重傷，應該說命不久矣，人生或許就到此為止。

這時候聽見腳步聲。有人重重踏過木地板，最後站到我耳邊。我想根據鞋子判斷對方是誰，但連這個也辦不到，身體左邊消散在虛無。

木地板嘎嘎叫，那人在旁邊蹲下。大概看我要死不死的，對方想要做個了結。我試著轉頭看清楚左邊究竟是誰，眼前卻怎樣都是天花板。

我試著回憶艾宓教過的：*往左轉，從左看*。可惜復健的時候就不開竅，現在更沒指望。

對方湊得更近，近得我脖子能感覺到氣息。接著耳際冒出一個沙啞嗓音。

「妳自作自受。」

隨即我驚醒。渾身冒汗不是因為發燒。

28

一年又兩個月前

年紀小的時候沒認真思考過結婚這回事。

潛意識就覺得會在醫學院認識個還不差的人，約會幾年然後成家，實習結束之後生兩個小孩。要是對方真的很堅持就三個吧，四個是絕對不行，我要怎麼養四個孩子呀？

顯而易見，我沒在醫學院認識到未來夫婿，班上男孩子一個個都不成熟，整天就是派對與玩樂。後來我選擇皮膚科，這個領域的競爭異常激烈，自然得多加把勁才能保住一席之地。此外學校位在康乃狄克州的小鎮，撇開同學確實沒什麼認識人的機會，於是醫學院時代社交生活趨近零。當時還不覺得自己犧牲太大。

實習結束，空閒時間多了些，開始考慮約會這檔事，忽然發現好男人都名草有主，或者反過來說一開始就沒有好草，至少在我眼裡沒有，所以逐漸意識到也許自己註定要孤單。

偶爾會心煩，例如參加婚禮之類的活動無法攜伴。但整體而言困擾不大，我過得還行。雖說原本就不算社交活躍卻也不是沒朋友，加上從事一份真心喜愛的工作，因此不至於自怨自艾或哭著入夢，只是接受了單身這個事實。

然而此刻我卻牽著俊美如斯的另一半，在巴哈馬的酒店準備入住蜜月套房。好不真實。我反覆望向克拉克，確認這人真是我丈夫。即便當年懵懂無知，以為女人註定會結婚，我可從沒想過自己能嫁給這樣的帥哥。我一直活得現實過頭，能想像丈夫有雄性禿或啤酒肚，卻怎麼也沒料到最後竟遇上外表完美無瑕的對象，居然還是個律師。

天吶，我還是不太敢相信這個人是我老公。怎麼會這樣？

克拉克掐掐我的手。我很喜歡自己與他小手握大手的感覺。「等不及看看房間長什麼樣了。」他說。

「我也是。」說完我也掐回去。

外表上我是沒有克拉克那麼光芒四射，但他不知為何似乎真的喜歡我。我是說，都願意娶我了，應該是真心吧？

要擺脫潛藏內心的不安全感實在很難。即使說到做到減了二十磅，卻覺得自己其實得瘦三十磅才夠。

酒店大廳接待員皮膚黝黑笑容親切，識別證上名字是皮爾。他遞上房間鑰匙，很誠懇地說：「恭喜二位，剛剛確認了預約三週。」

很好，才要入住就有婁子得收拾。

我清了清喉嚨：「抱歉，可能有誤會，預約兩星期才對。」

「沒關係啦，夏綠蒂。」克拉克伸手搭上我的肩，然而這不是第一次了，我覺得有點奇怪——親朋好友全都叫我小夏，同事也不例外，感覺比較不生疏。只有他硬要和別人不一樣，始終叫我本名，好像不願意和別人重複。「是我改成三星期的。」

我蹙眉：「但我只請了兩星期的假，而且也不能延，有病人預約好了。」

「嗯，我知道。」克拉克這才害羞地說：「不過我想多待一星期，回程機票也改了？」

我嚇呆了。真的呆了。事前不知會、蜜月打算獨自多待一星期，哪一點比較令人生氣？我也分不清楚，總之太奇怪了，不會只有我覺得吧？

「工作那邊呢？」我問。

「這個嘛……」克拉克瞥了皮爾一眼，接待員還站在旁邊聽著我們一字一句。「我辭職了。」

「你什麼？」

忽然間我彷彿無法呼吸。克拉克的手摟住我的背：「夏綠蒂，我們晚點再說？」

抬頭看見皮爾，確實我自己也不想在外人面前扯這些。「好。」

門房幫我們提行李上樓。俊男陪伴的巴哈馬蜜月是每個女人的夢想，我理當沉醉在幸福之中，但此時此刻卻只覺得想吐。

竟然什麼都瞞著我。

到了房間前面，門房逗留不走，我意識到他在等小費。克拉克自己衝進浴室，看來只能靠自己。我根本不知道該給多少，只能隨便從皮包掏出五美元鈔票交過去。

「謝謝女士。」說完以後門房卻遲疑一陣又說：「女士，實在忍不住想說，沒見過您這麼特別又漂亮的眼睛。是紫羅蘭色吧？」

我有點尷尬，微微低頭咕噥：「只是藍色而已。」

「很美。」他說。

我猜想是以為美言幾句能榨出更多小費吧。老套。

就再給個一美元。

門房走了，克拉克好像打算在浴室待上一輩子。要是以為拖時間我就會不生氣，很可惜要叫他失望了。我坐在加大雙人床上盯著牆壁，思索待會兒到底該怎麼和他談。連電視也沒開，不想被任何東西轉移怒氣。

好不容易等到他出來，渾身上下只穿了件泳褲，初次見面吸引了我的結實胸肌鼓脹得恰到好處，我差點忘記自己在生氣。但只是差點。

「那，」克拉克歪著嘴笑：「要不要先去沙灘？」

「不要。」我回答：「先談談為什麼你辭職了卻不告訴我。」

他翻了下白眼：「又不是什麼大事。」

「這還不是大事？」我堅持：「我是你妻子，這種決定你該跟我商量。」

儘管心裡很氣，不得不說自詡為他妻子還是竄過心頭一喜的感受。

「唔，可是我辭職的時候妳還不是我老婆。」他這麼解釋。

「你什麼時候辭的？」

「一個月前。」

我差點噎到。竟然還瞞了整整一個月？搞什麼呢？感覺情況越來越不妙。

「夏綠蒂，我要自己開事務所。」克拉克說：「跟妳說過的，自己當老闆是我的夢想，不想再打領帶也不想再阿諛奉承。」

「意思是你也不打算找別間？」我問。

「不是才剛解釋過嗎，夏綠蒂？」他語調開始不耐煩，好像我問的問題很笨。「我討厭那種工作環境，辭職是我這輩子最正確的選擇。」

「那有什麼打算？」

「唔，」他沉吟：「租一間小辦公室，開始在網路放廣告找客戶。很多律師都獨立作業，我不需要靠事務所也能成功。應該說事務所對我反而是阻礙。」

他是在我面前提過幾次不喜歡現在的工作，但可沒說到這種地步。不過兩個人相處也就八個月，如今回顧起來似乎真的嫌少。

「那你辦公室租了嗎？」我繼續問。

「還沒。」他攤手一副無辜樣：「我想先好好放鬆，去幾個地方晃一晃。」

「有客戶了嗎？」

克拉克蹙眉：「沒有辦公室要怎麼有客戶？」

說得好。

「你應該先告訴我。」我竭力壓抑憤怒情緒。

「畢竟和妳沒關係，」克拉克說：「無論是否與妳交往我都會辭職。」

「你確定？」我反駁：「沒了我的收入和積蓄做後盾，你真的還會辭職？那租辦公室的錢從哪兒來呢？」

克拉克臉一皺。我是很不想說這種話，但心裡覺得就是事實。全職皮膚科醫師賺的不算少，而且還有存款與投資，兩個人過上好日子並不是問題。此外克拉克就這麼恰好很喜歡我那間比鄰中央公園的寬敞公寓，平日也習慣吃好穿好。

再來就是雖然他總避而不談，我感覺得到克拉克應該沒什麼儲蓄，或者說他根本不懂理財。所以我不相信自己一個人的話他能大大方方辭職，辭了職日子過不過得下去都是問題。

即便如此，方才那番話恐怕還是太直白。感覺我成了個尖酸刻薄的女人。

「抱歉。」我壓低聲音：「我希望你過得快樂，真的。但還是覺得這麼重大的決定你應該跟我商量。」

克拉克點頭：「妳說得沒錯。真的抱歉，下次再有什麼要緊事我會找妳一起做決定，好嗎？」

他湊近，那雙強壯臂膀與嘴唇一起迎了過來。

之前我一直認為與克拉克接吻很舒服是因為兩個人有難以言喻的化學反應。現在我不禁動搖了，開始懷疑和我沒有半分關係，單純是他很會接吻而已。

29

一年一個月前

克拉克有很多優點，但真的結了婚住在一起就開始無法忽視缺點。例如髒衣服他從來不會放進洗衣籃，床上、浴室、沙發甚至廚房到處亂丟，但怎麼丟就是丟不進洗衣籃。有一次在籃子旁邊撿到髒襪子，只差那麼一丁點就得分了我還得給他歡呼叫好。

還有一點是他很懶。是真懶。蜜月結束不久，有一天克拉克坐在沙發看電視，我問起究竟何時要租辦公室，他反應非常激烈。

「夏綠蒂，我才剛從國外回來啊。」

「那個國外是巴哈馬，」我指出：「你是去度假的。」

克拉克關了電視回頭瞪我。「我現在周轉不靈，可能暫時租不起辦公室。沒關係，會有辦法的。」

「沒辦公室能有什麼辦法？」我搖搖頭：「克拉克，你是我老公，辦公室可以一起租，沒什麼大不了。」

他別過臉：「感覺用妳的錢不好。」

「別想太多，」我回答：「當作是對兩個人的未來做投資。」最後還是我自己上網找出租廣告。曼哈頓這邊全部貴到不像話，布魯克林還勉強，我就列印幾個價格合理的物件資料出來。昨天克拉克興高采烈說他找到要租的地方了。

「要過去看看嗎？」

「當然！」我說。

位置在布魯克林高地，建築物老舊泛黃，我自己一個人的話不敢待太晚。過去是搭計程車，預計回程也一樣。但克拉克畢竟是男人，在這種地方逗留倒無妨，至少白天沒關係，何況我沒見過他熬夜。

辦公室與另一位律師共用。克拉克說家具全都房東準備，有個生鏽的檔案櫃、快壞掉的木書桌。我暗忖等他生日就買張貴一點的高級貨送他。

「覺得怎麼樣？」克拉克問我。

「看起來不錯。」

「都是託妳的福。」他將我摟進懷中：「要是沒有妳，我也沒有勇氣自己出來開業。夏綠蒂，是妳幫我圓了夢。」

和付了帳。但不對，我不該這樣子思考。自己都說了，兩個人是夫妻啊，一切都是對未來的投資，要攜手努力。

「那你在報紙刊廣告了嗎？」我問。

克拉克呻吟：「夏綠蒂，我才剛找到辦公室！」投資一定有風險。

聽起來應該很奇怪，但我最近一直看到史丹．勒洛伊。

自從在餐廳不期而遇，我總覺得他時不時在眼角餘光掠過，一轉頭卻找不到人。實在夠怪的。我從病歷找到他住址，明明不在我家附近。話說回來不也在餐廳碰面了嗎，所以或許他認識住附近的人，又或者我根本沒看見他，全都是自己心理作祟。

此刻我到一間中式餐館取外帶回家，排隊時後頭有個人一直瞟我，眼神還特別詭異。對方並非史丹．勒洛伊，也不是長得特別嚇人之類（其實不敢正眼瞧），但我還是很不安，總是說錯自己要的花椰菜炒雞肉和克拉克要的木樨豬，還反覆問店員剛才說什麼。

「請問大名是？」店員問

「麥坎納。」我回答。

沒錯，結了婚也沒從夫姓。當夏綠蒂．麥坎納當了三十六年，醫師執照用的也是這個姓名。這時候改姓氏就好比修改整個人生一樣，實在沒必要。

點完菜我就站到旁邊，後頭盯著我的人這才開口：「妳是夏綠蒂對吧？」

我猛然轉頭面對跟蹤狂，對方年約四十，西裝領帶的模樣似乎剛下班。仔細一看真的不嚇人，直覺反應猜想是患者。在外頭碰上病人頻率不低，大家還都以為我能記得住，好像檢查顆痣是什麼天大的事情一樣。通常我都打哈哈蒙混過去。

不過這人看懂我表情了，主動想要握手。「我叫肯尼斯．蘭德斯，」他自我介紹：「是克拉克之前在桂格里與派特森聯合事務所的同事。你們倆最近結婚了對嗎？我在Facebook上看到。」

喔，天吶，居然是克拉克以前同事，比病人好多了。我幾乎沒見過他朋友，更沒機會接觸到曾經與他共事的人。

「是的。」我與他握手：「幸會。」

「幸會。」蘭德斯說：「別擔心，沒接到婚禮請帖這種事我不在意。」

我臉一紅：「其實儀式很簡略，兩個人去市府公證而已。」

「妳可以接受？」蘭德斯挑眉：「哇，克拉克娶到妳真的賺到了。」

「謝謝。」真是老套，我忍著沒翻白眼。

他笑了笑：「大家都很想見識見識是怎樣的美女能讓克拉克轉性定下來，看來他確實有眼光。」

這次我真的忍不住轉了下眼球。「謝謝。」我回答。

「婚姻生活還愉快？」蘭德斯接著問。

「還不錯。」我偷瞟了一眼，餐點還沒做好。「可惜沒能去你們事務所拜訪一次。」

蘭德斯笑出聲：「不去也好。克拉克在那種情況下離職，想回去只會吃閉門羹吧。都超過一年了，大家還是三不五時就提起呢。也多虧了他，現在上頭學聰明了，要炒人魷魚也不在早上提。」

啊？他這話什麼意思？

「抱歉，我不是很懂？」

蘭德斯又挑眉：「難道克拉克都沒提起他在事務所最後一天幹了什麼好事？怎麼可能？」

「也許我沒仔細聽吧。」我心虛地說：「但……你剛才說他離職是一年前的事情？」

蘭德斯若有所思皺起眉頭：「不對哦，我說的是比一年還多一些。」

腦袋一下子冒出好多疑問，快爆炸了。我本人也快氣炸了。克拉克與我認識的時候就自稱是在那間事務所工作，然後又說結婚前不久才辭職。現在看來，事實是他超過一年沒踏進事務所，更重要的是他根本是被人家給趕走了。

難怪他從來不介紹同事給我認識。

我想殺人，殺掉我自己老公，殺到他血肉模糊連爸媽都認不了屍。

「麥坎納小姐的餐點好了！」櫃檯後面對準我大聲叫道。何苦呢，我不就站在前面而已。

「謝謝。」我小聲回應，轉頭朝肯尼斯．蘭德斯擠出笑容：「很高興認識你，我得先走了。」

「別客氣。」蘭德斯說：「有空的話可以來我家小聚，我和我老婆住曼哈頓。」

「好呀！」我假裝興致勃勃然後說：「不如你寫個 e-mail 給克拉克好了。」這麼說應該能保證這輩子不會再見到肯尼斯．蘭德斯這人才對。

提著中餐館褐色紙袋走路回家，明明香氣濃郁我卻沒了胃口，甚至應該說想吐。我對克拉克．道格拉斯究竟瞭解多少？現在看來，他呈現的自己有一大半都是假象。

他為什麼不讓父母和我見面，難道又是另一場騙局？以前我接受雙方關係不好這套說詞，現在覺得事有蹊蹺。

上樓以後，咪咪在門口迎接，大聲喵了幾次表示她餓。看得出來我上班期間克拉克完全不餵貓，而且經過這麼久一貓一人仍舊生疏。當初就該聽咪咪警告，連貓都比我會看人。

開了精緻罐頭倒進貓碗，同時聽見克拉克關掉浴室蓮蓬頭。這種時間洗什麼澡，難不成想洗掉身上什麼東西？

不，我不該胡思亂想。

我拎著餐點站在客廳中間渾身緊繃，克拉克腰上裹條浴巾哼著〈一首小夜曲〉從浴室出來。必須承認一望向他線條分明的胸肌心裡怒氣就稍微平息了，就算工作不認真至少懂得騰出時間健身。

克拉克伸手撥一撥還沒乾的頭髮，朝我笑了笑說：「時間算得好準。」

我深呼吸，心臟跳得很大力。「你是什麼時候離開桂格里與派特森事務所的？」

他的步伐僵在半途，從那表情就能猜到會怎麼回答了。「一陣子了。」克拉克用詞很小心，想先旁敲側擊來判斷我知道多少。

「『一陣子』是多久？」我一個字一個字問。

克拉克歪嘴笑：「這是什麼怪問題？」

我把外帶餐點放在咖啡桌，放得太用力了，也可以說是扔上咖啡桌，接著雙手抱胸：「看來是你無法正面回答的那種問題。」

他沉默至少一分鐘，然後嘆口氣，手梳過濕髮：「誰告訴妳的？」

「肯尼斯．蘭德斯。」

他皺眉。

「我們在中餐館遇見。」我解釋。

「好吧。」克拉克嘀咕完一屁股坐在沙發，又緊張地順了順頭髮。再抬頭時，那雙湛藍眼睛凝視我：「抱歉，夏綠蒂，我說了謊。」

我沒過去坐下。「那要不要說實話？」

「哪個部分？」

「全部！」我手扠腰：「從你為什麼被炒魷魚說起。」

「夏綠蒂，我做不來。」他語氣軟弱無力：「事務所訂的標準太離譜了，一星期得收到兩百個小時的諮詢費！我總是落後一整週的量，上頭給過幾次警告，但做不到就是做不到，所以最後被開除。」

「嗯哼……」我沉吟。

「我覺得真的太太太不公平了。」克拉克繼續說：「一怒之下決定報復。事務所大家都知道派特森那老頭每天下午三點鐘『開會』其實是和接待員小姐亂搞，所以我安排三點十五分請他太太來一趟。後果如何，妳可想而知。」

我蹙眉：「唔，有種。」

「但也很蠢。」他搖搖頭：「派特森祭出黑名單，紐約這兒沒有事務所會用我了。基本上就是為逞一時之快毀掉整個人生的故事。」

「我的天。那你生活費哪兒來？」

「我有存款。」他回答：「也多少有機會私下接些工作，朋友、鄰居之類的，不過……就很緊。」

我咬嘴唇：「那為什麼不告訴我？」

「開這什麼玩笑啊？」克拉克又搖搖頭：「妳是美麗聰明、事業有成的醫生，如果我說自己是個無業遊民，妳還會正眼瞧我嗎？」

「這說得不公平。」我回答：「你該告訴我真相，我不會介意。」

「胡說。」克拉克咬牙切齒：「妳會像其他人那樣看不起我！」他說得臉漲紅起來。「不然我爸我媽為什麼不理我了？還不就因為我總把事情搞砸、總要他們收爛攤子，永遠表現不夠好。重點是，他們還真說中了。說中了！」

淚水在他眼眶打轉。病人哭是家常便飯，克拉克哭我還沒見過。

但看起來就快了。

「我也希望自己配得上妳，夏綠蒂。」他聲音小了很多：「我很羞愧，不敢讓妳知道真相，否則就會失去妳。」

「不會失去我的。」

克拉克雙肘撐膝，臉埋進手掌：「我很愛妳。對不起我撒了謊，可以的話真想從頭來過。」

天吶，沒想到我就這樣打算原諒他了。不過畢竟都結婚了呀，不然能怎麼辦？因為他被炒魷魚就離婚嗎？

他抬頭望過來，實在難以抗拒。「夏綠蒂……」他朝我伸出手。

只是想給我好印象，真的罪不可恕嗎？雖然有點做過頭了。

30

四個半月後

我躺了三天床。

聽說是這樣，自己沒什麼記憶，只記得在床上昏昏欲睡一頭霧水還想把人都趕走。再來是惡夢，每天晚上都做惡夢。

結果全都是因為尿道感染，所以得吃抗生素。原本就很多的藥又多了一顆。病上加病一個好處是可以留在房間，不必坐走廊與訪客及護理師面面相覷。可惜狀況好轉就又回到走廊，明明一樣的地方卻又顯得不同，類似畢業以後再回去高中一看，同樣的校園同樣的教室卻充斥著陌生的面孔。

差別是高中裡頭不會這麼多老臉。

壞消息是找不到小詹。或許他已經回家去，那我會非常難過。

嚼著滿口青豆的時候忽然聽見有人叫我名字。「小夏！」是小詹，小詹！他的聲音走到哪兒我都能認出來。只見一個穿著刷手服的魁梧男子推著輪椅經過，坐著的他臉亮了朝我笑。忽然好想上前伸手抱抱他，可惜辦不到，阻礙太多了。

小詹往後探頭跟推輪椅的人說話：「盧你先停，把我放在小夏隔壁。」

對方皺眉：「不是說要在房間用餐？」

「不了。」小詹用力搖頭：「就在這兒，在小夏隔壁吃。」

那人將輪椅又往前推一點，小詹立刻出聲制止：「不對不對，放她右邊，得在她的右邊才行。」

有人熟悉自己的感覺真好。

將小詹放在我右邊之後，魁梧男子離開給他取餐點。「妳看起來好很多。」小詹開口。

「你看起來也好很多。」我說。

他笑著挑眉：「什麼意思？」

「頭髮長回來了，」我告訴他。現在小詹頭髮至少一公分，是深褐色。「幾乎看不到疤了。」

他卻自己摸了摸疤痕位置：「是嗎？」

「看上去幾乎是個正常人了。」我繼續說。

「是喔，真多謝。」小詹翻了白眼，嘴上卻掛著笑意。

我忽然想到一件事情很奇怪：方才名字叫做盧的人本來要把小詹推回房間用餐。我一直以為小詹坐在走廊的原因和自己一樣，是護理師不敢讓他一個人留在房間。

看來並非如此，小詹可以自己在房間吃東西，所以他是自願被放在外頭。

如果我能選擇，才不要被擺在走廊。想都別想。「我有錯過什麼精采的嗎？」

小詹搖搖頭笑道：「少了妳，大家都沒精神啊。」他猶豫一下，表情忽然很正經。「小夏，我很擔心，真的擔心。妳沒事就好。」

接著他的舉動讓我吃了一驚，居然抓住我的手輕輕掐一下。最近碰過的只有我媽的手，手指細瘦還會風濕痛。小詹的手大而強壯，還很溫暖。暖手暖心，應該對吧？

掐了一下以後，他又稍微遲疑，手抽回去的時候給他送餐那位正好走出來。

走廊上有個人總是走來走去。年紀大約五十，褐色頭髮稀疏了，形狀怪異不自然，身上是病人服，腳上沒穿鞋而是套了厚襪子，底部加墊預防滑倒。他腳踝掛著白色圓圈，一分鐘左右閃一次紅光。

「這樣他才不會逃走。」小詹從我右邊說。

我望著他皺起眉頭：「什麼意思？」

「妳不是盯著人家腳踝看嗎？」小詹回答：「要是他離開病房區，腳踝掛的東西會發出警報。昨天我就聽見了。」

低頭一看，我自己腳上沒那種東西。除非，在左腳。總是得考慮這種可能。但我確認過，小詹腳上也沒有。「為什麼我們不必戴那個？」

小詹眼珠子一翻：「妳覺得我們倆逃得掉？」

的確逃不掉。就算想朝門口衝，跑不到四分之一距離就會整個人趴在地板。我應該第一步就摔倒了。小詹或許能多個幾步，但好不到哪兒去。

那個人來回途中每次都會朝我瞅，我有點不自在。人家大概只是覺得保護盔特別，不是他的錯。

不過那人繞了至少一百圈以後終於直接停在我面前。這個距離能夠看清楚了，他右臉全是瘀青，右眼周圍特別黑，眼白充血嚴重。

對方瞇著眼：「麥坎納醫師？」

這句話來得猝不及防。沒人這樣叫我，沒有了。在這裡不該會有。

他是誰？

「是……」我往旁邊瞟，小詹蹙眉盯著他，前額微微突起的模樣挺可愛。

那人的臉亮了起來：「真不敢相信，居然會在這裡遇見妳！」

不知道該說什麼，我就回答：「真的是我。」

對方正色說：「麥坎納醫師，妳是天才，我說真的。妳挽救了我的婚姻。」他深呼吸，「我只是想向妳道謝，真的非常感謝妳。」

心裡忽然有股熟悉的暖意。以前也有病人特別來致謝，我想起那種美好感受。

「喔。」話雖如此，我仍舊不知道這人身分。有幫上忙就好。「別客氣。」

小詹眉頭還蹙著：「小夏……我是說，麥坎納醫師究竟怎麼拯救了你的婚姻呢？」

謝謝你幫我問出口。

那人笑著指頭頂：「她給我植髮，徹底重建我的性生活！」

我看著他的頭，頭髮像是一撮撮插進頭皮。是我做的？天吶。

「可惜來不及準備禮物，」他還沒說完：「表達我的謝意。」

「沒關係的，」我連忙說：「不必客氣。」

他好像還有話沒講，站在我面前好一陣子，最後卻又轉身沿走廊離去。

「真不敢相信那頭髮是我做的。」我小聲告訴小詹：「如果以前工作成績就這樣，會不會是自己朝腦袋開的槍啊？」

小詹捂住嘴巴忍住笑。能逗他笑我很開心，只是最近逗別人笑好像都是意外。他本來好像還想說些什麼，卻忽然一臉合不攏嘴的表情。

「小夏，」小詹也壓低聲音：「不得不提醒妳，剛才那個人還是留了禮物。」

我沒聽懂，他就朝地板撇了撇頭。順著他視線，我往自己前面一看，方才那人腳邊位置多了一小坨糞便。

說不定真的是自己朝自己腦袋開槍。

31

四個半月後

我正式從環境認識團體畢業了，現在能夠穩定回答姓名、所在地點、日期和美國總統的名字。（但還是不知道他吃了什麼。）

新療程叫做思考技巧團體。雖然不大確定內容，但我也覺得必須磨練一下思考技巧，現在腦袋不大靈光。而且安潔菈也有參加，她說課程有趣，尤其不必電擊手臂。

上課地點是個簡單房間。中間擺一張小木桌，周圍空間塞了輪椅就幾乎客滿。學員共四人，除了我還有安潔菈和一男一女。女的看上去七十好幾，男的年紀更大，皺紋上還生了皺紋，或許是我這輩子見過最老的人。他戴著洋基棒球帽，不過除了掉下來的兩三綹白髮之外應該全禿。

艾宓不小心把教具忘在樓上，留著我們四個自己去拿。她可能也忘了正常來說不能丟下病人獨處。雖然安全帶上有警報器，但我應該能在護理師趕到現場前就面部著地，只是沒人有那種興致，算她運氣好。

「這位是小夏。」安潔菈告訴兩個同學：「小夏，這位是海嘉，這位是文森醫生。」

海嘉朝我微笑。她將白髮盤成小圓球，兩顆門牙中間很大一條縫，說話有濃濃德國腔：「我見過妳，妳常常在走廊上和那個手會抖的小帥哥講話。」

安潔菈聽了一笑：「那個男的叫小詹。他超喜歡小夏，好可愛。」

我感覺臉頰微熱：「沒有啦。」

「更可愛的是，」安潔菈說：「小夏還不知道人家多喜歡她。」

「他哪有喜歡我。」我嘀咕。

「怪不得他，」海嘉說：「畢竟妳人長得美呀。眼睛好漂亮，是紫羅蘭色？」

「深藍而已。」我小聲答道。

「哪有多美。」文森醫生一開口像是細碎呢喃，連嗓音都散發古老氣息：「連頭髮都沒！」

「*Sie dumm fuhrt*！」（說什麼傻話！）海嘉朝文森醫生罵道：「沒頭髮也能美呀，而且遲早會長回來。」

安潔菈朝文森醫生點點頭說：「中風之前他都還在精神科看診，雖然高齡九十三嘍。」

「我也是醫生。」我說。

「真的？」文森醫生挑眉。明明頭頂幾乎無毛，兩眉卻茂密到可能擋住眼睛。「什麼科？」

我咬唇望向安潔菈，她只是聳聳肩。「不記得了」四個字一到嘴邊，我卻忽然改口：「皮膚科。」

「妳是什麼毛病？」文森醫生又問。

「哪有人這樣問話的！」海嘉又叫道。

文森醫生攤手：「不行嗎？」

「很不禮貌！」海嘉糾正他，然後偷偷瞟我一眼說：「文森醫生和我是缺血？」

「缺血？」我問。

「腦缺血中風的意思，」文森醫生翻了白眼：「差別是我腦袋還正常得很。小夏妳說說為什麼會住院。」

海嘉還想替我講話，我搶先解釋：「頭部中彈。」

海嘉捧著心窩，「*Ach mein gott*！」（我的天！）她叫道：「是誰這麼狠心？」

我搖頭：「警察還沒找到犯人。」

「多半是妳認識的人。」文森醫生若有所思，搔搔皺紋滿佈的下巴說：「多數女性是遭到認識的人謀害。」

「人家還沒死呢，*dummkopf*！（白痴）」海嘉說。

「我認為，」文森醫生說：「對方都朝頭部開槍了，就是想置她於死地。」

「我媽覺得是闖空門。」我回答。

「可能是妳老公。」文森醫生提出意見。

「*Ach mein gott*！」（我的天！）海嘉又叫道：「你別胡說八道了。」

文森醫生聳肩：「不然還能有誰？」

「她老公一直沒來探病。」安潔菈向他們透露：「我連一次都沒看到過。」

「*meine liebst*（親愛的），妳的婚戒呢？」海嘉問。

我搖頭，別說我找不到自己左手，就算找得到我也不覺得會戴著戒指。

「我和我老公做珠寶做了四十年！」海嘉忽然說：「給我看看戒指，我就能判斷出妳老公人怎麼樣。」

文森醫生嗤之以鼻，轉頭問我：「妳記得事情經過嗎？」兩條濃眉幾乎纏起來。

我又搖頭：「不記得了，只是……」

三個人興致勃勃盯著我。真希望故事能夠有趣些。

「只是一直做夢。」我回答：「說是做夢，但其實像是一段記憶，偏偏……就都很朦朧。我左半邊出了問題，所以沒辦法看清楚。」

安潔菈輕輕推一下文森醫生：「佛洛伊德怎麼解釋這種夢？」

「夢見自己死亡，象徵內在的轉變。」文森醫生鄭重說：「不過腦袋剛中彈的人不必理會佛洛伊德的解釋。」

艾宓氣喘吁吁走進來，將捧著的遊戲道具放在桌上。有些很眼熟，可能在派對或電視節目看過。這個團體確實比較有趣。

「大家剛才在聊什麼？」她問。

「幫小夏分析是誰朝她開的槍，」文森醫生回答：「感覺不是她老公就是闖空門的。」

艾宓瞪大眼睛，開始告誡我們別亂議論這種事，但我覺得有何不可，反正警察也抓不到真凶，唯一的希望就是靠自己想起來。

又做那個夢了。被槍擊那一夜。

天黑之後外頭有點涼，還下著雨。我穿著靴子，拖著泥水走進一樓大廳。「嗨，小夏。」高我兩層的鄰居安妮迎面而來，我點頭微笑回應。

踩在我那層樓的走廊地毯時腳步聲輕了許多。掏出鑰匙，插入鎖孔。

接著是槍聲，隨後一片血紅。

起不了身，動彈不得。公寓裡還有別人，想傷害我的人。我知道在左邊，努力轉頭過去想看清楚卻又看不見，只有一個聲音迴盪在腦海。

「妳自作自受。」

然後我驚醒。

32

十一個月前

布莉姬邀我去她家裡午餐，我以為是真的要吃午餐。不知道自己怎麼能誤解這麼深。

換作以前，和布莉姬午餐通常是找一間希臘式餐廳，兩個人猶豫究竟應該為了健康點沙拉、還是順從內心渴望點漢堡。（結果是漢堡，每次都是漢堡。）之後一起逛街、看電影或回憶大學室友那段日子，總而言之能度過漫長慵懶的午後時光。

可惜小西爾希出生了，午餐重點轉移到她身上。即使我應邀而去，主要都在看小寶寶怎麼吃下火雞肉泥，真是非常具有教育意義的活動。

閨蜜生了女兒之後整個人心力交瘁。從前她家裡擺得漂漂亮亮，都是些價格昂貴但中看不中用的家具，咖啡桌整理得一塵不染。現在可就不同，牛奶、食物或者我不太想提的褐色污垢隨處可見，連布莉姬本人都變得很邋遢，穿著超寬鬆牛仔褲，上衣右側角落沾到吃的都結塊了。換作從前，布莉姬絕對不可能忍受自己衣服沾到吃的沒清潔，更不可能給咖啡桌邊邊角角裝上那麼難看的塑膠防護條。

西爾希穿了一件很不方便的粉紅色百褶裙小洋裝，外頭特地罩上小圍兜。寶寶對於絞成泥的火雞肉不為所動，倒也不是她有什麼問題，就算我看了那玩意兒也是噁心到有些沒胃口。也好，雖然名目是午餐，但反正我覺得自己根本沒機會吃到東西。

「快點，茜爾希，」布莉姬求著小娃兒：「幫媽咪吃一口好不好……」

茜爾希小嘴緊閉不動。反正每天追著她餵東西的人不是我，所以我覺得孩子挺可愛的。

布莉姬放下嬰兒湯匙嘆口氣：「想讓她學吃肉，但進度不太好。」

「是喔。」

「麻煩的是，」布莉姬繼續說：「開始吃肉以後便便狀況好糟糕。從吃固體食物就開始了，真該給妳看看現在變成什麼樣。」

「是喔。」怎樣不失禮貌地轉換話題？聊什麼都好，別聊妳女兒的便便。

「昨天，」布莉姬眼睛還忽然亮起來：「她便便好誇張，我就拍下來了。」她手探向皮包，「要不要看？」

我這閨蜜是腦子有毛病了吧？「這就不必啦。」

她臉一垮，可能想給我看想了整天了。還好沒有繼續這話題。

「要不要出去買點東西，」我提議：「大人吃的？」

「唉，算了吧，」布莉姬說：「小夏妳看我！懷孕增加的體重到現在還沒降回去。」

「所以呢？」我忍不住皺起臉：「難道就不吃東西了？」

「一起出去的時候總是吃過頭啊，」布莉姬戳破：「妳心裡清楚。現在倒好了，妳瘦得跟竹竿一樣，多吃個培根起司堡也不必擔心，我就沒有這種空間。」

什麼瘦得跟竹竿一樣，差得遠，距離目標體重還多十磅。我也不會因此就不吃東西啊。

「妳和克拉克怎麼樣？」布莉姬笑得曖昧：「最近是不是也該準備生孩子？」

我蹺了腿又放下，拿捏著是否該轉移話題，聊茜爾希的便便也好，現在看照片還不遲。「沒特別談過這個……」

「小夏妳自己是想要孩子的吧？」

布莉姬給茜爾希擦臉，小女娃張開手討抱。我蓬頭垢面的閨蜜將女兒從兒童座椅捧起，寶寶伸出圓鼓鼓小手臂摟住她脖子。

別告訴我媽。但我的確想要孩子。

原本還以為沒機會，而且從前總以為生兒育女是人生必經，所以也不特別期盼。現在居然結婚了，身邊朋友不是當了母親就是正在努力，所以我也忍不住思索起來。每次路上看見推嬰兒車的女人，胸口都會微微一悶。

但還沒崩潰到會對九個月小女娃兒的便便照片有興趣。幸好。

「大概吧，」我回答：「應該是想要。」

「那還等什麼呢？」布莉姬朝我挑眉：「小夏，我們都三十好幾了呀！」

我蹙眉：「三十六哪裡叫做三十好幾，頂多就是三十多。」

「別自欺欺人，」布莉姬爭辯：「過了三十五就叫做三十好幾。」

她這定義對不對我是不確定，但婦產科確實認為超過三十五就叫做高齡產婦。就算現在立刻懷個寶寶也是高齡，何況我這邊連個影子都沒有。

「等茜爾希一歲，史提夫❼和我還打算再拚一個。」布莉姬說：「你和克拉克也差不多該開始了。」

她說得沒錯，但不知為何，我對於和克拉克生寶寶有所保留。從他隱瞞離職時間開始，我就沒辦法全然信任。

話雖如此，沒道理克拉克和我不能有寶寶，否則一開始為什麼要結婚？

❼與物理治療師同名不同人。

33

十一個月前

新事務所開張，克拉克最近壓力頗大。接了幾個案子，但處理不順利，總是得加班。我也發現這人一緊繃就難相處，來回踱步就算了，想跟他講話也會立刻被喝止。他這兩三個星期來來回回的步數加起來或許能跑馬拉松。

性生活隨著不翼而飛。我看克拉克所有精力都用在踱步上了。

感覺兩個人都該轉換情緒，所以找了個晚上出門。他不知怎麼訂到一間叫做WD50的時尚餐廳，專精什麼「分子美食」，這個詞什麼意思我都不大清楚。克拉克吃的是「解構班尼迪克蛋」，我的是鮮蝦粥——不是鮮蝦和粥，而是鮮蝦粥，也就是以鮮蝦做出顆粒再佐以墨西哥青辣椒和亮綠色洋蔥片，口味倒是挺不錯。

才到主菜，克拉克已經喝了第四杯酒，我還拿不定到底是好是壞。他能放鬆是好的，但這狀況是不是鬆過頭？居然還又向侍者要續杯。

「夏綠蒂妳安排得可真好。」克拉克吞下最後幾滴黑比諾葡萄酒。

「唔，餐廳是你訂的。」我提醒。

「說得好。」他朝我眨眼。

我手伸到對面，他握了一會兒又繼續吃。「感覺你太投入事務所了，」我說：「或許也能想一下別的事情。」

「或許吧，」克拉克聳肩，把我那杯（我的第一杯）搶過去偷喝一口。「例如什麼？想去什麼地方走走嗎？」

「倒不是。」我深呼吸：「我在想我們是不是可以準備生個寶寶了。」

他喝一半嗆到，幾滴紫色落在白襯衫。「寶寶？現在？妳瘋了嗎？」

「克拉克，我三十六了，」我提醒。天吶，怎麼自己說話變得跟布莉姬一樣？唉。「現在不生，要等到什麼時候？」

「我連妳想要小孩都不知道。」克拉克搖頭：「妳都在忙工作，哪來的時間？」

我忍不住愁眉苦臉。以前跟別人約會總被抱怨工時太久，只有克拉克今天之前還沒提過，甚至會為我有一份自己喜愛的工作而慶幸。

「請個保姆，」我說：「然後我稍微壓低工作量。」

他還是搖頭：「負擔得起嗎？」

「我存款夠，沒問題。」

克拉克的頭搖個不停。

「結婚之前你也說過想要小孩呀。」我提醒。

「嗯，」他回答：「要是要，但那是以後的事。」

「我都三十六了，」我重複一遍：「還能等多久？」

「三十六又不大，」克拉克說：「就三十出頭。」

「這叫三十好幾。」我說話真的變成布莉姬。

克拉克揮揮手不以為意的模樣：「那又如何呢，現代女性動不動就四十才生，我覺得等到四十以後沒問題呀。」

「我不想等到四十。」乍聽很堅決，其實原本沒那麼篤定，是此時此刻才意識到自己真的不想拖下去。「四十恐怕太晚了。」

「反正什麼事情都得聽妳的是不是？」克拉克咕噥，但這結論怎麼跑出來的？

我盯著他，心裡湧出一股厭惡。不管鮮蝦粥味道好不好，我已經沒心情和這人同桌用餐，隨時都想起身衝出餐廳大門。

緊繃的沉默被過來倒酒的侍者打斷。克拉克端起斟滿的杯子輕輕搖晃，然後吞了一大口。

「其實，」他伸過來握住我的手：「妳也沒說錯，我確實想要小孩，兩個人也不算年輕。那……一年如何？一年後開始？」

我往桌子對面露出微笑：「哦？」

「時間剛好。」他解釋：「個人事務所應該上軌道了，結婚也超過兩年，正適合生孩子。」

「確實剛好。」

其實他沒答應立刻開始，我心裡反而悄悄鬆口氣。忽然為人母這種事情還是挺可怕，有些時間調整心態也不錯，尤其能在多出小孩這種負累前先好好瞭解這個丈夫。

「不過，」克拉克嘴角揚起笑意：「先答應我，生男孩的話名字叫做小克拉克。」

「才不會。」我說：「一定是女孩，就叫小夏綠蒂好了。」

「唔，」他回應道：「不如組合一下？克拉蒂？等等，有了——夏克！」

「真不賴！」我笑了起來。

我又回頭開始吃粥。再一年，我們就要當爸爸媽媽了。

說不定有時間再跑一場馬拉松。

34

四個半月後

「妳究竟會不會把顱骨裝回去？」小詹問我。

我和他每晚的例行公事就是坐在走廊聊天。晚餐吃完，有個助理護士將盤子收走。我還是不懂小詹明明能在房間吃為什麼和我待在外頭，腦袋真的有毛病。

「應該會吧。」或者說我希望會，總不能下半輩子都戴著保護盔過活。但話又說回來，顱骨被子彈打碎了，醫生能給我做個新的嗎？現在有這種技術？

「什麼時候？」

「我也不知道。」我碰了碰保護盔，忽然覺得頭好癢。「希望盡快嘍。」

「我也希望，」小詹朝我笑一笑：「這樣才看得到妳頭髮長什麼樣。」

忍不住想到昨天思考技巧團體上安潔莅那番話，就是小詹喜歡我什麼的。難道是真的嗎？不然他明明不用待走廊為什麼還要陪我呢……

但不至於吧。應該不可能才對。

小詹下意識搔了搔頭皮上的疤痕。我注意到最近他常常有這個小動作。「很癢嗎？」我問。

他炸了眨眼沒聽懂：「什麼很癢？」

我指著他的頭：「疤。」

「喔。」小詹笑了，又伸手摸了摸頭皮：「嗯，超癢的。」

又一個共同點。

他表情欲言又止，不知究竟想說什麼卻沒說出口，就這麼坐在原位，靜靜望著我笑。

忽然間小詹斂起笑容。前一刻還掛著微笑，後一刻就顯得異常驚恐。他瞪大眼睛、脖子冒出青筋，之前沒見過他這種模樣。眼裡也不再是我了，而是我背後的什麼東西。

「凱倫……」小詹聲音非常惱火：「妳來這裡幹嘛？」

她就這麼忽然出現了。只要有人從我左邊靠近都是突如其來。

所以這就是凱倫。雖然最近記性很差，但這名字卻有印象。是小詹的兒子的媽媽。

很年輕，比想像要年輕，更是比我年輕，可能才二十出頭、最多二十好幾吧。特別高，小詹在男性裡也算高的了，但他們兩個居然差不多。凱倫留了一頭波浪捲長黑髮，身材纖細、顴骨銳利，彷彿靠上去會被扎傷似地。膚色蒼白，白得像是好幾年沒曬過太陽，搭配紫色唇膏的造型宛如吸血鬼。

我也不由得意識到自己與她相差甚遠。至少和我以前模樣差太多了。如果小詹喜歡的是這種型，那我絕對會出局。

「小詹，」她小聲開口：「有事找你談。我一直打電話，但你都不接。」

「沒什麼好談，」小詹氣得口沫橫飛：「趁我還沒叫警衛之前自己走！」

「唉，別這麼意氣用事好不好。」凱倫眨眨眼，眼線畫很濃。「要是你不肯跟我談，就只能和我的律師談，但我並不喜歡那樣做事。」

小詹抽了口氣：「別浪費時間，休想叫我把山姆的監護權分給妳。」

「那誰來照顧他呢？」凱倫挑眉：「你嗎？」

「過去五年我不都照顧得好好的。」他反唇相譏。

凱倫雙手抱胸。她實在太瘦了，瘦到沒胸部。至少這點我應該贏過她。「聽你護理師說，你連自己換衣服都辦不到。」

小詹雙頰漲紅、嘴合不攏：「胡說八道，而且護理師憑什麼洩露病人資訊！」

我倒覺得凱倫沒胡說。每天看小詹用餐，雖然手是穩了不少，但換衣服想必還困難重重。

「你爸媽也不年輕了。」凱倫繼續說：「等你回家，要他們同時照顧你和山姆嗎？小詹，你需要人幫忙，而我也希望與兒子團聚。」

「完全不需要妳幫忙，」小詹回答：「我好得很，也很快就會復原。」

「你好得很？」凱倫發出悶哼聲：「證明給我看，站起來走到我這兒。如果你辦得到，我現在就走，不會再來煩你。」

小詹雙頰紅得發紫了。他辦不到，給他半天時間也辦不到。靠助行器還有點機會，沒有助行器一定整個人仆倒在地。我知道、他知道，看來凱倫也知道。

「誰理妳。」小詹咬牙說：「反正別想叫我把兒子交給有毒癮的人。」

凱倫朝我瞟一眼，可能忽然意識到我不僅沒腦死還聽見整場對話。她壓下音量輕柔地說：「小詹，我戒掉了。發誓真的不會再用，絕對不會讓山姆有危險。」

小詹搖搖頭：「我不相信。」

「小詹，我希望彼此還能是朋友。」凱倫淡淡道。我這才發現她眼睛是亮綠色，和烏黑色的頭髮、暗沉的妝容形成強烈對比。「也希望可以的話別撕破臉、別動用律師，協調一下就能讓兩個人都留在山姆生命中。」她探身向前，凝視小詹眼睛。「但無論如何，也無論你願不願意，往後我一定會定期去看兒子。」

算她運氣好，小詹還不能走路，否則一定跳下輪椅掐她脖子。

35

四個半月後

隔天行走團體上，我看得出來小詹還在為凱倫的事情生悶氣。平常他會和我、和安潔莅一直聊，今天變得很安靜，一個人坐在旁邊看大家講話。

輪到他的時候，他跟娜塔莉說：「今天不想用助行器，試試看只用拐杖。」

娜塔莉表情很為難。昨天我看過小詹走路，也覺得不是好主意。「我不太確定你準備好了沒。」她回答。

小詹抬頭望著她：「我準備好了。」

娜塔莉照他要求取了拐杖來。說是拐杖，但支撐設計特別好，底端不是單一支點而是分叉為四個。小詹拄拐杖站立不是問題，起步以後重心明顯亂飄，不過也比先前好了很多。娜塔莉是扶了接了幾次，但他真的在房間來回一圈沒摔倒。

跌坐回輪椅之後，小詹今天初次露出愉悅神情。

安潔莅瞇著眼睛問：「你急什麼？」

「得趕快能走路，」小詹回答：「越快越好。」

她挑眉：「這又是為什麼？」

「再不出院，」小詹說：「我兒子的媽想搶監護權，會上法院告我。昨天我和小夏在走廊吃晚餐的時候她就跑過來恐嚇了。」

「小夏！」安潔菈朝我叫道：「妳見到小詹的前妻居然不告訴我？長怎樣，漂亮嗎？」

「算漂亮吧。」我說。

小詹聽了翻白眼。

「臉長怎樣？」安潔菈追問：「例如說，像哪個明星之類的？」

還真想不出和凱倫相像的有誰，或者說只要是名人我目前都還想不太起來，最後擠出一句：「魔蒂夏．阿達❽。」

安潔菈發出爆笑，小詹則是搖搖頭。「太損人啦，小夏，」他明明跟著笑了卻說：「真是太損人了。」

「而且很年輕。」我補充：「真的真的很年輕。」

「看來你喜歡嫩的，諾克斯先生？」安潔菈取笑他：「原來如此啊……」

❽ Mortticia Addams，為黑色幽默作品《阿達一族》（*The Addams Family*）系列中的家族女主人。魔蒂夏．阿達形象為吸血鬼新娘和魔女的綜合，性格是喜愛孩子的好媽媽。

小詹假裝哀號：「她都二十八了好不好，妳們別鬧了。」

「是這樣嗎，」安潔菈還沒完：「那你倒是說說看，魔蒂夏和小夏誰比較美？」

小詹臉漲得幾乎和昨晚一樣紅：「夠啦，安潔。何況現在根本沒辦法用那種眼光看凱倫好嗎，人那麼壞。」

安潔菈朝他笑：「看樣子你和前妻相處很不愉快。」

小詹臉一皺：「不是前妻……根本沒結婚，連約會都談不上。就勾搭了幾次，後來才知道她酗酒又嗑藥。」

「在自家酒吧釣女人的後果。」安潔菈眨了下眼睛。

小詹翻個白眼：「多謝提醒。」

「這麼說來，懷孕也在預料之外？」安潔菈又問。

小詹悶哼：「別開玩笑嘍。連我自己都是一年半以後忽然被法院叫去確認生父才知道這件事。」

「噢，真慘。」

「對，非常慘，」他嘆口氣：「把我原本的生活全給攪亂了。那時候我還和人同居呢，當然也吹了。我不但有她不知道的小孩，而且我還真的想要養，對方沒辦法接受。可是總不能要我讓孩子父不詳流落在外呀，協調過後監護權給凱倫，我可以探視。」

「後來你們鬧翻又是怎麼回事？」安潔菈問了我一直很好奇的問題。

「有一天我去接山姆，」小詹回憶道：「看到他在地板上爬來爬去，周圍竟然有打開的針頭，凱倫自己倒在浴室不省人事。當下我就報警了，她被送到勒戒機構，法院把完整監護權判給我。」

「然後你就一個人帶小孩帶了五年？」安潔菈問：「那肯定沒有社交生活了。」

他猶豫之後回答：「是沒錯，畢竟孩子還小。但那無所謂，牽涉到山姆的安全不能妥協。過去一年凱倫想爭取聯合監護權，說自己已經戒毒了。我不相信，所以一直不接受。」

「山姆喜歡她嗎？」我問。

「唔，這當然。」他說：「畢竟是親生媽媽……」小詹眼神茫然一陣，咬了咬嘴唇。

「那她說自己戒毒了，有證據嗎？」安潔菈追問。

小詹搖搖頭：「有是有，不過……這關係到小孩，就算她暫時不碰，能保證一輩子不碰嗎？」

「又怎麼保證不會跌下樓梯摔得腦袋開花呢？」安潔菈駁道。

小詹瞪著她說：「安潔妳都沒發現自己有時候很討厭嗎？就不能腦袋放空跟我同仇敵愾？」

安潔菈聳聳肩：「實話實說罷了，不想聽把耳朵閉起來。」

「小詹，我是覺得她真的太瘦了，」我自告奮勇：「抱起來一定不舒服，所以山姆還是會比較喜歡你才對。」

小詹表情放鬆朝我微笑：「謝了小夏，就知道妳一定會站在我這邊。」

他看上去情緒好了不少，但再次起身練走路時直接摔個狗吃屎。

36

四個半月後

有沒有聽過一個遊戲叫「有口難言」？

今天思考技巧團體就玩這個。我依稀記得很多年前也玩過。每個人抽一張卡片，卡片上有字詞，要讓別人猜。原本很簡單，腦部受傷以後就是另一回事。當然學員無一倖免。

「輪到妳嘍，小夏。」艾宓說。

她將卡片盒遞過來，我用右手取一張，上面寫著「小丑」。忽然間我覺得自己不是很瞭解遊戲規則。

「要讓別人猜到上面那個詞，」艾宓察覺我猶豫以後解釋：「不能用卡片下面寫到的五個詞。」

「喔，」我回答完盯著「小丑」想了一分鐘。

「小夏？」艾宓又催促：「開始吧。」

看來我還是想太久了。

「這種人會把臉塗白，」我說：「鼻子塗紅，在馬戲團表演。鬼牌和麥當勞叔叔都屬於這類型。」

「小丑！」海嘉興奮大叫。

「太簡單了吧。」文森醫生埋怨。

艾宓嘆息：「小夏，規則是不能用底下給的詞，結果妳全都用了啊。」

「我以為是要用那些詞。」我自己也蹙眉。

艾宓搖搖頭：「海嘉妳試試？」

海嘉拿起卡片，換了五張才勉強接受。「好，」她開口：「女人一生中某個時間點會發生，但不一定是好事。」

「中風？」安潔菈回答，自己笑得很開心。

「月經？」我猜。

「啊，我知道了，」海嘉繼續提示：「這件事情發生的時候，會舉辦盛大派對和穿白紗。」

「婚禮。」文森醫生立刻回答。

「海嘉，」艾宓輕聲指點：「妳用了一個被禁止的詞喔。」

海嘉皺眉頭放下卡片。「不好玩，」她說：「太難了。」

「我也覺得不好玩，」文森醫生附和：「還不如來猜猜是誰朝小夏腦袋開槍。」

我有同感。

「文森醫生，」艾宓耐著性子：「之前說過了，不要討論這件事，免得勾起小夏心理陰影。」

「沒關係的，」我說：「我比任何人都更想弄清楚是誰開的槍。」而且又比有口難言簡單多了。

「夢境記得多少啊，小夏？」文森醫生問。

我閉起眼睛，腦海浮現公寓客廳和迴盪耳邊的那句「妳自作自受」。都反覆多少次了，就差看不見左邊是誰。什麼爛大腦。

「是個男的，」我說：「我只知道這麼多。要是他走到右邊我就看得見。」

「既然是做夢，妳可以讓他移動看看？」海嘉建議。

「既然都讓他移動了，不如叫他別開槍。」安潔莅說。

「好了好了，」艾宓煞有介事將卡片盒放在文森醫生面前：「得繼續玩遊戲。」

我閉上眼睛努力回想，很怕左邊腦袋一去不返然後再也想不起來。

37

四個半月後

佛斯特醫師是心理師，理論上應該和大家聊一聊內心感受。可是我覺得他似乎不大適合這份工作，因為已經和他談過五、六次，但都沒有想要敞開心扉無話不說的感受。未必是他的錯，問題或許在我自己。

今天在體育館進行團體對話療程，標題是「中風團體」。其實我明明沒中風。目前成員僅三人：我、安潔菈、加上一個叫做艾利克斯的年輕人。現在三個人都坐輪椅，不過印象中我看過艾利克斯不靠外力自己行走。

還記得艾利克斯進來時，安潔菈悄悄告訴我這個人是因為毒品用太多才中風。仔細打量之後我想是真的，他在椅子上很躁動，常常顫抖著手抓著那頭黑長髮。手臂細得見骨，滿滿都是刺青，幾乎全部上了墨。從神情判斷，艾利克斯一點都不想待在這兒，我倒是很能感同身受。

「那就開始吧？」佛斯特醫師坐在扶手椅望向我們三個的模樣倒是很心理師，至少這部分學得不錯。

「我可以先喝杯水嗎？」艾利克斯問。

「當然。」佛斯特醫師就要起身倒給他。

「別，」安潔莅開了菸嗓提醒：「你上當了。他不能喝水。」

「婊子。」艾利克斯朝她低吼。

佛斯特醫師蹙起眉頭，但還是起身繞過輪椅，查看掛在手把後側的標籤。看完他搖了搖頭：「安潔莅說得沒錯，艾利克斯你血鈉過低暫時禁水，我也不能給你喝。」

「但我很渴啊！」他幾乎大叫，面頰漲紅，樣子像是要撲過來吸我們口水。

「專注在渴之外的感覺。」佛斯特醫師建議。

艾利克斯咬緊下顎。「我一天只能喝一公升液體！你們知道一公升是多少嗎？」也不等我們回答他就自顧自地說：「我也不知道！因為這裡是美國，我們不用公制單位啊！但總而言之很少！」

「我明白。」佛斯特醫師望向這邊，安潔莅和我是沒那麼渴。「那從別人開始吧，安潔莅今天感覺如何？」

「超棒。」她翻了翻白眼。

佛斯特醫師擺出充滿關懷的心理師面孔：「有什麼特別困擾的事情嗎？」

安潔莅聳肩：「就……你也知道的，思考將來。」

我以為醫師會鼓勵她多說點，但他沒講話，就只是看著等。然後安潔莅好像也不上鉤。

「既然都要等她開口，」艾利克斯說：「不如讓我喝點水？」

說完就從輪椅探身，卻立刻被佛斯特醫師搖頭制止。他又氣餒地坐回去。

「我男友昨天來了。」安潔莅總算吐出一句。

「開心嗎？」

昨天午餐時間我也見到她的另一半，留著鯔魚頭❾、指甲縫很髒。但安潔莅看見對方時臉都亮了，應該沒見過她那麼高興的表情。

「你們在一起多久？」佛斯特醫師問。

「十二年。」

「很久的時間，」他回應：「比很多人的婚姻還久。」

「比我沒水喝的時間久一點而已。」艾利克斯插嘴說。

「總之，」安潔莅朝艾利克斯白一眼：「鮑比說想讓我出院，由他來照顧。」

醫師挑眉：「這有問題嗎？」

安潔莅一副當他白痴的表情：「他是我男友，給我處理大小便以後最好還會想要我。」

「有其他選擇嗎？」

安潔莅聳肩：「好像沒有，沒別人能找。」

好像該為她難過，但我做不到。雖然安潔莅只有鮑比，我卻連一個能接我回家照顧的人都找不著。儘管名目上有個丈夫，但感覺他對我的死活毫不在乎，更別說之所以重傷住院搞不好就出自他手筆。

佛斯特醫師將眼鏡往上推：「如果換成鮑比中風，妳會照顧他嗎？」

「當然會。」安潔菈說完搖頭蹙眉：「醫生你別扭曲我的意思。」

「我說安潔菈啊，」艾利克斯又打斷：「如果有人關心我關心到願意給我水，我會直接拿來喝掉，根本不會想那麼多計較以後如何。妳懂我意思嗎？」

「意思是我該接受他照顧。」

「不對！」艾利克斯低吼：「我是說根本沒人關心我，沒人給我水！」

一說完他就從輪椅跳向房間角落的清潔用水槽。佛斯特醫師來不及阻止，艾利克斯開了水就探頭吐舌拚命舔。

後來動用三個人才將他拉開。

如果讓斐勒莉在我和屍體之間做選擇，就算屍體僵硬腐爛了她還是寧願幫屍體更衣，大概一秒鐘都不會猶豫。

我也不懂為什麼穿個上衣這麼簡單的事情竟能變得如此掙扎，弄得像是斐勒莉與我的身體決鬥。雖然她終將戰勝，但我的身體總會負隅頑抗。

「別推我。」斐勒莉努力想將我右手臂裝進袖子。明明右手是好的，過程卻出乎意料並不順

❾兩側與頂部剪短、後腦勺留長的髮型。亦稱狼尾頭。

利。

我媽站在病床一角看我們過招看到皺眉頭。「為什麼她坐起來會朝左邊傾斜這麼多？」

斐勒莉趁這機會休息一下喘口氣。「小夏找不到身體中線，」她解釋：「她以為的直立其實是往左邊靠。」

我媽微微瞇起眼睛：「小夏，妳覺得自己現在是坐直的嗎？」

「對啊。」我嘴上這麼說，心裡當然知道有問題。

「天吶。」我媽嘆道。

「所以呢，」斐勒莉繼續說：「每次我把她往右拉，她會覺得自己傾斜了要摔倒，急急忙忙用能動的手推開我好回復到左傾姿勢。」

我媽搖頭：「能治療嗎？」

「鏡子偶爾有效，」斐勒莉回答：「就是讓她透過鏡子意識到自己身體傾斜。偏偏她左側視力也受到影響，所以沒什麼作用。」

「還有什麼辦法？」

斐勒莉聳肩：「期待大腦痊癒吧。」

唔，聽起來不是一時半刻的事情。

斐勒莉再次嘗試給我更衣。我反反覆覆提醒自己接下來不會跌倒，覺得歪其實才是正。可惜人很難不去信任自己身體的平衡感。

「小夏，別推我！」

雙方繼續纏鬥……

38

九個月前

我都趁克拉克不在的時候練跑。說來可笑，但我就不想讓老公看到（和嗅到）自己滿身大汗的模樣。雖然做別的事情也會滿身大汗，不過能免則免。

剛跑完五英里回家，腎上腺素還很充沛。膝蓋真的好很多，其實跑個十英里也不成問題，只是想趕在克拉克從事務所回來之前打理好儀容。

別跟我媽說——我直接去中央公園跑步。她很不喜歡我進去，總認為我會在那邊被強暴或殺害。可是話說回來，住在這麼棒的公園旁邊卻不進去活動豈不浪費？而且我通常會沿著人多的路線，儘管單獨跑起來才更自在。

上樓之前我先看了看信箱，和平常一樣就是些帳單、醫學通訊或垃圾郵件。說真的電子郵件要濫發我還沒什麼意見，實體郵件也寄一堆垃圾感覺就是濫伐樹木，看了會難過。醫學通訊更糟糕，絕大多數是期刊，但我不知道為什麼會收到這麼多，印象中自己哪一本都沒訂閱過才對。期刊全部堆在咖啡桌上累積罪惡感，直到我受不了一次丟光。除了期刊還有研討會或其他醫學繼續教育活動的邀請函，不過就算我一年三百六十五天都耗在上頭也參加不到一半分量。

最後是保險。美國醫學學會最在乎莫過於我有沒有好好買一份壽險與殘障險。

一大疊東西裡頭只有一封我看不出端倪。信封上沒有寄件人地址，只印了我的名字和住址。怪哉，我還能收到這麼稀奇的玩意兒？

當場撕開，取出一張白紙，上頭打了些字。掃一眼以後我意識到那是離婚判決書。心一沉，明明剛跑完渾身汗卻還是忍不住發抖，感覺腿快軟了所以趕緊搭電梯上樓。

到了公寓發現克拉克今天早回家，心裡安定不少。然而他明明應該要處理新案子卻坐在沙發看電視，只是我太緊繃了一時無暇多想。

「克拉克——」

他抬頭笑道：「嘿，這是所謂香汗淋漓嗎？」

我沒理會俏皮話，直接坐到他身旁：「你看我收到什麼。」

克拉克接過打量一陣。「不太懂，」他看完說：「離婚通知？」

「嗯，」我回答：「看一下名字。」

「凱爾．巴瑞和芮吉娜．巴瑞，」他讀出來以後聳聳肩：「我不認識。」

也對，他怎麼會認識。「記不記得你第二次來診所，遇上一個人恐嚇我？」

「當然，」克拉克臉上一亮：「我救了妳不是嗎？」

「就是這個人。」我說：「凱爾．巴瑞怪我治好他老婆的乾癬，導致芮吉娜開始鬧離婚，現在看來真的離了。」

克拉克又低頭再讀了一遍：「所以……我還是不太懂，他寄這個給妳幹嘛？妳覺得是警告之類的？」

「或許……」我抱著自己微微顫抖。

「是有那麼一點點嚇人啦，」克拉克附和道：「要不要報警？」

「報警之後怎麼說？」我問：「說我收到沒寄件人的離婚判決書？但上面又沒寫什麼威脅人的句子或者沾了血之類。」

「還是我直接打電話給這個巴瑞？」克拉克提議。

「別！」我低呼：「別衝動，免得事態更惡化。」

他將離婚判決書放在沙發上兩人中間，我立刻縮了一下，連沾到都不想。

「感覺就是惡作劇吧。」克拉克說：「這種混蛋就是想要嚇唬人，現在看來很明顯有效。」

說得好。

克拉克繼續說：「既然不報警，當作沒事就好，反正這種傢伙也就只會說大話。」

「好吧。」我淡淡道。

克拉克盯著我，又說了一句：「夏綠蒂，妳看起來完全不像沒事啊。」

我低頭看著那封信，想起與凱爾・巴瑞面對面的時候心裡多慌張。但仔細一想，真有心傷人的話又何必特地過來放這封信，好讓我事先提防嗎？

沒道理要這麼做？

「我沒事。」

39

九個月前

下班回家，看見克拉克穿著T恤和牛仔褲坐在沙發同樣位置看《摩登家庭》。發現我進門走到客廳，他立刻抓起遙控器關了電視。以前可從來沒這種反應，我暗忖今天什麼日子，他竟然會把電視讓給我。

「嘿，」克拉克朝我笑：「妳回來啦，有東西給妳看。」

有禮物？是我忘記什麼週年紀念之類的嗎？我笑著回應：「好啊。」

克拉克跳下沙發走到客廳角落我的書桌前面，咪咪也不躲了溜出來偷看我們忙什麼。一人一貓望著克拉克拉開最上面抽屜掏出裡頭的東西，我還沒在現實生活中見過，所以看了好幾秒才意識到他拿著一把槍。

差點害我暈過去。跟我開這什麼玩笑呀？

「你買了一把槍？」我差點沒尖叫，咪咪也對著克拉克的方向嘶嘶叫，完全站在我這邊。

「對呀！」克拉克手舞足蹈的樣子好像很開心能給這家裡添上一把殺人工具：「這是GLOCK 19型手槍，店員說適合初入門的人。」

初入門？意思是他以後還想買別的？

「我的天，你為什麼買槍？」我還是很想尖叫。

「唔，前幾天收到恐嚇信，妳好像很緊張。」克拉克解釋：「想著家裡有點防護措施的話妳能安心點。」

「一點都沒比較安心。」我回答：「你知道的吧？住處有槍，所有人誤傷自己的機率會大幅增加。」

克拉克翻個白眼：「我們兩個又不是那種鄉巴佬，小心一點就是了。」

望著他手中的武器，我想起自己從未告訴過克拉克的往事：念醫學院的時候，班上有個同學瘋了拿槍指著我過。後來我才知道他真的用那把槍射死一個人。與槍口距離這麼近我就心慌，完全不希望家裡有這種東西。

「其實，」克拉克說：「我反而覺得奇怪，妳居然到現在還沒買把槍放在身邊。畢竟單身女子一個人住在公園旁邊，這公寓也沒有警衛，是該準備防身用的東西。」

「有刀。」

克拉克挑眉：「妳覺得有人闖進來的話，拿刀就能對付？」

我雙臂抱胸：「克拉克，我才不要朝人開槍，我也不會用槍。」

他聳肩：「很簡單啊，槍口對準要射的人然後扣扳機就好。又不是腦神經手術，」他笑了笑：「也不是皮膚科手術。」

我可笑不出來：「那個抽屜還沒上鎖。」

「買個鎖頭就好，」克拉克說：「何況家裡沒小孩，誰會亂動這把槍。」

「咪咪呢？」

克拉克盯著我問：「妳是說妳的貓會偷偷打開抽屜、把槍拿出來不小心射死我們兩個？」

被他這麼一說，感覺還真是不大可能。

「聽我說，」克拉克嘆氣：「妳收到恐嚇信，但又不願意報警，我就想著還有什麼辦法。」

他稍微停頓，「不覺得該給這把槍一個機會嗎？」

「好吧。」

但我心裡是打算處理掉。只要知道如何安全丟棄槍械然後鼓起勇氣敢碰它就可以和它告別了。

40

五個月後

午餐完給我清過衣服，結果一顆釦子不知為什麼解開。也許我媽清理的時候手指勾到，又或者釦子原本就沒扣好。原本釦子打開一整天我也未必能發現，可是一旦知道就覺得很顯眼，幸好現在房間裡只有我和我媽在。

扣釦子對我可是個挑戰，尤其這衣服上的釦子特別小。試過單手扣小釦子才會明白這多不容易，我不是做不到，只是得花十五到二十分鐘。

不幸的是我媽也沒多厲害，手指關節炎導致扣釦子對她同樣困難甚至痛苦。兩個人盯著釦子，心裡大概都在想有沒有意義。後來我媽嘆口氣開始動手，也花了幾分鐘，但總之是扣好了。

「媽，」我開口：「我想上廁所。」

「現在？」她問。

不知道為什麼還需要問，她明知道我說要上廁所就是現在要上。住院至今依舊無法適應的是這點：護理師每兩小時帶我去廁所一次，可是我常常上不出來。然而等我真的覺得需要了，就必須在五分鐘、頂多十分鐘內就定位。

所以我到現在還是穿著紙尿布。除非當下正好在復健療程，否則等護理師衝進房間帶我進廁所的期間已經失禁了。

換作男病人就好辦很多，病房會準備小罐子給他們處理。

我媽起身要出去叫護理師，倒數計時開始。我猜她沒辦法及時找到人，因為正好是交班時間，所有護理師都會很忙。「對，」我回答：「現在。」

而且她才走到門口就被外頭的人給擋住。對方留了個發亮大光頭，穿著黑西裝打著黑領帶配上深色襯衫，整個人氣質有點可怕，我一看見他就忍不住暫時屏氣。

「辛普森警官，」我媽一臉訝異：「你來做什麼？」

既然是警官，可能和開槍的人有關係，我感覺一陣寒意竄過身體。

「有事情想告訴夏綠蒂，」警官回答：「應該說，告訴妳們二位。」他稍微停頓，「夏綠蒂，警方認為已經抓到開槍的人了。」

真的嗎？過了這麼久忽然找到了，怎麼可能？

我顫抖起來，腦海迴響來自左側的聲音。妳自作自受。

或許我並不真的想知道是誰開槍。

不對，我當然想知道，只是很難相信對方就這樣忽然落網了。感覺非常不真實。

我媽也瞪大眼睛，眉毛中間皺紋更深：「你們……找到嫌犯？」

警官點頭。「夏綠蒂，」他繼續說：「『凱爾．巴瑞』這個名字妳有印象嗎？」

不知為何我想得起來，這個名字彷彿在意識邊緣漂流、隨時會從舌尖彈出。「有……」

「他曾經在診所等候區威脅妳。」辛普森警官說：「事情已經過了很久，診所有個接待員前陣子忽然想起來。警方原本不抱指望，不過拿照片詢問鄰居，發現確實有人曾經見過他進出大樓。加上凱爾．巴瑞以前是鎖匠，這就解釋他為什麼能進入屋內。」

「只知道這些？」我媽問：「感覺是不是有些……法律節目上怎麼說來著？都只是旁證？」

警官淺笑：「原本確實如此，但我們在夏綠蒂公寓裡找到幾個不完整的指紋，辨識以後能和巴瑞對上。其中一枚指紋就在手槍上面沒有擦乾淨。」

「他寄恐嚇信給我過，」我忽然開口：「我想起來了。」

「沒錯。」辛普森警官回答：「妳丈夫提過這件事，還說他是為此才買槍放在家裡。只是記不得名字也找不到信，所以線索一度斷掉。」

「是我丟掉了，」我坦承：「我……看了會怕。」

「然後，」警官又說：「這人還挺不好抓，他躲去別的州，顯然就是想要避風頭。但是拿證據質問的時候他就崩潰了，什麼都招供。」

「哇……」我媽喃喃低語。

「流程上，」警官說：「就只差夏綠蒂本人的指認，所以希望能讓我給她看看照片——」

「但是警官，她根本不記得事情經過。」我媽打岔：「所以就別刺激她了吧？」

「沒關係的，」我開口：「我……想看看。」

我媽聽了搖搖頭。警官上前接近，明明是我自己答應的卻還是下意識往後縮。「夏綠蒂，妳別怕，」他說：「一下子就好。」

我盯著他。

警官眼神變得柔和：「妳看起來氣色好多了，很高興妳一下子就復原這麼多。」

我點頭。

辛普森警官的手探進外套口袋，我有一瞬間以為他會掏槍，於是膀胱僅剩的一點自制也沒了，熱意在兩腿間暈開。我是該開口，但在陌生人面前實在不好意思，只好等他離開再說。

他掏的不是槍，而是將一本小相簿放在我面前桌上。「準備好看照片了嗎，夏綠蒂？」

我又點頭。

他翻了幾張臉給我看，都是男的，一個個凶神惡煞像流氓，眼神猙獰、疤痕很多，鼻梁像是被打斷過。每看一張我就抖一次。

「我知道看這些很不舒服，」辛普森警官安撫：「但還是希望妳盡量指認開槍的犯人。」

「但我不記得是誰？」我問。

警官蹙眉卻仍繼續翻頁：「盡力試試。」

每一頁照片裡的人回望著我，鼻子或大或小、額頭或高或低、眉毛或粗或細。眼睛有藍色的、榛果色的、褐色的……

褐色。

那瞬間我不再身處病房，回到了自己公寓。插進鑰匙，轉開門鎖，一進去就在客廳看見他。裝扮十分普通，跟著我那些大意鄰居很容易混進來。凱爾．巴瑞坐在書桌，整張臉泛著汗光，電燈一打開就照亮那顆禿頭。他朝我笑，*嗨，麥坎納醫師*，對方低語：*記得我嗎？*

接著槍口瞄準自己的臉。

渾身一冷，凱爾．巴瑞那雙斗大褐色眼珠怒目相向。低頭一看，自己兩手開始顫抖，膽汁湧上喉頭，我忍不住乾嘔。

「小夏！」我媽驚呼：「妳還好嗎？」

「是他。」我擠出聲音，將手放在那個魁梧光頭男子的照片上：「是他開的槍。」

「就是凱爾．巴瑞。」警官證實。

終於逮到了。過了這麼久，警察總算抓到對我開槍的混蛋。隨著緊繃的心情放鬆，我嘩啦啦全吐在那本相簿上。

41

五個月後

今天召開家庭會議，主題是我的將來。

我媽、我、葛林保醫師以及各個治療師共襄盛舉，討論「小夏接下來怎麼辦」。說擔心還太輕描淡寫，我知道復原情況不如大家預期，也難以想像我媽自己一個人怎麼照顧我。她連送我進廁所都辦不到，所以選項有限。

開會地點是復健科外面小會議室。護理師將我送過去等大家集合，我盡可能坐在輪椅耐住性子，但還是忍不住焦躁。根據過往經驗，要是我亂動得太厲害或者抓起安全帶把玩就會觸發警報，警報響起的話大家就覺得不能放我一個人。現在我最希望的就是大家相信我一個人也能過得很安全。

所以我只能拉拉衣角打發時間。這是大學時代留下來的舊衣服，早就沒什麼彈性，好看談不上但就穿起來舒服，而且是用拉鏈固定，所以戴著保護盔也不難穿脫。下面破了個洞，手指都能伸進裡面。

「哈囉，夏綠蒂。」一個聲音從背後傳來。

我一將輪椅轉過去就彷彿胸口挨了揍。這回馬上能認出眼前無比英俊的男人是誰——克拉克，我丈夫。

「嗨，」我聲音沙啞。

「難得又見面了。」他輕聲道。

「嗯，」我擠出回應。

「好想妳。」他說。

「嗯，」我補上一句：「我也想你。」

但我真的想他嗎？或者更該問的是，他真的會想我？「妳看來狀態不錯。」他又說。

並沒有，無論怎麼定義「狀態不錯」都跟現在的我沒關聯。身上穿著可能大了兩號的運動衣運動褲，頭上還戴著巨大保護盔。我知道左手應該夾著大大一條白色護木，只是自己都找不到左手了沒辦法確定。

克拉克則真的光鮮亮麗。我總是忘記他有多帥。栗子色頭髮濃密光亮，看得讓人想伸手進裡頭滑個兩下，加上那雙眼睛藍得有如阿魯巴島的海水。即使他只隨意穿著格子襯衫和牛仔褲，看上去就是特別合身。

「謝謝。」我還是這麼回答。

「聲音也比較正常了。」他說。

我右手忍不住掐了一下膝蓋。*這什麼意思？*我感覺後頸冒出冷汗，自然脫口而出：「我聲音怎麼了嗎？」

「喔，」克拉克聳聳肩說：「上次見面的時候妳聲音都糊掉，現在清楚多了。另外妳掉的體重都回來了，還多添了些肉呢。」

天吶，意思是我變胖了嗎？真的？好像有可能，衣服最近感覺緊了一些，而且我就說昨天營養師為什麼特地來一趟。可是小詹和安潔菈都沒提過啊，雖然我猜他們兩個本來就不會提這種事情。

「你來是為了？」我問。

克拉克一臉訝異：「參加家庭會議啊。」他眨眨眼睛，「我是妳的家人對吧？」

「對。」但我心裡還是很疑惑，他究竟來做什麼？誰叫他來的？

想要開口問的時候卻忽然很在意自己說話清不清晰，同時我媽與治療師團隊都到場了，所以大家一起進入會議室。至於那個困惑，反正接下來應該會得到答案。

葛林保醫師坐在主位，我坐在他隔壁、我媽坐在我隔壁，克拉克坐對面。其他位置分別是語言治療師艾忞、職能治療師斐勒莉、物理治療師娜塔莉，她們三個都對克拉克投以好奇眼神，應該是因為沒真正見過面，尤其艾忞神情不大好看。

「開始之前，」克拉克朝眾人說：「我先自我介紹一下。我叫克拉克．道格拉斯，是夏綠蒂的丈夫。之前一直沒來是因為工作實在太忙，之後會盡量抽空。」

「那就先謝謝了，道格拉斯先生。」葛林保醫師的領帶圖案是氣球，我看了不知為何心情安定一些。他清清嗓子又說：「首先感謝各位出席，相信大家都很關心小夏，希望她能平安順遂。」

在場眾人點點頭，我媽抓起我右手輕輕掐了一下。

「然後，」葛林保醫師繼續：「小夏入院以來已經有了長足進展，想必大家還記得她剛到的時候是什麼狀態。」

其實我自己不記得。話說回來克拉克根本都沒來，他也不會記得。

「不過，」葛林保醫師話鋒一轉：「到了這個階段，小夏的進步幅度自然也放慢了，保險公司不願意繼續支付住院費用。」

我轉頭望向猛搖頭的艾宓。「這麼說也不大對，」她開口：「小夏在我這兒還是持續進步，閱讀能力提高了，說話也比一開始好很多。」

「我同意。」克拉克搶著說話，我猜是為了讓人記得他有參與。「比我上回見到的時候好了幾百倍，」他朝艾宓眨了眨眼睛：「妳做得很棒。」

艾宓瞟他一眼淡淡道：「謝謝。」

「小夏在我這邊進度就沒有很理想。」輪到斐勒莉：「左側無感是最主要的障礙，這點完全沒有進步，即使更衣或洗澡的時候依舊無法認知到左側，我給她換衣服的時候她還會下意識反抗，簡單來說就是得靠我來處理。此外左半邊肌肉也開始萎縮，復健會越來越困難。」

葛林保醫師點點頭，臉上沒有半分驚訝。斐勒莉覺得我沒進步是早就知道的事情，但聽她當著大家的面說出來感受上還是很糟糕，好像不聽話的孩子被當眾訓斥一樣。問題在於不是我不想，而是這具愚蠢身體不聽我的話。

「娜塔莉，妳怎麼分析？」葛林保醫師問起物理治療師。

「我同意斐勒莉的看法。」相比斐勒莉，娜塔莉語調偏難過：「她說得沒錯，左側無感增加很多難度。因為她無法有效控制左腿，所以走路十分困難，出院以後得靠輪椅作為主要移動形式。然而事實上連操作輪椅她都會碰上障礙，畢竟左手還是沒辦法用。」

「電動輪椅呢？」葛林保醫師問。

「不不不，」娜塔莉連忙道：「絕對不可行。她用手動輪椅就會撞到東西，換成電動輪椅危險性太高。還是只有普通輪椅請人幫忙推這個選項。」

「如廁和沐浴？」葛林保問斐勒莉。

她搖頭：「沒辦法自己來，整個過程完全不行。一開始需要有人搬她到馬桶，事後也沒辦法正確洗手。」

葛林保醫師表情若有所思。「艾宓，」他繼續問：「妳認為小夏一個人在家有沒有關係。」

艾宓不願與他對視：「不妥，只能短時間。」

先前只有艾宓站在我這邊，現在卻也是艾宓這句話傷我最深。我已經很努力向大家證明自己可以獨處，沒想到她還是這樣評判。

不對，不是這樣的。

葛林保醫師望向我母親。「麥坎納太太，妳也聽到了，」他說：「夏綠蒂回家的話會需要密集照顧。就我所知，妳認為自己無法勝任。」

我媽搖搖頭。「我也想，」她聲音顫抖：「但因為風濕和背痛，我……真的沒辦法。」

葛林保醫師點頭：「請放心，麥坎納太太，還有別的方案可以選擇。第一個是用小夏的身障險與儲蓄僱用專人照顧，但就我所知這個方法也有預算問題。再不然可以就近選擇療養院。」

今天早上原本就有股噁心感逐漸累積，葛林保醫師提到療養院這一刻我喉嚨像是被無形的手給鉗住似地。「我不想去療養院！」說完之後我怕自己會哭出來。不想在這麼多人面前掉眼淚。

大家沉默了。此刻我才意識到：所有人心知肚明這是必然結論，只有我被蒙在鼓裡。每個人都做好心理準備要將我送進療養院，只是按捺著不敢告訴我，怕我無法承受這個打擊。

「沒有妳想像的那麼糟糕啦，小夏。」艾宓說：「妳還是會回來做物理治療，只是從每天三小時縮短成一兩小時，差距不大。」

她怎麼能這麼說？我是要被送進療養院，可能在裡頭終老一生。短時間內沒辦法有什麼改變了吧？我盡全力了，但就像斐勒莉說的，沒什麼變化。

「唉，小夏，別哭啊。」我媽牽起我的手：「不要怕，我會每天去看妳。」

葛林保醫師不知怎麼從口袋變出一張面紙遞過來讓我擦眼睛。至少我還能擦右眼，說不定也能擦左眼，天知道？「這也是無可奈何。」

我覺得事情已經糟到谷底的時候，克拉克居然開口了：「我帶她回家。」

一下子大家又陷入沉默，所有人都盯著他，連我也擦乾右眼才好一起盯著他。

葛林保醫師打破沉默：「您剛才說？」

「我說，我帶她回家。」克拉克撇嘴一笑：「畢竟是我的妻子，大家幹嘛這麼驚訝？」

艾宓瞪著他：「你沒看過治療狀況，不知道責任有多重。」

「但她是我妻子，」克拉克重申：「她生病了，我得照顧她。」他頭歪向一側，「印象中結婚誓言裡面好像有這段。」

所有人繼續向他行注目禮。真不敢相信，克拉克竟然說要照顧我，免了我被送進療養院的命運。

42

五個月後

醫院有個小前院給病人和家屬休憩。先前因為冬天外頭冷，所以有陣子沒去。今天算是春暖首日，克拉克離開以後我媽說想過去走走。

本來我有點不樂意，躲在病房與認識的人相處比較舒服。現在我變得很怕路人，尤其不願被人看見自己樣貌。但我媽說外頭的人其實看不到院子內部，而且難得天氣好。

她推我過去，因為我始終沒抓到不讓輪椅撞左邊牆壁的訣竅。不是完全沒進步，但就還是很不可靠。前進到一半忽然被牆卡住會造成很大挫折感。

進了院子我赫然看見小詹，他父親與山姆也在旁邊。看來山姆已經克服心理障礙，願意讓兒子看見自己住院的窘樣。孩子似乎挺開心，在院子裡跑來跑去、單腳跳上跳下，看得我有點哀愁。真希望自己也能單腳跳，說不定這輩子再也沒機會。

一看見我，小詹臉亮起來。「嘿，小夏，」他開口：「記得我兒子吧？」

「當然記得。」說是這麼說，以我記憶力狀況就算忘記了也不奇怪。但這次真的記得。

「爸爸，」山姆換著腳跳來跳去：「可不可以玩接球？」

小詹稍微猶豫後說：「你有帶球來？」

山姆用力點頭：「嗯，媽媽早上買了一個給我。」

本來擔心小詹聽見是凱倫又會像之前那樣暴怒。但這回沒有，似乎完全能接受兒子今早與生母見過面。

「嗯，」他回答：「那來玩吧。」

山姆跑到旁邊翻包包找球，小詹趁這時候湊過來。「現在試試看給凱倫探視，」他小聲解釋：「她答應接受不定期要求的毒品檢驗。進行順利的話，就改成分割監護權。」

「哇……」我回答：「上次你還很生氣，沒想到你居然肯答應。」

「唔，」他嘆息沉重：「可以的話我也不想。但……畢竟是他媽媽，而且……我現在確實需要人幫忙。」

山姆拿出一顆白色威浮球⑩回來。小詹瞄得不準並不大令人意外，偏了將近兩呎遠，幸好山姆跑去追球也沒怨言。小孩就是精力旺盛。不過我不免擔心小詹出院以後很難跟上好動的兒子。

「沒見過瞄這麼爛的。」我對小詹說。

小詹朝我瞟一眼笑道：「真的嗎？那麥坎納醫生秀一手給我看看如何。」

他將球放在我伸出的右手時拇指擦過掌心。起初我以為是意外，但他忽然眨了下眼睛所以又好像不是。

「山姆，」他對兒子說：「小夏說你爸技術太爛要示範給我們看，你退後點喔。」

故意激我，聽得出來他不覺得我能投好。我彎曲手臂、扭動手腕將球擲出，雖然山姆接球技術沒比老爸投球技術高明多少，但球是直接落進他手裡。

小詹側目相向。「靠……」他說完想起兒子還在旁邊趕緊改口：「投得好！」

「小夏念高中大學的時候都是壘球隊，」我媽開口：「她運動神經一直很不錯。」話雖如此，感覺她也吃了一驚。

「真的嗎？」小詹表現得很訝異。

「不然呢？」我若無其事聳聳肩。

「再一次！」山姆大叫之後將球丟過來，差了一呎遠。反正我本來也不太接得到東西，目前對景深的判斷力很差勁。

後來一小時我們幾個就在院子玩拋接。很久沒這麼開心，說不定好幾年沒有過。

❿ wiffle ball，一種改良過的棒球，中空且表面有八個風孔，打不遠但也不易受傷，無需專業姿勢即能投出變化球。

43

五個月後

「昨天開會，情況如何？」行走團體上，安潔菈問起這件事。

輪到小詹練習。我們同時加入，跟初次相比他進步很大，現在只靠拐杖就好。雖然重心都壓在拐杖上，偶爾無法平衡仍需要娜塔莉攙扶，但至少算是能平順走完小體育館這距離。

我好嫉妒。

「還行，」我回答：「我老公也去了，說出院以後我就和他回家。」

安潔菈挑眉：「妳老公？居然還在一起？」

「當然在一起。」

她狠狠瞪我：「我認識妳之後，他一次都沒來過。」

我清清喉嚨：「有些問題，應該都解決了。總之我會和他回去。」

在小體育館兜一圈還是非常吃力，小詹帶著額頭上兩粒汗珠回來輪椅坐下，正好聽見最後兩句話便皺起眉頭：「和誰回去？」

「我老公。」安潔菈不講話，只好我自己回答。

小詹張大眼睛：「妳老公？還以為我們……」他改口，「我們都以為妳和他分手了。」

唔。

「不知道為什麼大家都這樣說？」我回答：「我沒有那樣說過吧？」

「那他怎麼都不來看妳？」小詹音量拉高了些：「不是一次都沒來過嗎？」

「他來過的，」我算是自欺欺人：「你們沒看到而已。」

小詹眉頭緊皺但不再多言。我也不懂他在乎什麼，他和安潔菈都能用走的離開這裡，而我卻辦不到，所以幹嘛批判我。

「這裡是行走團體嗎？」背後傳來一個聲音問：「我找夏綠蒂。」

還沒回頭就認出是克拉克的聲音。他穿得隨性，就T恤和牛仔褲，相比其他人健康太多。安潔菈一回頭眼睛都要掉出來了。

「這妳老公？」她抓著我手臂猛搖頭低聲逼問：「小夏妳居然從來沒提過他這麼帥！」

我聳聳肩，但心裡其實有點虛榮，然後舉起右手朝克拉克揮一下：「這兒。」

克拉克穿過房間來找我，表情顯得尷尬。「斐勒莉要我帶妳過去。」他解釋。

「為什麼？」

「要教我怎麼照顧妳，」他回答後也聳聳肩：「我想是擔心妳能住院的時間不多了。」

「好。」換作一週前我應該會很惶恐，但既然都決定要和丈夫回家就沒想太多。

克拉克抓起輪椅把手推出小體育館，沿著長廊回到病房。我輪椅用得也比較好了，只是進步同樣緩慢，有一半機率會撞牆。就別讓他看見我撞牆的窘樣，所以給他推吧。

斐勒莉在病房裡等候。剛進房間，她第一個動作是低頭看錶翻白眼。「唔，」開口之後她說：「遲到四十五分鐘，只夠時間教移床了。」

我臉一紅：「遲到這麼久？」

「不是妳遲到。」斐勒莉盯著克拉克。

「真的很抱歉，」他回答：「忽然有要緊事情。」

斐勒莉搖搖頭，開始示範怎麼將我從輪椅扶上床。我出不了什麼力，還好她力氣夠大。首先得將輪椅右側扶手和兩個腳踏板放下，然後她會走到前面，將我置於兩腿之間，接著身子前傾讓我用右手搭她肩膀，她再將我左手拉到自己肩膀，接著提起我褲頭把整個人從輪椅抬起來放在病床。過程中我沒得出力，只靠右手摟住。

到了床上，我覺得自己身子打直，但從斐勒莉扶我的動作判斷其實左傾了。她把我放平後才算完事。

「輕而易舉。」她說。我覺得應該是諷刺，她額頭都冒汗了。而且斐勒莉這人說話常常有弦外之音，我也不是每次都聽得出來。

她將我抱回輪椅，然後騰出位置給克拉克練習。他看起來緊張，但一如往常做起事又特別自信，彷彿有過成千上萬次經驗似地。

克拉克學斐勒莉那樣將我置於兩腿間，我伸右手摟到他肩膀，比起斐勒莉更加寬闊厚實，勾起我身體裡遺忘許久的某種悸動。我望向克拉克，想知道他是否也有同樣感受，但他只是低頭盯著我大腿。

他手指勒住我運動褲的鬆緊帶。「好，抬起來。」斐勒莉指示。

我被舉到半空，卻不像由斐勒莉舉起時那樣安心，總怕會被他摔在地上。我本能抓住克拉克肩膀，但同時感覺左手臂自他身上滑落。

「得整個捧好。」斐勒莉說。

「正在努力。」克拉克回答。

感覺自己往左傾，加上意識到自己無力阻止，心跳一下子飆得超快。幸虧還有斐勒莉在旁邊支援，我才能平安無恙回到床上。

「不捧好的話，」斐勒莉說：「會摔到地板。」

「我有捧好啊。」克拉克堅稱。

斐勒莉瞇起眼睛：「你真的沒發現剛才差點把她摔下去？」

「不會出事的。」

斐勒莉嘆口氣搖搖頭，繼續陪他練習怎樣帶我在床鋪和輪椅間來回。克拉克第二次表現好多了，至少沒再差點讓我墜地。

「今天先這樣，」斐勒莉給他個白眼：「希望下次能準時。」

克拉克點頭：「知道。」

斐勒莉也朝他點個頭，然後望向躺在床上的我：「小夏妳下個治療還有一小時，要在床上休息嗎？」

雖然使勁的都是他們倆，我卻跟著覺得累個半死。「嗯。」

「好，」斐勒莉答道：「現在幫妳拿掉保護盔。」

她解開我下巴釦帶。保護盔一摘掉感覺好輕鬆。我自然而然想伸手搔癢，但立刻記起這動作被嚴令禁止，被看到的話斐勒莉想必會馬上給我戴回去。

我望向克拉克，他原本黝黑的膚色忽然顯得慘白，或者更準確地說是慘綠。「夏綠蒂，」他發出驚呼：「妳的頭……我還以為……」

「她少了一半顱骨，」斐勒莉說：「你以為會是什麼形狀呢？」

「這樣啊，」他喃喃道：「我不知道……」

他額頭冒出幾滴汗，一轉身就衝向病房廁所。裡頭傳出乾嘔聲。

斐勒莉往我翻了下白眼。以前她是朝別人翻白眼抱怨我，偶爾轉換立場也不錯。

「真是個活寶。」她說完以後噴酒精消毒雙手便離開病房。

過了一分鐘克拉克才出來，走路模樣還跌跌撞撞，連看我都不敢。我忽然回想起來：當初也給小詹看過頭顱，他卻不為所動。話說回來，畢竟他自己腦袋上一大排鋼釘。

「那個，夏綠蒂，」克拉克開口：「我得先走了，明天早上再過來。」

「保證？」我問話聲音好小好細，彷彿五歲稚兒。

「保證。」他答得很堅定，接著尷尬揮揮手，沒有抱我吻我。我意識到自己受傷以來他一直跳過這些舉動，似乎非必要的話連碰都不願意碰。

我目送自己丈夫以最快速度逃離病房。

44

五個月後

安排好克拉克隔天八點來，這次他只遲到十分鐘，而且斐勒莉事前有準備，所以多騰出十五分鐘備用。她還說從這角度思考的話克拉克算提早到了呢。當然事實絕非如此。

斐勒莉一進房間，我立刻問她能不能把保護盔戴回去。雖然不喜歡保護盔，但克拉克在場的話我想戴著。再看見他那種反應我會受不了。

他到達的時候我還躺在床上，這也是刻意為之。斐勒莉要教他怎麼幫我更衣，我自己是認為「幫」這個字其實不大準確，因為過程中我一樣使不上勁。所以更正確的說法是：她示範協助者如何單方面給我套上衣服。

克拉克只是一身T恤牛仔褲，但模樣仍舊光鮮亮麗，尤其皮膚都曬得黝黑了，應該提著衝浪板之類與金髮名模走在一塊兒才合理，與照顧殘障妻子這種事情一點也不搭調。

他還願意來，我十分幸運。

「好，」克拉克摩拳擦掌問：「要怎麼做？」

「還躺著的時候就能換褲子和襪子，」斐勒莉說：「等她坐起來再換上衣。」

現在我身上穿著病人袍，沾了幾滴早餐（燕麥粥），確實等不及想換掉。斐勒莉掀開毯子，將襪子遞給克拉克要他給我套上。套好以後，斐勒莉要拉開我外袍，我趕快用右手制止。

「小夏，怎麼了嗎？」她問。

此時此刻我才想到自己穿著「方便褲」。怎麼會忘呢？但真的就忘了，讓英俊挺拔的老公看見自己包著（實質上就是）紙尿布這種東西實在太驚悚太難以言喻。不能給他看見，絕對不能。

可是現在能找什麼理由？克拉克都主動表示我出院以後他願意照顧了，有迴避這件事情的辦法嗎？

答案顯然是沒有。「沒事。」我咕噥。

斐勒莉拉開我外袍，露出底下以四條膠帶固定的藍色塑膠紙褲。我都不敢看克拉克了。以為不可能更羞恥的時候，斐勒莉竟然說：「都濕了，得換掉。」

克拉克剛才都在玩手機，不知道是憤怒鳥還是什麼遊戲，一轉頭就驚呼：「她包紙尿布？」

斐勒莉蹙眉：「我們通常不用這個詞，因為她不是小嬰兒。」

「但不就是尿布嗎……」克拉克搖頭：「真的有必要？」

「不然呢。」斐勒莉開始不耐煩，朝我咂了下嘴問：「小夏，妳自己沒發現濕掉了嗎？」

「沒發現。」我小聲回答完，心裡真希望能鑽到床底下別出來。克拉克不能裝作沒看到就好嗎？回去以後如果他一直陪在身邊，能來得及上廁所的話也就不需要方便褲了。

幸好斐勒莉沒有一步一步教他，直接幫我換掉外褲。依舊穿棉褲，不知道除了棉褲還有什麼選擇。普通短褲呢，裙子應該也可以呀，都比棉褲好，我真的討厭棉褲。

斐勒莉扶我坐起來。因為戴著保護盔，她就挑一件拉鏈式連帽衣給我穿。右手套進袖子很容易，左側就麻煩了。斐勒莉讓克拉克嘗試了一下，聽得見他在旁邊反覆悶哼。

「天吶，這手完全不聽話，」他嘟噥：「妳每天早上怎麼幫她換？」

「習慣就好。」斐勒莉回答。

「不能穿袍子就好？」

「當然可以。」斐勒莉說：「硬要說的話幹嘛幫她換衣服呢，反正也沒要去什麼重要場合。」

「沒錯。」克拉克附和。

連我都能聽出斐勒莉是在諷刺了，但他似乎渾然不察。

克拉克總算將我手臂塞進袖子，看上去十分惱火。我開始懷疑他事前根本對於照顧病人多辛苦毫無概念。

也懷疑再多一次挫折，他可能就要撒手說不幹了。

下午接受娜塔莉的物理治療，克拉克在一邊旁聽。由於行走團體已經會練走，最近一對一課程裡娜塔莉就不那麼著重走路，時間大半花在如何活用輪椅，也耳提面命表示回家之後基本上要坐輪椅行動。但今天不然，她忽然要我用半側助行器在走廊練習。

「她走路比之前好了很多。」娜塔莉這麼告訴克拉克，但其實我左側倚著她、也靠她拉著我褲頭來保持穩定，而且才走了十步。我還是無法控制左腿，感覺很奇怪：它時而自己往前，卻時而一動不動得靠娜塔莉扳。

「嗯，表現得很棒。」克拉克語調太熱情了，就像看到五歲娃兒亂抹亂塗之後稱讚說是傳世名作的感覺。

再十步，娜塔莉和我都累壞了，她就請克拉克推輪椅過來，我立刻跌坐上去。

「當然回家以後她主要還是坐輪椅，」娜塔莉說：「但走路是很好的運動。」

克拉克點頭：「嗯……」

「比較遺憾的是，」娜塔莉繼續說：「保險給付只能從輪椅或助行器二擇一，不能都要。所以我們會選輪椅，助行器就得自己出錢買。」

克拉克皺眉頭：「那為什麼還要買助行器？」

「剛剛說過——」

「啊，為了運動。」克拉克搖搖頭：「我確定一下，以後每天得抱她下床，給她洗澡、換衣服、帶去上廁所，還要做三餐和餵她吃藥，除此之外竟然還得讓她『運動』，基本上就是扛著她在家裡轉圈圈？」

娜塔莉抿起嘴：「運動很重要，對骨質與身心健康——」

「身心健康？」克拉克挑眉：「都已經這副德行了，現在擔心身心健康是不是有點太遲？」

他說話的時候好像忘記我聽得懂而且就坐在旁邊。真討厭這種感覺，有股衝動想破口大罵，卻又無法否認他說得有道理，而且的確即將為我付出很多。既然我根本沒什麼可能自己走路，練這東西似乎就是白費力氣。

倒也不是我不想走。娜塔莉陪著走我就很喜歡，就算走不好也能暫時忘記殘酷現實，假裝自己是個普通人，問題是回到家還追求這個未免華而不實。

「不是我不感激你們幫她做復健，」克拉克對娜塔莉說：「但做人還是得實際一點，回家以後她基本上就是坐輪椅不起來，沒別的可能才對。」他低頭朝我一笑：「夏綠蒂，妳應該能明白吧？」

我強顏歡笑點了點頭。

45

護理站分別在早上八點與下午四點換班，這是最不適合上廁所的時間。護理師忙著交接，無論病人多急都沒空過來帶我去廁所。

問題是，急的時候我也控制不住。

大概八點十五分，我忽然有便意，按了好幾次呼叫鈕，但再怎麼用力按也無法改變結果。過了十分鐘還沒人，當然來不及。

我也習慣了，方便褲就是為此存在。也不是我比較喜歡下半身濕答答或更慘的狀況，但至少護理師人很好，不會讓我覺得尷尬。今天我之所以在意，是因為克拉克還要向斐勒莉學更衣，隨時可能在病房露面。我真的不希望被他碰上褲子裡有屎的場面。

其實我心裡有底，回家以後克拉克還是得每天幫我清理。但我仍舊認為回家的話意外狀況比較少，而且他是我丈夫，可以的話我想吸引他而不是讓他噁心。

解放完才五分鐘，克拉克與斐勒莉一起走進來。運氣非常差，他就這麼剛好今天很準時。現在味道不明顯，但撐不了多久。

克拉克依舊穿著T恤與牛仔褲，不知為何我忍不住覺得他變得更帥，也意識到自己多久沒有性生活。上次和男人接吻都多久了，與物理治療師之外的男性肢體接觸也是好久好久以前的事情。

我還是期待將來某一天克拉克能和自己回復親密關係。可能得花點時間，雙方都需要調適，所以不催他，只能耐心等。

「好，」斐勒莉搓搓手：「今天要練習怎麼換下半身。小夏妳可以吧？」

現在是個好時機，我該開口的，說自己沒來得及上廁所，要他們做好心理準備。但我真的開不了這個口，尤其克拉克今天看起來那麼帥氣。

斐勒莉以為我是默許就將我外褲脫掉。克拉克眉心一蹙，「我的天，」他說：「夏綠蒂，這兒沒有剃刀給妳用？」

其實此時此刻之前我壓根兒忘記自己好幾個月沒剃腿毛。值得尷尬的事情太多了，腿毛順位太後面。何況我以為自己沒那麼毛才對。

但視線順著克拉克眼睛過去就明白他為什麼這麼說。「不如你幫她剃吧。」斐勒莉說。

克拉克悶哼：「先不了。」

或許該找我媽幫忙。

那，眉毛呢？好久沒有畫眉毛了，看起來一定慘不忍睹。另外下巴有根毛，以前我會記得拔，現在是不是都六吋長可以綁馬尾了！

毛髮問題被突如其來的臭味打斷。我這才想起：相較於一根毛，還有更窘迫的問題得面對。很臭。不知為何今天特別臭。雖說糞便這種東西總是臭，但也有普通臭和非常臭的分別。今天臭得離譜，不知道吃錯了什麼。

「我的天！」克拉克驚呼之後立刻用手緊緊掩住臉，彷彿這兒成了毒氣室：「這什麼味道啊？」

「小夏，」斐勒莉搖頭斥責：「意外狀況怎麼不說呢？」

「沒發現。」我說謊了。

她一臉狐疑：「真的？」

我聳肩。

斐勒莉又搖頭想了想之後說：「也罷，正好讓克拉克學一下失禁處理，」她轉頭望向我丈夫：「來幫她清乾淨吧。」

克拉克面色發白：「啊？我才不要！」

斐勒莉雙手扠腰：「道格拉斯先生，妻子失禁之後你沒辦法清潔的話要怎麼照顧她？」好問題。非常、非常好的問題。

克拉克瞠目結舌呆站了一分鐘以後才垂頭喪氣：「好吧。」

斐勒莉給我翻身，然後指導克拉克清潔步驟。真慶幸他在背後，這樣就不必看到臉。想必他是避之唯恐不及的表情。

但，他還是做完了。我想這就是愛吧，之前不該懷疑的。

更衣完畢坐上輪椅，我終於有機會打量克拉克。現在輪到他沒法直視我，視線一直停在病床懸掛的白板上。

「那個，」克拉克開口對象其實不是我而是斐勒莉：「結束的話我得先走了。」

「不去小夏的行走團體看看？」斐勒莉問。

答案可想而知，但他真的搖頭時我仍舊有點失落。「得走了。」

「沒關係的。」我不想洩露心事。照顧這副身軀已經難為他了，再勞煩他照顧我心情未免過分。

我抬起頭望著他，一般丈夫道別時會在妻子唇上留個吻，但克拉克湊過來只是用嘴輕輕擦過我額頭，好像當我是小孩子或老太婆。

想回到往日關係恐怕得很久。幸好我什麼不多，時間最多。

46

兩個月前

古早年代，女人發現老公偷腥，原因是洗衣服看見衣領上有唇膏印，或者嗅到衣物上陌生的香水味。再不然，直接偷聽到他在電話裡跟人打情罵俏也行。

但已經二十一世紀了，我最早開始懷疑克拉克是因為一封文字訊息。

通常我早上六點鐘起床、七點鐘出門，昨天恰巧因為診所進行地毯清潔工程所以延後早診時間，於是我難得多睡會兒到八點才醒。醒來時精氣神飽滿，對還在床上打呼的克拉克也不以為意。淋浴出來以後聽見他手機嗡嗡叫，收到一封訊息。我發誓真的不是想監控他之類，單純擔心是不是重要事情該把他叫醒。於是我拿了他還放在充電座上的iPhone，就這麼看見了螢幕上面的文字。

她走了沒？

號碼後面沒有名字。除了這條也沒其他訊息。

我沒追問。應該說我不能追問。克拉克手機正常要解鎖才能看，我也不知道密碼。要是我能登入，早就裡裡外外翻個徹底。

這件事情我沒提，但一整天心神不寧，腦袋怎麼轉都兜在這件事情上。之所以問起我離家了沒，立意良善並非絕對不可能，但實際上我怎麼想都只得到他在外頭有女人這個結論。

我煩惱得簡直快要開始扯自己頭髮了，幸好布莉姬答應我下班可以過去聊聊。她的新制服似乎就是破棉褲搭配沾了嬰兒食物的T恤，臉上表情倒是格外冷靜。

「她走了沒？」布莉姬反覆斟酌這句話，同時開了一罐她聲稱是「寶寶餃子」的東西餵給茜爾希。

「他出軌了對吧？」我問。

「不一定。」布莉姬回答：「也許預約了人來打掃房子？」

「不可能，」我說：「都是我和清潔工聯繫。」

「給妳準備驚喜派對？」她說完被我白了一眼。

「唔，好吧。」她嘆了口氣，將寶寶餃子倒在女兒的小碟子，茜爾希用粗短小手指掐起黏糊糊小麵點塞進嘴巴好不快樂。「妳覺得克拉克是會外遇的人嗎？」

我想起他失業一年卻隱瞞不提。「嗯，絕對有可能。」

布莉姬沉默片刻又說：「可是妳怎麼知道句子裡的『她』說的是妳本人呢？」

我皺眉：「不然還能是誰？」

布莉姬聳肩：「誰都可以啊。例如，工作上的人？假如『她』是指客戶，或者法官？」

「是有可能，」我回答：「但『她』更有可能就是我，小三傳訊息是想知道能不能登堂入室進我家。」

「有可能。」布莉姬附和。

好想哭。這段婚姻怎麼這麼快就撐不下去？我明明早知道自己根本沒能力和男人維繫感情，該相信直覺單身一輩子就好。

「我好失敗！」我脫口而出：「綁住老公幾個月時間都辦不到！」

「唉，小夏，」布莉姬嘆氣之後將我拉過去擁抱。平時我沒有很愛摟摟抱抱，但這次我沒抗拒，的確需要有人安慰。

「該當面對質嗎？」我不想為這種事情哭，便用手背抹去才剛冒出的淚水。

「當然不要，」布莉姬悶哼以後從我身旁退開：「那豈不給他機會否認和湮滅證據了嗎？」

我很無助，聳聳肩問：「那該怎麼辦？」

布莉姬露出奸笑。認識的人裡，我最不想招惹的也是布莉姬。她結婚前交往過的男人一個個都後悔莫及，理由可不是什麼錯過好女孩。

「沒問題，小夏，」她說：「我來給妳指點迷津……」

光是我在這裡就顯得很荒謬。現實生活中真有人找徵信社？

想像中這種場面應該是大家一身黑白套裝，抽著濾嘴香菸優雅地呼出一個個煙圈。但實際上我卻坐在馬克．史賓聶里的小辦公室，面對沾滿咖啡杯印子又堆滿文件的辦公桌。史賓聶里本人又胖又禿，扣緊的格子襯衫上有一塊黃色污漬，與我想像中的私家偵探相去甚遠，不過在Yelp網站得到很多推薦。

我兩週前聯絡史賓聶里，解釋自己為何懷疑，簽了一張支票作為前金。他對於監視別人丈夫這件事情似乎太習慣了一點。

「你說有消息了？」我拿著包包按在胸口，心臟跳個不停，很希望答案是妳丈夫並沒有在外面偷情。然而我知道自己想太多，畢竟如果這麼簡單可以直接在電話說。

史賓聶里沉重點頭：「看來妳起疑心是對的，道格拉斯太太。」

該死。

看到那封簡訊之後一直盼望是自己多心。後來我很留意克拉克身邊是否還有其他跡象，甚至上Google搜尋了「老公出軌的蛛絲馬跡」有哪些，但結果什麼也找不到——他沒有偷偷打電話、沒有帶著陌生香味回家，至於有沒有刪除訊息我就無從得知，因為平常他不讓我看手機。當然不給我看手機本身或許就能算是一條線索。

「肯定嗎？」我問，但心裡卻祈求他別肯定。

「喔當然，」史賓聶里這麼有信心真是令人髮指，「我很肯定妳丈夫與一位海莉．麥修斯小姐過從甚密關係匪淺。」

「海莉．麥修斯？」不是熟悉的名字，應該算是好事吧，至少沒和認識的人勾搭上。

史賓聶里將一個牛皮紙袋遞過來：「有興趣的話，裡頭是照片。」

我盯著樸素信封，難以想像裡頭圖像內自己丈夫與別的女人幹了什麼好事。天吶，該不會在滾床吧。

「多數只是接吻。」史賓聶里點破我的心事，應該經驗老到了。

我往後一靠，椅子嘎嘎作響。腦袋忽然好昏，怎麼會遇上這種事，不應該呀。「你能肯定嗎？」我又問一遍。

「他媽的太肯定了，」史賓聶里回答：「妳可以開始物色離婚律師，或者我這兒也有推薦名單。」

真是順理成章。

但我現在其實顧不得離婚不離婚，而是生命直接空白一大塊。結了婚、很快要準備生小孩，卻一夕間化為烏有？

眼見為憑。

拿起桌上的信封拆開，五、六張彩色照片掉在大腿。我取了最上面那張仔細端詳。是克拉克和另一個女人，站得很近，他還將手放在對方背上。儘管畫面稍微模糊，我仍能判斷那個女子比自己年輕約十歲，與克拉克差不多高，留了一頭烏黑亮麗的長髮，顴骨高得好比名模。確實很美——是我想像中會站在克拉克身邊的女性形象。

第一張照片丟上桌子，第二張裡頭兩個人已經親起來了。那種親吻動作無須贅言，絕對不會是兄妹。

看著看著世界彷彿暗下來。史賓聶里、他那張破桌子與整個辦公室逐漸隱沒，眼中只剩下自己丈夫與美女熱吻的畫面，感覺顱骨裡頭有什麼東西蠢蠢欲動隨時會爆開。手開始顫抖，與照片摩擦得沙沙作響。

「道格拉斯太太，妳還好嗎？」史賓聶里眉頭緊蹙。

一瞬間我被拉回現實世界，而且確定了自己丈夫是個滿口謊言的渣男。

等不及趕回家，把克拉克的東西全拿出去燒掉。

47

兩週前

我應該喝醉了。

就算還沒也快了。這是第三杯。可以的話我也想大口狂飲威士忌之類，但家裡只有紅酒。我本來就不愛喝，克拉克又只喝紅酒，所以沒得選。只不過面對此生最重要一次對話，我壯膽的方式竟然是小口小口喝著黑比諾，這氣氛實在有點荒謬。

他很晚歸，我都沒意識到原來他每天這麼晚才回家。想什麼呢，難不成以為他每天晚上躲在家裡扭手指等著我進門？門兒都沒有。

回顧過往，忽然意識到自己沒發現丈夫出軌正常至極——我根本都不在家，不是工作、就是練跑、再不然去見朋友，他當然能為所欲為不被察覺，並且濫用了這份自由。

我坐在桌前，屏氣凝神盯著公寓正門。咪咪彷彿想要給我打打氣，遛過來蹭我的腿。可惜這次沒用了。本來是想抖下腿讓她去旁邊自己玩，卻沒想到用力過頭踢到桌腳。

然後聽見什麼東西在桌子裡面晃動。

打開抽屜一看，是克拉克買的那把手槍。

他買的時候我還很氣，現在看著靜靜躺在抽屜中的黑色左輪，心裡不但不氣了還得到一絲慰藉。

不對，那不叫慰藉。是力量。

我心臟怦怦跳著謹慎取出槍。比看上去更重些，不知裝子彈了沒，我完全不懂怎麼判斷，擔心自己亂檢查反而會觸發機關誤傷腳趾之類。就假裝已經上膛了吧。

想像克拉克站在門口，我將槍口對準過去，有一瞬間生出扣扳機的念頭。

轉動鑰匙的聲音震碎妄想，我趕緊將槍放到桌上等克拉克進屋。咪咪察覺到即將到來的衝突，一溜煙躲進廚房。

「夏綠蒂！」克拉克看見我坐在屋子裡顯得十分震驚：「妳怎麼在這兒？」

換作別日是平凡無奇的一句話，但今天光是這個句子就讓我想掐死他。

或者朝他開槍。

「這房子是我的，」我提醒道：「你沒忘記吧？」

克拉克甩下沾了些雨水的黑色外套說：「妳以前沒這麼早回來而已，沒想到會這時間見到。」

「不然你以為會見到誰？」我壓低聲音吼道：「海莉？」

克拉克聞言一呆。雖然是個難堪場面，我倒真希望現在架著攝影機錄下他表情，看了實在有趣。顯而易見他是強作鎮定卻又難以自持，「誰？」他擠出這個字。

「海莉・麥修斯，」我在座位上動也不動：「你睡的女人不就這名字嗎？徵信社都告訴我了。」

會不會否認?我其實有點希望他否認，這樣才能把照片丟他臉上。

結果他卻低下了頭，於是看見我面前桌上擺著槍。「夏綠蒂，」克拉克聲音微微顫抖：「妳怎麼把槍拿出來了?」

「拿出來怎麼了?」我搶在他衝過來之前將手放在槍柄：「我有槍，你會緊張?」

儘管氣氛極度緊繃，他那副驚慌失措死德行看了真痛快。

「我們就不能……」他倒抽一口涼氣：「先把槍放下好嗎，拜託?」

我反而手指扣緊了些。「不，克拉克，」我回答：「我想沒那麼簡單。」

「那妳想怎麼樣?」他搖搖頭：「朝我開槍?拜託，夏綠蒂，只不過是個小錯而已，妳要為了這種事情殺人?」

又用那雙藍到不行的眼睛凝視我。我真的會開槍?當然不，還沒瘋到那個程度。

醉是有一點，火氣則是不只一點點。即便如此，也是不至於開槍的。

「夏綠蒂，把槍放下吧。」他哀求：「親愛的，拜託。把槍放下，我什麼都告訴妳，我保證。」

腦袋裡有個聲音叫我別聽他的，緊緊握住槍、千萬別鬆手，可是理智清醒的那面還能意識到拿槍指著人無法好好對話是理所當然，最後終究是將槍放回抽屜。

克拉克一直盯著我，等抽屜關好了才鬆口氣跌坐在沙發，臉埋進手掌但還在發抖。

「夏綠蒂，」他喃喃自語般地說：「夏綠蒂，我很抱歉……」

再抬頭，他眼眶是濕的。哭了？這混帳東西哭了？遭到另一半背叛的人是我，結果他掉淚？未免太誇張。

我雙臂抱胸：「你很抱歉？就只有這句話好說？」

克拉克雙手抹抹臉，望向我的藍色眼眸楚楚可憐。不能否認我心弦是被微乎其微觸動了一下。「夏綠蒂，妳總是不在家，我也會寂寞啊。」

「在我背後胡搞，就拿這種藉口開脫？」

「不是，」他搖頭：「不是藉口。我鑄下大錯，妳生我的氣是理所當然。」

可惡，有種拿他沒轍的感覺。

「妳恨我嗎？」他問話聲音很輕柔很哀傷。

我不知道該說什麼。恨他？一小時之前想必會說恨。此時此刻？我不確定，可能並不。

至少不再有一槍爆頭的想法。

「其實已經結束了。」他語氣堅定：「我發誓，已經和她分了，就這兩天的事。因為我變得很討厭自己，感覺像是全天下最壞的男人，受不了那種感覺。」

我希望是真的。非常、非常地希望。我不想離婚，想繼續和克拉克在一起。

可是，老天，我不知道自己還能相信什麼。

「開事務所壓力很大，」克拉克繼續說：「我知道這聽起來很像藉口，但……就會想要轉換一下情緒。」他露出試探般的笑容，「我最近發現自己其實是想……生個孩子試試看。」

我瞪過去：「什麼？」

「生小孩，」他一臉期盼地笑道：「想和妳生小孩。我覺得自己準備好當爸爸了，不想繼續等下去。」

糊弄我，肯定是。故意說我想聽的話。他知道我有多想要孩子，也知道此情此景下唯一獲得原諒的機會就是滿足我的夢想。我很清楚他在幹嘛，也沒笨到會中這種計。

至少，我希望自己沒那麼笨。

「妳不也不想等了嗎，夏綠蒂？」

我口乾舌燥：「我……」

現實問題在於克拉克是我生小孩的最後機會。萬一離婚了，等我找到下一個肯和我生兒育女的男人絕對太遲，而我不確定我能接受那種後果。

他朝我伸手：「夏綠蒂，再給我一次機會好嗎？我真的很愛妳。」

另一個必須面對的現實是我還愛著他，即使知道他偷吃也放不下這份情感。他犯了錯，但人非聖賢孰能無過，畢竟鉛筆還要配橡皮擦不是嗎？

「我得好好考慮。」我啞著嗓子說。

克拉克點頭：「我懂。那……要我先出去嗎？」

確實有那麼一點想，但放他出門好讓他去找那女人嗎？「去睡客房。」

他又點頭承諾：「我會好好補償。」

48

五個月後

以前我不愛午睡。白天醒著就想好好醒著，小憩片刻只會頭昏腦脹，連幾點幾分都搞不清楚。

沒想到現在午睡成了我最大的嗜好。

一方面是我時時刻刻覺得累，只是不同程度的累。吃的藥裡頭應該有一種能降低疲憊感，我猜不是沒效就是劑量不足。再來反正無時無刻不頭暈，所以小睡片刻無傷大雅，尤其沒安排療程的時候也不知道能幹嘛。

最累的就是用餐，一吃東西立刻想睡。今天早上太早醒，早餐也吃太多，吃完立刻補了回籠覺。小詹說他以前也有過經驗，還說那就不能叫午睡而是「早睡」。

我醒來的時候聽見有人在病房角落說悄悄話。房間還很暗，我稍微適應之後才看出是自己丈夫坐在那兒講手機。

「嗯，她還沒醒，」克拉克說：「大半時間都在睡。」

真瞭解我。

「我明白，我很小心。」他繼續說：「是麻煩了些……但當然值得。」

不知道克拉克究竟在跟誰講話，但能肯定話題中心就是我，還說花心力照顧我當然值得，聽了好安慰。

「鬼扯什麼啊，」他忽然有點惱怒：「欠債的人又不是妳，數字可不小喔？否則妳要我怎麼辦，再回頭慢慢靠遺囑或離婚官司籌錢嗎？」

啊？

「我知道。」他壓低聲音，語調輕柔：「相信我，這非我所願，但就是目前的最佳方案了……而且她也差不多該醒了，先這樣。」他補上一句，「我愛妳。」

說他是跟他母親之類對象講電話連我也不會信。有股作嘔感，丈夫當著我的面背地裡胡來。

「夏綠蒂！」他看見我眼睛睜開便笑著走到床邊，似乎完全不擔心方才對話被我偷聽到。我猜他高估了我腦部受損的程度。「妳醒啦，我今天有準時喔？」

「你有外遇。」我脫口說出。

他張大眼睛然後搖搖頭，臉上笑容都僵了：「夏綠蒂妳在說什麼啊？」

「你有外遇。」我重複一次，語氣更堅定。「你和……」我從大腦損壞的深處挖出記憶：「海莉。」

從他表情判斷，應該是還斟酌著要不要承認。最後克拉克低頭說：「抱歉。」

我不知道該說什麼好，感覺該說的都已經說過了。

「我們的婚姻，」他低聲解釋：「其實算不上幸福。那非我所願，我也努力過，但是……」

克拉克抽一口氣，「遇上海莉以後我並沒有多想，事情自然而然發生了。」

「喔。」我回答。

本以為逼他承認會有什麼快感，奇怪的是並沒有，反而像是被人揍了肚子一樣。克拉克那嘴臉彷彿不覺得自己有錯。之前當他是救星，大錯特錯，現在沒人能救我。

「夏綠蒂，我就跟妳開誠布公吧。」他又開口：「妳需要我幫忙，我也需要妳的身障給付。說老實話我碰上一點財務問題，所以這樣安排對我們雙方都有好處。」

聽得我有點困惑，身障保險的額度應該不算高，否則我媽大可直接找看護。但克拉克似乎覺得那點錢就足夠了？

「相信我，世界上很多夫妻在一起只是為了錢。雙方把話說開了未嘗不是好事。」他輕輕拍我右手：「海莉的事情瞞著妳，我也不好受。」

我忽然口乾舌燥：「所以你……對我一點感情也沒有？」

克拉克那種憐憫眼神令我更想吐。「我知道妳在乎，所以公開場合我會認真扮演好自己角色，就像正常夫妻那樣，即使妳受這麼重的傷也忠貞不渝。」

「但會繼續見海莉？」我小聲問。拜託，說你不會。

「我和海莉真心相愛，」他的態度彷彿我問了個蠢問題。「妳我之間維持柏拉圖式的關係就好。」

「那我想和別的男人在一起也……？」

克拉克笑道：「妳認真的？」

我兩頰發燙：「不然？」

「夏綠蒂——」他搖搖頭：「我知道妳的判斷力還不是很好，治療師那邊也是這麼說的。但妳該面對現實了，這種狀態怎麼可能找得到對象？我不確定妳知不知道自己現在長什麼樣子，但……有些事情不可能就是不可能，假裝妳還有希望才是對妳殘酷吧。」

「為什麼不可能？」話聲方落我就寧願自己沒說出口，不確定自己還能承受他給的答案。

「為什麼不可能？」他重複一遍：「夏綠蒂，我還真不知道從哪兒說起好。缺了半邊顱骨，需要穿尿布，只是想要坐起來都會往左邊摔倒？我實在看不出什麼樣的男人會對妳有興趣。」

「唔。」我支支吾吾，心裡只想叫他走。真希望今天沒安排練習。

「還有我在身邊算妳運氣好，」他卻還不罷休：「否則下半輩子誰照顧妳？沒有男人肯碰的，妳該心存感激才對。」

我低頭看著床，沒臉望向克拉克。就怕他會不會還想逼我開口道謝。

「那就這麼說定嘍？」克拉克問。

我覺得換作以前的夏綠蒂不可能答應。但話說回來又未必，或許她會，畢竟她不就選擇了這樣的男人當丈夫。

「嗯。」我聽見自己回答。

49

五個月後

翌日克拉克也早到，跟著斐勒莉練習。他幫我（更正：給我）換了衣服，感覺還是很奇怪。我意思是，明明是自己結婚與做愛的對象，現在卻成了看護。但除了試著習慣，似乎沒有其他辦法。

斐勒莉離開，克拉克站在病床旁邊。他不像我媽，會坐下來慢慢講話。

「我想了想，」他開口：「等妳出院以後該怎麼安排住的問題……」

「唔。」

不知道有什麼好說，不回我自己那間房子還能去哪兒？

「之前，」他繼續說：「娜塔莉提到應該在家裡準備一張病床，我想就擺在客房給妳。」

「那你睡哪兒？」我問。

「嗯？主臥室啊。」克拉克回答。

有沒有搞錯？房子是我的，克拉克這人還沒出現的時候就是我的，再怎麼說主臥室也應該是給我才對吧？

「醫療器材需要比較多空間。」我說得小心翼翼，不想洩露自己內心有多震怒。

「客房也不小，」克拉克說：「而且我也需要空間，海莉會過來一起住。」

什麼？

我擠出聲音：「什麼？」

「夏綠蒂，」克拉克搖頭：「妳不是答應了讓我和海莉繼續交往嗎，這是協議的條件。」

「我當初不知道她要同居……」

克拉克聳肩：「對妳有什麼區別？對外會說是妳的看護，而且她說不定真能幫上忙，照顧妳很麻煩的。」

不對，不對，我才不要，誰要讓老公的小三照顧？更不願意讓她睡我房間。「不是好主意吧。」我說。

「別這麼不可理喻，夏綠蒂。」克拉克蹙額，每次露出這種表情就顯得兩頰凹陷、太平洋藍的眼睛閃著邪惡的光芒。真不懂以前怎麼會覺得他英俊。「看看我得為妳做多少，還有必要計較海莉住不住一起這種事情嗎，妳搞不好根本不會注意到她。」

感覺眼眶刺痛。不想講話了，免得給克拉克看見我落淚。

或許他也察覺到我情緒不對，改口說：「這個之後再談好了。」

之後。小時候有什麼事我媽不肯答應的時候也用這兩個字來敷衍。

只是目前看來，除了讓那女人住進自己家我也別無選擇。能反抗嗎？不能，只能接受與放下。每件事情都一樣。

到了行走團體的時間，克拉克送我過去，推輪椅穿越長廊時一句話也沒說。抵達以後他將我放在安潔菈隔壁，稍微猶豫以後拍拍我肩膀就揮手道別。

兩個人告別起來沒什麼情感，這種事情逃不過安潔菈的法眼。「看看，」她開口：「帥是帥，但可真冷淡。」

我別過臉，一點兒也不想提。

「他究竟會不會親妳啊？」她眨了下眼睛問。

我感覺面頰發燙。對別人提起克拉克昨天說的話實在尷尬，但同時我又覺得總得找個誰來傾訴。這種事情沒辦法告訴我媽，在醫院裡最好的同性朋友大概就屬安潔菈了。

我壓低聲音：「以後我們不是那種關係了。」

安潔菈皺眉：「哪種？」

「就，他不想再和我關係那麼親密。」

安潔菈嘴巴微微張開，露出被菸熏黃的牙齒：「他親口說的？」

我點頭。

安潔菈用力一捶輪椅扶手：「有沒有搞錯？那混蛋親ロ跟妳說這種話？」

太大聲了，我東張西望看看有沒有人在聽。小詹坐在大約四呎外，望著另一個方向。幸好他應該沒注意這裡。

「也不意外吧？」我嘟囔著說：「畢竟得給我處理那些個人衛生的事情，加上我現在外表不好看，哪有男人會想跟我……妳懂的。」

「這也是他親口說的嗎？」安潔菈幾乎大叫，褐色眼睛也瞪得又圓又大。

「別這麼大聲啦！」我低呼：「他也不是故意諷刺，只是實話實說。」

「什麼實話，」安潔菈反駁道：「小夏妳很漂亮，正常男人都會這麼覺得的。」

「聲音小一點。」我再提醒她：「我知道妳是好意，但不是事實啊。做人還是實際一點好。」

「我證明給妳看。」安潔菈又說。

她當著我的面在現場物色男性成員。天吶，到底想幹嘛？開始後悔找她訴苦了。

最後她視線鎖定對面一個老人家，或許是我平生僅見最皮包骨的人了，手腕前臂根本只剩下骨頭，簡直像是好幾年沒吃東西。

「亨利！」安潔菈朝他大叫。

「啊？」亨利應聲，可能有多瘦就多重聽。

「這位叫小夏，」她用拇指朝我一比大聲叫道。我真想爬到輪椅後面躲起來。「你覺得她漂亮嗎？」

「啊？」亨利又問一遍：「年輕人妳大聲點！」

安潔菈真的吼起來：「**妳覺得小夏漂亮嗎？**」

亨利打量我一遍。以他的年紀我還真不知道眼力剩多少，但看到後來他點了點頭。

「挺好看的呀，」他回答：「但脫掉保護盔應該更好看，不知道你們年輕人那些流行到底怎麼回事。」

「謝謝，」安潔菈朝他道謝以後一臉得意告訴我：「看吧？男人還是覺得妳漂亮。」

「這不算吧，」我翻了下白眼：「人家都差不多百歲人瑞了，對他來說可能不到七十都叫做年輕美女。」

安潔菈若有所思點點頭：「原來如此！妳是需要同齡男性的意見對不對？」

有不好的預感，感覺猜到她想幹嘛了：「安潔菈我不是需要別人意見——」

她可沒打算放過我，頭朝右邊一扭就鎖定小詹。他明明望向另一邊，耳根子卻都紅起來了，我不禁懷疑其實他根本一直在偷聽。

「諾克斯先生，」安潔菈喚他的時候笑得特別燦爛：「有件事情不知道能不能聽聽你的意見？」

他搖搖頭：「什麼事呢，安潔？」

安潔菈回頭看向我：「他看來不就是個……大概三十多的男性嗎。小詹，你幾歲？」

「三十六。」他咕噥的模樣像是跟我一樣想找地方躲起來。

「妳看，」安潔菈說。

「安潔菈，別——」我想阻止，安潔菈卻舉起手不讓我說下棋。

「小詹，有個非常重要的問題想請教你，」她說：「希望你能幫個忙。」

他又搖搖頭，看著自己大腿說：「一定要嗎？」

「當然。」安潔莅肯定之後問：「只是想問問你，覺得我們的小夏朋友漂不漂亮呢？」

小詹沉默片刻後才抬頭看我，紅暈從耳朵蔓延到臉頰：「很美。」

「看吧看吧，」安潔莅心滿意足點點頭：「現在不僅是年輕男人說妳還很有魅力，你們兩個聊到滿臉通紅的樣子多可愛！」

不知道安潔莅這種無聊問答有什麼意義又證明了什麼，小詹說我美顯然是因為不好意思表達否定。他又不是認真的，單純人很好而已。

50

五個月後

等待思考技巧團體開始的時候，海嘉開口問我：「今天早上和妳一起在走廊那個帥哥是誰呀？」

「我丈夫。」

過了一星期，文森醫師感覺更蒼老。他拉拉棒球帽，雜亂眉毛向上揚：「我認為想殺妳的就是妳老公。」

「才不是，*dummkopf*（白痴），」海嘉說：「是闖空門的啦！」

兩個人我都懶得糾正。

安潔菈一臉輕蔑搖搖頭：「我也還不完全相信老公無辜。」

幸好海嘉沒延續那個話題，話鋒一轉說：「他是我見過最帥的男人，比手會抖的那個還好看。」她朝我笑道：「小夏應該也同意吧。」

我同意嗎？其實我現在挺喜歡那個手會抖的男人，而且最近他手沒那麼抖了。小詹不是克拉克那種標準帥哥，而是娃娃臉可愛類型，看他笑起來我會很開心。至於克拉克，他身上沒什麼事情能令我開心了。

「這應該是結婚戒指吧！」海嘉將什麼東西拉上桌，我勉強認知到：是我的左手。

她低頭注視那顆鑽石。是斐勒莉前幾天請我媽帶來的訂婚戒指，希望藉此喚醒我對左手的注意力，不過目前為止沒發揮什麼作用。

「很大的鑽石，」文森醫師見了說：「是嗎，海嘉？」

海嘉將我手放回桌子下，表情忽然不對勁：「唔……」

「怎麼了嗎？」我問。

她大聲嘆息：「我提過自己以前是做珠寶的吧？小夏，很抱歉，但我得跟妳說這顆根本不是鑽石，而是所謂CZ鑽[11]，也就是人造假鑽。」

安潔菈視線立刻掃過來：「小夏，妳知道這鑽石是假的嗎？」

還記得當初克拉克亮出這枚戒指讓我心花怒放，當時我還沒發現他失業。雖然後來知道真相了，但我沒將戒指掛在心上，也就沒有聯想到他根本無力負擔昂貴珠寶。「無所謂啦。」

艾宓走進房間，手裡又捧著「有口難言」的遊戲箱。我玩得比一開始好些，但還是覺得難明明接受過總計十二年的高等教育，現在竟然連個派對遊戲都搞不定，想來也是挺鬱悶。

「就從小夏開始好了？」艾宓開口。

[11] 又稱蘇聯鑽。

能說不嗎？我抽了一張卡片，盯著上頭那個要給大家猜的字。

和（AND）

感覺怪怪的，連接詞要怎麼給大家猜？我盯著卡片思考提示，這遊戲真的好難。

「準備好了嗎？」艾宓問。

「還沒。」我嘀咕。

這種字要怎麼給別人線索？何況底下的禁用語一點關係也沒有。

「這題我做不出來。」我跟艾宓說。

她蹙眉：「為什麼呢？」

「這不是有意義的詞吧？」我知道「和」這個字並非沒有意義，但提示的都是名詞會不會太過分。

艾宓探頭看了問：「丈夫（HUSBAND）不是有意義的詞？」

呃，我似乎又看漏了左邊那一半。

「她好慢呀，」文森醫師埋怨：「還是我先吧。」

他摘下棒球帽，這是我初次看見他腦袋，立刻留意到頭皮上的病變特徵：皮膚有個紅色硬實突起，直徑至少一公分。

「你有皮膚癌。」我聽見自己說。

其他四雙眼睛集中到我身上。「妳剛才說什麼？」艾宓問。

「文森醫生，」我盯著那塊病變說：「你頭皮上那是皮膚癌，得請人切片檢查，我從外觀推測是鱗狀細胞癌。這種癌症發展緩慢，但有可能擴散到淋巴結與其他器官，越早切除越安全。」

文森醫師舉起顫抖的手，小心摸了下那塊結節。「是喔？」

「聽她的，」安潔菈開口：「她是皮膚科醫生啊。」

「謝謝了，麥坎納醫師。」文森醫師朝我露出笑容。

我想起為人看診帶來的滿足感。有時候真的很懷念。

艾宓也望著那塊皮膚病灶說：「文森醫師，需要的話我們幫你預約院內的皮膚科。」

他點頭：「當然好。」

大家一時無語，最後還是艾宓搖搖頭對我說：「小夏，我不懂，妳能診斷皮膚癌，卻沒辦法玩個簡單的『有口難言』？」她頭歪一邊，「我都開始懷疑妳是不是故意整我了。」

我也希望是。

又做了那個夢。

自己也不懂為什麼。明明巴瑞進了監獄，再也無法傷我分毫。

夢境一開始，我望進巴瑞那雙深沉眼眸。*嗨，麥坎納醫師，記得我嗎？*

然後舉槍瞄準我的臉。

接著左半邊世界消失，但倒在地上的時候還能聽見左側傳來的腳步聲。我伸長脖子想看看巴瑞是待在旁邊還是留我等死。

隨機聽見他在耳邊低語：「妳自作自受。」

我從惡夢驚醒，顫抖不已。這是凱爾．巴瑞坐牢以後的第一次。

51

五個半月後

克拉克的事情公開以後，小詹不再到走廊和我一起用餐。應該說他基本上不和我講話了，即使行走團體時比鄰坐著也不會看我。我不懂自己說了或做了什麼造成他這麼生氣，只能說很遺憾這段友誼似乎劃下句點。

隔天早上的行走團體我又坐在他隔壁。不是我決定的，推我過去的護理師就將我擺在那兒，開口說要換位置感覺很不禮貌。

結果就得忍受他完全不與我交談。

他和我不同，已經能坐普通椅子，平衡感回復到不必坐輪椅而是自己走過來。換句話說，理論上他能自己換個位置，但他又賴著不走。或許同樣覺得那樣做太沒禮貌吧。

「昨天山姆有過來。」我想起昨天看見凱倫帶山姆進了醫院。

小詹訝異望過來，好像沒料到我會主動開口，點頭的樣子有點太小心。「嗯，」他回答：「來看我的。」

「他還記得我。」我挺開心的。

「他當然記得啊，」小詹回答：「山姆還滿喜歡妳的。」

我聽了嘴角上揚：「是喔？真的嗎？」

「嗯。」小詹笑著轉了下眼珠：「他覺得妳比較酷。比我酷。」

我笑了：「是凱倫帶他來的，所以，嗯……還算順利？」我望著他，輕輕屏著氣。

「唔。」小詹悶哼：「算是吧，不理想但能湊合。」

「那你會和她重新在一起嗎？」我問。

小詹眼睛微閉：「對妳有差嗎？」

我望著他不知所措，不明白為什麼他好像忽然惱火了，以前聊到凱倫也沒這麼生氣。

後來他又自己嘆口氣：「不會復合，這輩子都不可能。」

娜塔莉過來說輪到小詹練習。她只幫忙扶起身，之後幾乎都不必碰觸，過程很平順，一直走到小體育館對面他重心才稍微偏掉。想當初還要娜塔莉和史提夫兩人一起攙扶，與現在真是天壤之別。

他進步好多、回復好多。和我不一樣。

小詹走到另一邊的時候有人伸手搭上我肩膀。轉頭一看是克拉克站在背後。我不知道他來做什麼，預定是行走團體結束再過來，現在早了半小時。

「你早到了。」我還有點開心，畢竟克拉克通常應該是遲到半小時。

「今天有事得早走，」他解釋：「斐勒莉說我們可以早半小時開始。」

「但我還有行走團體啊。」我說。

克拉克搖搖頭：「那又如何？」

「我要練走。」

「夏綠蒂，」克拉克不耐煩地說：「不是談過這件事了嗎，反正妳回家以後也不會自己走路，待在這邊一點意義也沒有，時間要花在刀口上。」

他說的當然對，讓娜塔莉拽自己繞一圈是何苦。但，我喜歡。

「走一次就好？」我問問。

克拉克又搖頭：「夏綠蒂——」

我看見小詹拄著拐杖回來，抬頭求克拉克說：「已經輪到我了。」

那瞬間我與小詹目光交會，從眼神能肯定他聽見了克拉克對我說的每句話，所以非常生氣。希望他能明白我沒得選，都是不得已。

「好吧，」克拉克回答：「就一次，妳快點。」

接下來事情發生得太快，要是我正好轉頭可能就全部錯過——小詹回到自己座位前面卻沒有坐下，而是握緊拳頭朝著克拉克胸口重重揍了過去，力道大得將他逼退好幾步，最後被地墊絆得一屁股跌倒。

起初他被嚇傻了呆坐著。我轉頭一看，小詹臉上露出得意淺笑。不得不承認我也稍微有點出了氣的感覺。

但也不過就十秒，克拉克起身以後氣急敗壞雙手握拳。

「搞什麼？」他朝小詹怒吼：「你動手打人？腦袋有什麼毛病？」

小詹故作無辜：「抱歉，我重心不穩。」

「抱歉？」克拉克咆哮得面色發紫：「根本不是意外，你故意的吧！」

娜塔莉走到兩人中間，伸長手臂避免兩人發生扭打。「道格拉斯先生，請先冷靜，」她說：「一定只是意外，對吧，諾克斯先生？」

「當然。」小詹面色一沉：「怎麼會不是意外？難道你對我們朋友小夏做了什麼，我才動手打人嗎？」

克拉克瞪大那雙藍色眼睛，現在終於會意過來。「混帳東西，最好別多管閒事，」他狠狠道：「小心我把你大卸八塊。」

小詹臉上毫無畏懼，但感覺他是該擔心。沒受傷的話打起來他或許不落下風，克拉克有健身但小詹體格也不算差。問題是現在小詹平衡感不行，動手的話克拉克優勢太大。我可不想看見兩人互毆的場面。

幸虧還有娜塔莉能干預。「道格拉斯先生，」她嚴肅地說：「請你先離開。要是你再出言恫嚇病人，我只好讓史提夫把你架出體育館。」

克拉克原本似乎不服氣，但看了看娜塔莉再看了看魁梧的史提夫之後識相閉了嘴。他先低頭看我，我以為一定會叫我跟著走，不過娜塔莉立刻介入：「小夏練習完我立刻帶她出去。」

「好吧。」克拉克嘟噥之後狠狠瞪了小詹一眼才負氣而去。

娜塔莉追過去將門關緊。

克拉克走了，我以為她會趕快帶我練習，但結果娜塔莉走到小詹面前雙拳扠腰。

「小詹，」她語調嚴厲，雖然個頭不高卻在需要的時候氣勢十足：「大家都看得出來你是故意揍人。」

「他活該！」我左邊冒出個聲音，聽起來是安潔菈。

小詹聳聳肩：「他是活該。」

娜塔莉遲疑片刻。我希望她能告訴大家：我老公人不差，大家不要為難他。但那是不可能的，因為娜塔莉也不這樣認為。

「那不是重點。」她繼續說：「不能因為自己生氣就動手打人。」

「也不是每次都不行。」小詹反駁。

娜塔莉挑眉：「你覺得以前的自己會這麼做嗎？」

小詹短暫沉默。「不確定，」他猶豫地說：「應該不會吧。」

「我明白你覺得自己是為小夏出頭，」娜塔莉語氣放軟：「但我覺得她並不希望你這樣做。小夏，妳說呢？」

我搖頭：「小詹，我並不希望你為我動手打人。」

小詹望過來，眼神有點難過：「真的嗎？」

「真的。」

不僅因為娜塔莉希望我這樣回答，事實也是如此。我瞭解克拉克性子，也看得出來小詹真的惹惱了他。小詹不必承受他的怒氣，但我躲不掉。

「抱歉，小夏。」他輕聲道歉：「但我看不過去……」

「我懂。」我沒讓他說完：「沒關係的。」

感覺小詹還想說什麼，但娜塔莉直接打斷帶我起身練習。由她扶著走動時，我不免暗忖今天或許是這輩子最後一次走路。

52

五個半月後

如我所料，克拉克對體育館的事情氣憤難平，斐勒莉教他怎麼給我洗澡的時候還在生悶氣。而且他把氣都出在我身上，刷我肩膀刷得都要脫皮了，還得斐勒莉開口叫他小力一點。

明明剛到的時候還說自己有事要先走，結果斐勒莉都教完了他還待在病房不離開，顯而易見就是想提剛才的事件。如果可以，就算我得自己滑輪椅進走廊也不想和他留在一塊兒。

「所以那傢伙是誰？」克拉克終於開口問：「怎麼，妳的好兄弟？」

「不是，」我趕快回答：「其實不怎麼認識。」

克拉克雙目微閉：「人家不都叫妳是朋友了嗎？」

其實是我最好的朋友。至少之前是。「我也不知道，」我說：「他腦部受傷，分不出誰是誰。」

「人家看起來沒那麼糟吧。」克拉克嘀咕，然後在病房裡來回踱步：「力氣可不小呢，但要不是趁人不備我也不至於會摔倒。」

「嗯，當然。」

「是不是該去拜訪他一下，」他停下腳步：「姓什麼來著？諾克斯是不是？」

「不記得了。」我咕噥：「真的和他不熟。」

「不准妳和那傢伙說話，」克拉克雙臂抱胸：「知道了嗎，夏綠蒂？」

「知道了。」我聲音很小。

「啊？」克拉克伸手捧著耳朵：「沒聽見。」

我臉頰發燙：「我說知道了！」

克拉克得意地點點頭。「另外，」他又補上：「還有件事情我們得談談。什麼委任授權根本狗屁啊，夏綠蒂。」

不知為何我又生出作嘔感：「什麼意思？」

「妳出事之前填了一些東西，結果現在法定代理人是妳媽。」他又開始踱步：「但妳丈夫是我，照顧妳的人也是我，財務怎麼會給別人管呢。」

我不講話。

「妳不覺得嗎？」他停下腳步瞪著我問。

「應該吧。」我擠出答案。

克拉克點點頭：「沒錯，所以我和葛林保醫師談過，他說只要有神經心理學家的診斷書證明妳心智能力足以做決定，再簽一次文件就能變更設定。」

「喔。」我說。

想。

那股噁心感揮之不去。我不想讓克拉克管錢，也不想讓他帶小三回家裡睡我的床。一點也不想。

但相比之下我更不想後半輩子困在療養院。所以似乎別無選擇。

吃的總是給不夠。我在走廊上吃完以後還覺得餓。除了餓也很渴，因為今天忘記給水了。怎麼連這個也能忘？偏偏附近沒有護理師幫忙，遠遠看到一個也忙著給病人餵藥。

就等吧，還不至於渴死之類。

坐在原地盯著空盤，陸陸續續有病人完成今天最後的療程準備回房。小詹在人群後面，自己拄著拐杖慢慢走，沒人扶著或跟在旁邊預防他跌倒。

換言之，治療師認為小詹平衡感已經回復到能夠單獨走動，代表他大概快回家了。我很為他開心。

他要經過的時候明顯遲疑一下，最後停在我面前。「小夏，可以和妳講講話嗎？」

我點頭。

離我輪椅大概一呎遠有張板凳，他拉過來坐下說話。我又想起克拉克來的這幾次從未坐下，總是站在旁邊一副他大人我小孩的模樣。當然換個角度想，或許小詹也是不得不坐，他的平衡回復很多但不算完美。

「小夏，」他低聲說：「我只是想說，早上的事情很抱歉。不是有意給妳惹麻煩，會生氣還不是因為——」

「沒關係，」我趕緊回答：「不必擔心。」

「然後……」他猶豫片刻，接著忽然牽起我右手。小詹的手很暖，還能感覺到拄拐杖磨出的繭。暖手，暖心。那雙褐色眼睛望過來：「妳選擇和丈夫回去我也能理解，畢竟他能為妳做的比較多。」

啊？

「我是說，」他繼續：「我連自己都照顧不過來了，哪能幫到妳什麼呢，所以我明白，我能理解妳為什麼選擇他而不是我。」

我感覺呼吸困難。他在說什麼？意思是他想與我在一起？竟然有人願意？為什麼，他何苦？這究竟怎麼回事？

「但我希望妳知道，」他聲音輕得像是悄悄話：「妳是我見過最美的女人。」

怎麼可能，我不可能是他見過最美的人，就算受傷前都不可能。但這種謊我不介意，尤其出自他口中、也尤其因為他的眼神。

我聽見他深呼吸：「我認為，不理解這點的男人，不值得妳和他在一起。」

我傻傻望著他眼睛，很想告訴他我也願意、更想探身過去親吻他。但我那麼做的話不是摔倒就是發生更尷尬的情境吧。如果我是正常人，一定會選擇小詹。

不過如果我正常，一開始就不會遇見他。

他嘆息之後放開我的手。「就這樣，我說完了。」

我只是點頭，還有點喘不過氣。

小詹多凝望了一會兒，然後探身過來。我心臟怦怦跳，以為他會吻過來，結果並沒有。他伸手提著我的餐盤轉了半圈，我就忽然看見一團馬鈴薯泥、一塊天使蛋糕，更重要的是還有一杯水。

「水！」我低呼，連忙拿了往嘴裡灌，一下子就幾乎喝光。「我好渴，謝謝！」

小詹撇嘴笑了笑：「別客氣。」

我看著他撐起身子一跛一跛穿過長廊走回病房，想必回家的日子不遠了，屆時就會忘記我，也會遇見比我更漂亮的女孩。畢竟我根本談不上多漂亮。

53

五個半月後

隔天我去看了眼科。

據說這位辛恩醫師十分「頂尖」。其實幾週前就看診過，反映了我無法感知左側的問題，他認為可以透過左眼稜鏡改善，也就是藉由稜鏡將來自左側的光線偏轉到右側視野內。

我醫學院畢業以後做了近視雷射手術，所以沒有現成的鏡片能安裝稜鏡。辛恩醫師說等鏡片製作完畢再與我聯絡，我是覺得都拋開眼鏡那麼多年了又要戴回去很可惜，但可能有效的話還是值得一試。

辛恩醫師皮膚黝黑個頭矮壯而且笑容可掬，一走進病房就拿出豹紋眼鏡盒得意地說：「麥坎納醫師，稜鏡做好嘍。」

「太好了。」我是沒他那麼積極。

辛恩醫師打開盒子，裡面有一副玳瑁框大眼鏡，左邊鏡片覆蓋著一種有條紋的透明材質。這可能是我見過最醜的東西。

「試戴看看。」辛格醫師催促。

我忍住無奈。醜便醜吧，我的美醜誰在乎？外表不是現在需要考慮的。

我用右手取出眼鏡架在鼻梁上，感覺自己像個上了年紀的女老師。望向辛格醫師那張圓臉，我完全感覺不出差異。

「如何？」他問。

我聳肩：「不確定有沒有效。」這是客氣話，說穿了就是沒效。

「今天試戴看看，」他說：「就算感覺不到明顯變化也可能有影響。」

我又聳肩。

早上過了大半，與娜塔莉進行物理治療時才又想起眼鏡的事。我坐在輪椅，她從自己口袋掏出鏡片。

「沒用。」我說。

「小夏妳還是得試試。」

她親手給我戴上，但我看得也沒比較清楚，跟原本完全一樣。真叫人失望。

「好，」娜塔莉說：「現在滑輪椅過走廊。」

「不用走的？」我問。

「重點先不放在走路了。」娜塔莉語氣肯定：「我和妳先生談過，他說的也有道理，回到家妳主要還是用輪椅，所以得操縱得更順手才行。總不希望回家以後還總需要別人來推吧？」

「是不希望。」

當然沒說錯，不能走路夠糟糕了，還不能好好滑輪椅就完全變成累贅。我不希望移動全部仰賴克拉克，但如果從臥室到客廳會連續撞翻十個東西也是不成，更別提在外頭就成了公共危險，出門用輪椅很可能直接從人行道衝進馬路。

「好，」娜塔莉說：「手放輪圈，沿著走廊前進。」

雖然我原本對稜鏡不抱指望，結果這是第一次自己用輪椅順利滑過整條走廊不撞到左側牆壁。之前每次都失敗，所以我竟然傻傻地為此驕傲起來。

「成功了！」我叫道。

娜塔莉朝我露出狐疑神情。

「怎麼了？」我開始緊張：「不是還不錯嗎，我沒撞到東西吧？」不會吧，難道是撞了東西沒發現？那可就是大大的退步。

「沒有，」娜塔莉回答：「妳沒撞到東西。」

我大惑不解。

「小夏，」她說：「妳知道自己剛才用了左手推輪椅嗎？」

我低頭往輪椅左邊一看，看見一隻手，我的手。「之前沒用過？」

「偶爾妳會用左手一兩秒，」娜塔莉想了想：「不過這次妳是全程用左手，之前沒有過。」

我咬嘴唇：「這應該是好事……吧？」

她點頭：「非常好。」

我摸了摸鼻梁上那副醜八怪眼鏡：「妳覺得跟稜鏡有關係嗎？」

「有可能……」她蹙眉：「稜鏡對少數病人非常有幫助，但我沒見過效果這麼好的狀況。」

「我是根本感覺不出差異。」

娜塔莉點點頭若有所思：「再試試看。」

又在走廊來回幾趟，我完全沒撞到東西。每次看見我用左手推輪椅娜塔莉就會興高采烈，我也對自己表現很滿意。一塊鏡片能造成這麼大的變化實在奇怪，但成績擺在眼前。

今天克拉克預計午餐後到，我自己在走廊用餐。小詹經過的時候我盡量不看，他又沒人陪，自己右手拄拐杖信心滿滿地走回來。

「嘿，小夏，」他一看見我就歪嘴笑：「新眼鏡？」

我伸手摸摸稜鏡。雖然醜到不行，但先前我都不介意，直到現在才忽然覺得糗。「嗯。」我擠出回應。

「挺可愛的。」他說。

才怪，形狀顏色沒一個地方可愛。「謝謝。」我只能這麼說。

他站在我面前猶豫一下才問：「我……可以坐妳旁邊嗎？」

我低頭看左手，再十五分鐘就一點，克拉克隨時可能露面，要是看到小詹坐我旁邊不知會鬧多大。「最好不要。」

小詹點頭，神情有點難過。

「明天行走團體見。」我嘴上這麼說，卻不大肯定還見不見得到。既然克拉克與葛林保醫師談過，想必也會反映他認為療程包含行走團體太不切實際這件事。除了是事實，更大的動機在於拆散我和小詹。

理由很充分。

「咦，」小詹忽然問：「誰幫妳轉了盤子？」

「嗯？」我反問。

小詹指著我的餐盤：「通常妳都吃一半，是我幫妳轉過來。」

我低頭望向吃乾淨的盤子。即使自己根本沒察覺，今天確實隱約覺得盤子上東西變多，水、配菜、點心、餐具都很容易就找到。以前每樣東西得看半天才知道放在哪兒。

「應該是眼鏡的關係。」我告訴他。

小詹挑眉：「眼鏡？真的嗎？」

我聳肩，給不出更好的解釋。

小詹也一臉懷疑，不怪他。無論稜鏡多神奇都很難解釋為什麼我忽然開始用左手，而且我這才想到方才看時間看得很自然，想都沒想就望向艾宓掛在我左手腕作為提醒的紅錶。

54

五個半月後

這是我見過最醜的眼鏡。

之前說過我不必戴眼鏡。通常會慶幸，卻也有時候會羡慕需要戴眼鏡的人，比方說流行期間我也想配一副蒂娜．菲⑫那樣的眼鏡，可是視力沒問題的人戴眼鏡顯得本末倒置。稜鏡當然與流行絕緣，一看就只有老處女才戴。某一天老處女摘下眼鏡，大家赫然發現她其實挺美的，可惜之前被糟糕透頂的眼鏡遮住半張臉蛋。我就陷入這種窘境。

但它真的發揮奇效，所以不能因為外表就嫌棄。

「好神奇。」我忍不住告訴克拉克，他午餐過後不久就到了。

克拉克如往常臉簡直要埋進手機。不知道是不是傳訊息給海莉，但我不想計較這種事情為難自己。

「太好了，夏綠蒂。」一聽就知道心不在焉。敷衍我是習慣了，但他那種哄小孩的語氣還是

⑫ Tina Fey，美國劇作家、喜劇演員，多次獲得艾美獎及金球獎。

很刺耳。

「換個鏡框就好。」我說。

「誰會看？」克拉克回答：「我又不在意。」

不意外。他進病房以後根本沒正眼瞧過我。

「像奶奶戴的。」我又說。

克拉克聳肩：「那又如何？妳打算浪費錢買時髦眼鏡？那算是妥善運用資產嗎，夏綠蒂？」

「是吧。」我回答。

他轉了下眼珠：「並不是。所以我才要幫妳管錢，妳搞不清楚狀況。」

「買一副好看點的鏡框有什麼不對？」我蹙眉。

「買貴的東西就不對。」他說：「預算本來就緊，妳當自己是模特兒嗎。」

最近他講沒兩句就要戳一下我的容貌。我咬咬嘴唇：「但，克拉克——」

「夏綠蒂，我說了不行。」

結束了。沒得談。

斐勒莉進來以後全程讓克拉克自己處理。儘管克拉克慣性拖延、態度冷淡，扶我上下床以及幫我更衣都已經很熟練，連將我手臂放進袖子都能俐落解決。或許這安排還是有可取之處。

「好多了。」她開口。

克拉克得到誇讚笑了一下：「就說我學得很快。」

但我一看襯衫，發現克拉克幫我扣的時候扣錯第一顆，後面全都錯位。「你扣錯一顆。」我跟他說。

他低頭一看又笑了：「欸，真的。」

「幫我改過來？」

他臉上竟閃過一抹不耐煩：「啊，拜託，夏綠蒂……妳今天怎麼像個女明星似地。」

我說襯衫扣錯了，就是耍大牌？真的很難堪，我可不想一整天這樣子活動。

顯然沒辦法指望克拉克了。

我嘆口氣，試著自己重新扣釦子。位置全錯了，得整個重來。我從最上面開始，扣了兩顆以後忽然被斐勒莉抓住手。

「妳在幹嘛？」她幾乎叫了起來。

我羞愧低頭：「抱歉，我只是想把釦子扣好……」

「但妳用了左手！」斐勒莉搖頭。

哇噢，真的。

「眼鏡的關係。」我說。

斐勒莉還是搖頭：「眼鏡怎麼可能這麼有效。」

我不知如何回應。畢竟如果不是眼鏡的功用，那除非她認為我腦部受傷也是演戲，閒來無事切掉一大塊顱骨找樂子。

「我也不知道，」我回答：「但看起來很有效。」

斐勒莉點頭：「感謝上蒼。」

55

五個半月後

左邊傳來的鈴聲驚醒我。

我眨眨眼睛，花了點時間適應病房昏暗。牆上時鐘顯示七點四十五，但太陽已經下山，窗外一片黑。即使條件都很好，要找到位在左側的物體也談不上容易，光線不足、加上剛小睡醒來則更加困難。

不過我看見稜鏡在右邊小桌上。

用右手抓來，小心不刺到眼睛將它戴好，閉上眼睛一會兒以後我成功用左手接起電話。

「麥坎納醫師嗎？」話筒內聲音急促。

我愣了愣，很久沒有人這樣稱呼我，有種恍如隔世的感覺。「是……」

「麥坎納醫師，」對方繼續說：「我是芮吉娜．巴瑞。」

顱內輕輕抽痛了一下。我將話筒握緊，不知如何回應，最後只擠出：「喔，嗨。」

「抱歉這麼唐突打過來。」她嗓音與我記憶相符，有點羞怯、也有點沒把握。本性是個甜美女子，只是因皮膚惡疾困擾多時，能夠治好她我很開心。

唔，至少開心到被她丈夫開槍前。「妳怎麼知道病房電話？」我小聲問。

「說來話長，」她也不避諱：「我用了些管道。」聽起來有點不妙。

「為什麼打來？」我握著話筒的手太用力，指節開始泛白。

「我——」芮吉娜．巴瑞猶豫片刻：「有件事情想告訴妳。不說出來心裡過意不去。」

我搖搖頭：「請……」

「是關於我前夫凱爾。」她說：「他不可能只因為妳拆散我們就氣到開槍打人，這說不過去。」

我朝著話筒蹙眉。凱爾那樣對待她、那樣對待我，芮吉娜竟然還替他講話？

「相信我，」我回答：「就是他開的槍，我全想起來了。」

「不，我的意思不是我懷疑妳，」芮吉娜解釋：「我相信是他做的。但……我不認為動機跟我們分手有關。」她稍稍遲疑，「其實凱爾根本不在乎我們離婚，甚至覺得我離得好，反正他能拿到我一半財產。」

「一半財產？」

「我父親開公司，賺了不少錢，」芮吉娜繼續說：「所以我得到不少遺產。換作以前我自己都不信，但現在回顧起來，凱爾之所以娶我完全就是想要錢。他……欠了很大一筆賭債。」

「喔。」我也不知道自己還能說什麼。

芮吉娜深呼吸：「不過麥坎納醫師妳真的對我很好、幫我很多忙，我實在非常感激，所以才不得不打這通電話。」

我開始無法理解，不知道是不是腦部受創的緣故。「我不是很懂？」

「前幾天我在網路上讀到妳的新聞，」芮吉娜說：「所以我就好奇了，因為……妳懂的。但讀完以後我才發現一個巧合——妳丈夫竟然是克拉克．道格拉斯。」

「喔，」這電話講得我好累，真想倒回去睡覺：「沒錯，就是他。」

「可是麥坎納醫師，」她說：「我認識克拉克。」

「什麼意思？」我開始不耐煩，腦袋好像一陣一陣抽搐。或許該叫護理師給點泰諾⓭。

「麥坎納醫師，」芮吉娜回答：「克拉克以前是我鄰居，他和我與凱爾住在同公寓同層樓很多年。」

腦部抽搐忽然加快，「什麼？」

「克拉克以前和我是鄰居。」芮吉娜重複一遍。

我朝話筒搖頭：「應該認錯了吧，可能同名而已。」

「我想沒這麼簡單。」芮吉娜悶哼：「克拉克．道格拉斯，帥到離譜，眼睛藍得誇張，是個見過就很難忘記的人。克拉克和凱爾曾經往來非常密切……」

不。不可能。

⓭美國常用止痛藥（Tylenol），成分為對乙醯胺酚（與普拿疼相同）。

「那時候他約會對象是個褐色頭髮的美女模特兒……」芮吉娜繼續說下去：「應該說是自稱模特兒，實際工作是餐廳服務生。印象中名字叫海蒂？還是荷莉？」

「海莉。」我說。

「對！」芮吉娜低呼：「對，是海莉。說真的我很討厭他們兩個。」她改口：「應該說他們三個才對。」

腦袋一直跳，我很難專心。克拉克怎麼會是凱爾．巴瑞的鄰居呢？太奇怪了，當初我之所以會答應克拉克第二次約會就是受到凱爾．巴瑞恫嚇，他及時現身英雄救美——

呃。

天吶。

「妳有跟警察說過嗎？」我問。

「我試過，」芮吉娜回答：「打過去好幾次，但總是被轉接到答錄機。我留了聯絡方式，從來沒人打來問過。我也不知道，可能他們覺得既然結案了就不需要新的線索吧。」她沉默片刻，「所以我才決定直接打給妳。」

「嗯。」我感覺很虛弱，太陽穴那邊跳得好厲害，彷彿大腦要炸開，而且現在沒顱骨能把東西關好。

「麥坎納醫師？」芮吉娜．巴瑞的聲音變得很遙遠：「妳還好嗎？」

「嗯，」我擠出聲音：「但……得先掛了。」

「真的沒事嗎？」

「嗯。」我回答：「沒事，謝謝妳打來。」

我搶在芮吉娜還沒多講半個字之前用力掛上話筒。呼吸變得太短促，我得吃泰諾，現在就要。不對，得吃比泰諾更強的。呼叫護理師的按鈕在哪兒？

房門開了一條縫，滲進些許光線。我鬆了口氣，總算有護理師過來可以給藥。得搭配蘋果汁吞一些奧施康定[14]免得腦袋真的炸開。

問題是從門口出現的輪廓判斷，站在那兒的人並不是護理師。

而是克拉克。

[14] 即羥考酮，用於緩解重度疼痛。

56

五個半月後

那瞬間恐懼感如此強烈，我連呼吸都緩不過來，腦袋裡只有芮吉娜說的：克拉克以前和我是鄰居、克拉克和凱爾曾經往來非常密切。我看著克拉克走進房間掩上房門，藍色眼珠忽然暗沉得像是一片黑。

「克拉克，」我強忍恐懼與太陽穴抽痛擠出聲音：「你來做什麼？探病時間差不多結束了。」

他慢慢走過來，感覺像是變了個人。美麗的藍色瞳孔、精雕細琢的五官、栗子色頭髮都一模一樣，卻彷彿安插在另一個人身上。他走到床邊，太過接近，能嗅到口中有酒味。

「今天妳別想隨隨便便打發我，夏綠蒂。」他舉起手中抓著的文件：「沒空陪妳玩遊戲了，立刻給我在這幾份代理人委任書上簽名。」

「現在？」我嚇得像是小鳥叫：「時間這麼晚了——」

「還在找藉口。」克拉克嘀咕：「夏綠蒂妳不簽名我連貸款都沒辦法幫妳付，到時候連房子也沒了。」

「我媽會幫我繳啊⋯⋯」我戳破謊言。

克拉克顯然不喜歡這回答。「妳知道我為妳犧牲多大嗎？」他口水噴到我臉上：「得給妳換衣服、洗澡還要擦大便！是因為我，妳才不用被送進療養院，結果妳這不知感恩的婊子連份文件都不肯簽？」

天吶，呼叫按鈕在哪裡？

「感覺還是找人公證比較好。」我小聲說。

「這我有朋友能幫忙。」他咕噥。

「喔。」

克拉克把文件丟在我大腿，硬塞了一支筆在我右手。我不想簽，真的不想。但能怎麼辦？其實他也沒說錯，大事小事都靠他，是我需要他。

克拉克以前和我是鄰居。

克拉克和凱爾曾經往來非常密切。

太陽穴痛得我眼前一花，握筆的手忍不住開始顫抖。就算我想簽也未必簽得下去。

「簽名，」克拉克切齒說：「妳現在不簽我立刻就走，再也不管妳這團爛攤子了。」

別無選擇，我只能簽，但怎麼努力也穩不住手掌，依舊抖得太厲害。

「我是在救妳啊，夏綠蒂。」他繼續說：「妳心裡有數吧，我跟妳結婚也是在救妳。」

我抬頭望向他：「什麼？」

「不會吧，夏綠蒂。」他嗤之以鼻：「妳難道真以為我這樣的男人會喜歡上一個又胖又醜還很囉嗦的醫生？娶妳那是同情妳，給妳一條活路走，結果妳從來不感恩，只想要更多，要我跟妳一樣工作到天荒地老、還要我跟妳生小孩？拜託清醒一點！」

我喉嚨好乾，快要說不出話：「我不是……」

「說穿了妳就是想控制我，」他壓低聲音：「不過現在輪不到妳作主。給我收起那副高高在上囂張跋扈的嘴臉，妳沒資格嫌棄我窮、嫌棄我事業搞砸了吧？」

克拉克以前和我是鄰居。

克拉克和凱爾曾經往來非常密切。

「克拉克，」我擠出聲音：「我沒有——」

他什麼也不想聽，只想將我逼入絕境。

「夏綠蒂，聽清楚，」他說：「脾氣給我收起來，否則以後有妳好過。都長這副德行了還妄想有人關心？我才懶得理妳。」

我望著那張英俊面孔，想起初次見面曾困惑這種人怎會愛上自己。直覺沒錯，他根本不喜歡也不想要我，一切都是騙局。

「說真的，」克拉克還沒說夠：「我覺得自己忍妳也真是忍得太久了，看妳現在自作自受其實還挺爽。」

我現在是自作自受？

妳自作自受。

盯著他，一瞬間病房彷彿融化消失。我回到自己公寓，開門以後看見凱爾．巴瑞拿著克拉克買的槍站在裡頭。「嗨，麥坎納醫師。」他將槍口對過來，黑色眼珠與我四目相交，接著我聽見槍響。

記憶中下一刻我便倒地望向天花板。心裡想起身，身體卻不聽話，感覺非常虛弱。天吶，我快死了。

又聽見鎖頭轉動，然後是沉重的腳步聲，隨即克拉克喊了一句：「夏綠蒂？」是他，謝天謝地。

他又喊了一次：「夏綠蒂？」

視野模糊，但勉強能看見他的臉。「拜託，」我小聲哀號：「拜託快打九一一。」

我以為他會立刻掏出手機撥電話，但他卻只是站在原地。

「真不敢相信，」克拉克嘀咕：「都朝妳腦袋開槍了，妳居然他媽的還沒死。」

說完他就坐在我左邊的沙發。我不懂，他為什麼不打電話？

「克拉克——」我低呼，而且意識到每一句話都可能成為自己的遺言。

「真不懂，」他搖頭：「怎麼就擺脫不了妳呢。」

他到底在說什麼？我想求他，拜託、拜託、拜託快點叫救護車，但已經沒那個力氣，眼前所見一秒一秒越來越模糊。

「別想了，」克拉克低聲說：「準備好之前，我不會給妳打九一一。」他充滿魅力的藍色眸子望過來：「等妳死了就準備好了。」

「求求你，克拉克……」我拚了最後一絲力氣發出哀求。別讓我死。

「還想控制我啊，婊子。」他湊到我身旁，在我左耳耳際小聲說了一句話：「妳自作自受。」

公寓畫面隨這句話褪去，我又回到醫院病房躺在床上盯著自己丈夫。頭好暈，感覺快昏過去了，心臟也跳得太快。

「你放著我等死……」我輕輕說出口。

克拉克蹙眉：「妳說什麼？」

「你放著我等死。」這回我每個字咬得清清楚楚。

他面色一變，表情忽然十分慌張，但還是朝我搖搖頭：「妳在說什麼啊？」

「我想起來了。」心跳快得胸口發疼，太陽穴更是痛得一塌糊塗。「你坐在沙發，說要等我死了才叫救護車，但結果等得又還不夠久。」

「別發神經了，」他兩條濃密眉毛幾乎相黏：「一定是幻覺。妳知道自己大腦受傷了吧？」

「都記起來了。」我語氣堅定：「我知道你做了什麼，還知道你跟凱爾．巴瑞早就有交情。」

克拉克臉色蒼白：「這又是哪一齣？誰跟妳亂講話？」

「芮吉娜．巴瑞。」

克拉克凝視我好一會兒，似乎在衡量自己還有什麼選擇。我望向病房房門，門關得很緊，連下面門縫都透不進光。夜裡偶爾能聽到尖叫，所以病房隔音沒那麼好。問題是一個腦部受傷的病人大喊大叫，是否真的會有人及時趕到？

該死的呼叫鈕到底在哪兒？

「吉娜都說了些什麼？」他問話口吻異常平靜。

「說的夠多了。」

克拉克退後一步，望著我床頭那面牆，氣息平穩得令人心慌。「夏綠蒂，我不是壞人，」他輕聲說：「真的不是。老實說我也不希望事情變成這樣。」

我搖搖頭：「你有喜歡過我嗎？」

「不是妳想的那樣，夏綠蒂。」他雙目緊閉，一副快要哭出來的樣子：「我的律師生涯毀了，從小到大的努力全部白費……而且還背了債務。這時候凱爾跟我提起治療吉娜的醫生，說是『又老又胖，有錢但是嫁不出去』……」

所以克拉克第一次到診間就是這麼看我的？回想起來好心痛，比太陽穴的抽搐更痛。

「不是說我很排斥妳之類的，」克拉克盯著那面牆繼續說：「起初沒有要騙妳。那時候我和海莉短暫分手，所以認真覺得可以試試看，是真的。我也希望能維持這段關係，但是……」

但是他眼中的我終究太噁心沒魅力。「你什麼時候和海莉復合的？」我問。

克拉克不講話。

我吸一口氣：「結婚前還是結婚後。」

他良久無語，最後冒出一句：「前。」

單獨在巴哈馬多待一週的真相。問都不必問，想必是與她在一起。我真傻。

「都是凱爾的主意，」克拉克又說：「我發誓，我才不會想到要殺人。他從吉娜那裡弄到的錢不如預期，所以就計劃……」他搖搖頭，「給了我一把槍，要我收起來但別上鎖……」

不知道跟頭痛有沒有關係，總之我忽然很想吐。

「我本來也不願意。」克拉克還狡辯：「我發誓，原本是想把槍丟掉然後……我也不知道，就試試看吧。可是妳又開口要分手……」他有點哽咽：「是妳不好啊，夏綠蒂！要是妳夠坦誠，有妳銀行那些錢我又何必把目標放在壽險呢！」

我不懂，完全不知道他說的很大一筆錢是什麼東西。有那麼多錢的話我何必去住療養院，他是不是產生幻覺了？

「本來我到家，事情就該結束了。」克拉克說：「凱爾將現場偽裝成搶劫，我回到家直接報警。問題是……妳居然還活著。」

心裡燃起一絲微弱希望。他說過等我死了才打電話，但卻沒等那麼久，救護車到達的時候我還是活的，否則也就不可能躺在這兒。

「那你為什麼打了電話？」我問：「在我還沒……那個之前。」

克拉克搖頭：「妳的貓。」

「貓？」我完全不知道他在說什麼：「什麼貓？」

「老天，妳連自己以前養過貓都忘了嗎？」克拉克翻白眼：「那隻趾高氣揚一副大家都得讓她的黑色流浪貓啊。」

黑貓……

啊，我的天，咪咪！我怎麼會忘記咪咪！

但克拉克說是我「以前」養的，我媽也完全沒提起或帶來給我看看，這怎麼回事？

不會吧，難道克拉克把咪咪給……

「凱爾離開公寓的時候她跟著溜出去，」克拉克悶哼：「妳鄰居把貓還回來的時候看見現場狀況，我當然得趕快報警。」

我心一沉，原來不是克拉克良心發現，他只是狗急跳牆。

「那為什麼凱爾沒告訴警察你也涉案？」我問：「既然他都已經落網了。」

「因為他不笨。」克拉克視線回到我臉上：「比起籌劃好幾個月的謀殺，他當然要說自己只是一時衝動。所以他用自己在屋子裡『找到』的手槍，還提早把他們的離婚判決塞到信箱。二級殺人未遂只要蹲個幾年就能假釋，一級殺人未遂可是十年起跳甚至無期徒刑。我很仔細向他解釋過，相信他會守口如瓶。」

克拉克和我對望，病房忽然變得特別安靜與昏暗。我手一鬆，忘了自己還握著筆。他撿起來重新遞給我。

「妳簽還是不簽？」

我瞪回去：「開什麼玩笑？你剛剛親口承認自己想要謀殺我。」

「所以呢？」克拉克聳肩：「沒人會相信妳喔，夏綠蒂。開槍的人不是我，凶手已經被抓了。我們各執一詞，但根本沒有證據能證明是我做的，連凱爾都會站在我這邊。」

「隨便他們信不信。」頭痛反而激化了憤怒，「你休想從我這裡拿走一毛錢。半毛都沒有，你這混帳東西！」

克拉克眼神又變得很冷。我左手在床單與毯子裡摸半天摸不到呼叫鈕，這樣怎麼趕他出去？頭痛得越來越厲害，感覺好像在淌血。要是真的內出血怎麼辦，我會死在這一刻？

不行，不能放棄。只是頭痛而已。該死的呼叫鈕究竟在哪兒？

「幫我開門好嗎？」我呻吟似地說：「我……頭痛，要找護理師。」

「夏綠蒂，想清楚。」克拉克語氣又平靜得讓人害怕：「妳也不想在療養院過下半輩子吧？我們不是講好了？」

我搖頭：「克拉克你該走了。」

「我不走，」他朝病床靠近：「哪兒也不去。今天無論如何也得有個結論。」

克拉克究竟圖什麼？我沒錢了，也沒辦法繼續工作，他卻還在我身上下這麼多功夫，急著弄到不知道什麼東西。

斐勒莉離開前在我左手臂下面擺了個枕頭墊高防腫脹。即使我不容易看清楚左側，還是能感覺到那塊枕頭被人抽走。下一刻，枕頭出現在克拉克手中。

噢，天吶，難道他……他不至於吧。「克拉克——」我低聲喚道。

但克拉克不講話，只是一手抓一邊將枕頭捧在胸前。如果我死在此時此地會不會有人起疑？畢竟腦部重創、病情嚴重，猝死未必不可能，尤其頭疼成這樣感覺就像是死亡前兆。

而且說穿了，某些角度來看，死亡或許是解脫。生命在很多層面變得太艱辛，也似乎沒機會好轉，經歷種種苦難之後放下未嘗不是選擇。

我幾乎都能感覺到枕頭的鬆軟壓到臉上。可是我還不想走，要走也不是這樣子走。

抬頭望去，克拉克眼神中多了份陌生驚悚。他抓枕頭太用力抓得指節發白，再度走入我能嗅到酒氣的距離。來之前應該喝了好幾杯，酒上心頭怒意更盛。

而我無力阻止他。

「小夏？」

房外傳來小詹的聲音。安心感流過我全身，趁著克拉克沒能要他滾蛋前我搶先叫道：「快進來！」

小詹拄著金屬拐杖走進病房，每次都不忘掩上房門。發現克拉克也在裡頭時他眨眨眼有點訝異，「啊，抱歉，」他乾咳：「我……不知道，那等會兒再來吧。」

「說得好。」克拉克低吼。

不行，小詹你不能走！「等等，」我趕快開口：「你留下！」

克拉克瞪了我，我看著他將枕頭越抓越緊。「我想和妻子單獨相處。」他講得咬牙切齒。

小詹視線在我們中間來回以後蹙起眉頭，留意到克拉克拿枕頭的姿勢以後張大眼睛。我知道他不會棄我而去。

「小夏叫我留下來。」小詹做出決定。

克拉克放下枕頭雙臂抱胸狠狠瞪著小詹，臉上閃過一抹會意神情。「我認得你，」他說：「不就是在體育館推我的混蛋嗎？」

小詹撇嘴笑了笑：「對，就是我。」

克拉克從病床邊走向小詹。「正好我也想找你聊會兒，」他說：「那天的事情根本不是意外吧？」

小詹盯著他，笑意逐漸斂去。「不是。」

「克拉克，」我厲聲叫道：「你該走了，現在就走！」

「夏綠蒂妳給我閉嘴！」他猛然回頭，望著我的臉上滿是怨憤。他恨我，我丈夫恨我。

同時小詹也露出氣憤眼神，左手悄悄握起拳頭。雖然很想看他賞克拉克一拳，但還是希望他別衝動，畢竟克拉克體格健壯沒受傷，一定能夠痛揍小詹，而我下不了床什麼忙也幫不上。呼叫鈕呢？這東西真的在病床上嗎？

「小夏說了請你出去，」小詹緩緩吐出這句話：「所以你最好趕快離開。」

克拉克鼻子一哼：「你威脅我？」

「只是請你離開。」小詹回話時語氣平穩。

克拉克繼續進逼。換作我是小詹的話一定很緊張，但只見他不慌不忙，恐怕是因為大腦受過傷吧。

「上次在體育館你那是偷襲，」克拉克說：「今天可沒這機會。你最好搞清楚，我能把你整張臉每塊骨頭都打碎。」

小詹若有所思點點頭，然後說了句：「或許吧。」接著他凝視克拉克一會兒，忽然將拐杖舉起來像是拿球棒那樣兩手握住。「拐杖是金屬製，」他打量著又長又細的金屬棒：「以前我還滿會打棒球，這東西揮過去你下巴就保不住了。」

克拉克一聽瞪大眼睛。

「而我們之間的差別，」小詹忽然露出一抹得意冷笑：「在於我打歪你的臉並不需要負責。」

當下我以為小詹真的會一棒朝克拉克那張帥臉敲過去。而且呢，其實我還挺興奮的，真想看小詹打碎克拉克的完美下巴，等到受傷被固定看他還有沒有辦法再冷笑。

不過小詹的拐杖停在半空。

「很好。」克拉克低吼之後最後轉頭賞我白眼：「夏綠蒂妳犯了非常嚴重的錯誤。」

小詹放開拐杖任其落地。克拉克伸手搭上門把，我暗忖他這是要逃了，但他之前和剛才對我做過那種事，還想躲去哪兒？不過我也不在乎，他趕快滾蛋就好。

沒想到克拉克還沒拉開門就被扣住手臂。小詹赤手空拳將克拉克推向牆壁，前臂抵住我丈夫咽喉。克拉克喘不過氣，小詹直視他眼睛。

「你剛才拿枕頭想對小夏幹嘛？」小詹逼問。

「放開我，你混蛋！」克拉克上氣不接下氣。

小詹鬆手瞬間抽回右臂往克拉克完美的鷹鉤鼻一拳過去。克拉克尖叫中流鼻血，小詹另一手又抵住他脖子。

「我再問一次，」小詹說：「你剛才想對小夏做什麼？」

房門驟然打開，這回是完全開啟。照顧我的晚班護理師葛蕾絲站在門外，看見小詹將滿臉血的克拉克架在牆壁時瞠目結舌。

「諾克斯先生！」她叫道：「鬆手，立刻！」

小詹先看看葛蕾絲，再回頭瞪著我丈夫眼睛。「那得請你們動手才行了。」

他這一來一往爭取到不少時間，之後兩個魁梧看護衛過來先朝他屁股注射鎮定劑才有辦法拉開。我真沒想到他都受過傷了還有這種力氣。掙扎過程中，小詹不斷大叫：「他想拿枕頭悶死小夏，我看見了！看見了！」

最後我哭了起來，而且停不住，看護就往我手臂也打了鎮定劑。葛蕾絲問我為什麼哭，我回答：「他想殺我……我丈夫想殺我。」

57

六個月後

克拉克進了監獄。

其實他想用枕頭悶死我的同時凱爾．巴瑞已經在牢裡侃侃而談。想必也是心有不甘，兩個人合謀槍擊案卻只有他得蹲苦窯。於是克拉克在急診室治療好鼻子以後立刻就被警方帶走。

小詹成了院內英雄人物。表面上大家不贊同他打斷克拉克鼻子，背地裡卻紛紛拍手叫好。至於我……因他而得救，還有什麼好說呢？

「其實我很擔心，」翌日一起用餐時我告訴小詹：「怕你沒辦法應付克拉克。」

他做了個鬼臉：「真謝謝妳哦。」

「畢竟你重心還不夠穩嘛。」我說真話。

「是沒錯，」他坦承：「但出奇制勝。何況妳是不是忘記我以前經營酒吧？處理醉酒鬧事的傻蛋也是工作項目喔。一聞到他嘴裡的琴酒味我就覺得自己有勝算。」

最後沒聊到丈夫想殺人和背後的動機。結婚對象要我死？感覺對形象沒什麼加分。

復健部分，戴上稜鏡以後進展神速，怪的是現在不戴眼鏡左半邊也算活動自如，不必別人提醒也會用左手控制輪椅，上半身更衣完全能自己來。用起輪椅偶爾會撞到左側物體，但跟一開始相比好太多了。

有一天，葛林保醫師過來看我和斐勒莉練習上下床。看完以後他說：「小夏妳回復很快，我就知道妳可以。」

我咬咬嘴唇：「可以問個問題嗎？」

「當然，請說。」

自從想起那一夜克拉克做了什麼以後，這個問題在我心頭縈繞不去：「之前我一直看不太到左半邊，原因會不會是曾經有可怕的事情發生在左側，導致我的大腦試圖遮蔽它？」

葛林保醫師人很好，聽完認真思考才回答：「妳是說轉化症，也就是面對高壓力情境時，以麻木或癱瘓這些神經反應作為回應的精神症狀。」

「我知道轉化症啦，」我說：「畢竟我也是醫生啊。」

「呵，抱歉啊，麥坎納醫師。」葛林保醫師笑了笑：「總之不無可能，但以妳的情況我覺得機率很低。大腦傷在右側，這已經充分解釋了左半邊為什麼會虛弱、麻木或忽略。」

「那為什麼我會忽然好起來？」

「唔，稜鏡有幫助。」葛林保醫師說：「而且腦部創傷有時候就是這樣，大腦重新吸收血液以後可能一瞬間好轉，我想妳就是一個例子。」

或許這樣解釋更合理吧。

「但真正的問題是，」葛林保醫師挑眉：「妳左半身經歷過什麼樣的事情，有可能造成轉化症呢？」

我都不記得自己怎麼支支吾吾蒙混過關的了。

壞消息是我恐怕還不能回家，因為沒辦法自己如廁，這是能讓我媽接回去的前提。

我試著盡量別想太多，反正現況如此。至於好消息嘛：我終於可以一個人待在房間了。雖然不去走廊用餐似乎也代表沒機會見到小詹，但結果至少晚餐他開始端過來陪我吃，每天都一起。

看在別人眼裡，小詹和我可以攜手朝著夕陽邁步（還是滑輪椅？）了才對，但每次現實都特別殘酷。

我也不知道問題究竟出在哪，可能小詹意識到自己回復速度快得太多，這情有可原。再不然，克拉克說我以前就難看，此時此刻的我自然更不是最佳狀態，差得遠了。又或者，他開口太多次，不想再被拒絕。還有個可能是儘管他嘴上說不要卻還是慢慢與凱倫復合。總而言之，怎麼看小詹和我都只是朋友，沒有更進一步的可能。

也好。現在談感情實在有點沉重。

好吧，我自欺欺人，其實心裡頭五味雜陳。

克拉克被捕幾天後，小詹陪著我在病房吃晚餐，兩人一如往常看電視重播的《六人行》。那一集裡喬伊解釋了何謂「朋友區」，我想我和小詹之間或許就是這種狀態：當朋友當了太久，他已經無法將我看成朋友之外的關係，也就失去浪漫情愫。

「說得沒錯呢，」我忽然脫口：「我是說，朋友區這件事。」

本來盯著電視的小詹轉頭過來：「妳是這樣想的啊？」

我聳肩，有點後悔自己多嘴。「我沒跟一開始是朋友的男生交往過，」我想了想這麼說：「所以也不是很確定。」

「搞不好這就是妳的問題喔。」小詹說。

我又聳肩：「搞不好。」

小詹看我的表情讓我頗不自在。不知道他會不會後悔以前對我說過那些話，畢竟我也知道自己長什麼德行——少了半塊顱骨、半邊身體不受控制，鼻梁上這副世界上最醜的眼鏡更是雪上加霜。

「小夏……」小詹正想說什麼的時候，半掩的房門被人敲響。門完全推開，葛林保醫師走了進來，領帶上有褐色小泰迪熊，一看見我臉上皺出個微笑。

「新一代巨星誕生啦！」他開口。

我臉頰發燙，但最近復健進步非常多，自己心裡也是得意的。

「而且我又帶來好消息，」他繼續說：「神經外科安排妳兩星期後動手術。」

我盯著他。「手術？我為什麼要動手術？」

葛林保醫師笑道：「妳想把顱骨裝回去吧？」

我伸手碰碰保護盔。戴著太久，以為自己一輩子和它分不開，都忘了顱骨還有可能裝回去。

「但……怎麼裝？」

「給妳做了新的呀，」他解釋：「已經做好嘍。」

「太棒了！」小詹低呼，褐色眼睛瞪得很大：「我終於可以看看小夏妳有頭髮的樣子了！」

我賞他一個白眼。

「現在呢，我要摘掉妳保護盔一會兒，」葛林保醫師說：「快速看一下當初的切口，所以妳小心別摔倒，好嗎？」

我咬咬嘴唇：「不能之後再看嗎？」

雖然不想承認，但原因是不想給小詹看到我脫盔的模樣。沒錯，他是早就看過，也沒表現出反感，但那都好久以前了，是他復原前的事情。換作現在再給他看見我缺了半邊顱骨的容貌，我敢肯定他會和克拉克同樣反應。誰不是呢？

「一下子就好。」葛林保醫師安撫。

還沒來得及阻止，他手已經伸到我下巴要解開繫帶。小詹津津有味在旁邊看著。保護盔的重量消失，一股涼風吹過我冒汗的頭皮。

「嗯，」醫師說：「癒合良好，切除的部分很凹。」

「那就好。」我伸手取回保護盔，完全不敢看小詹。即使原本對他還有微乎其微的性吸引力，此刻想必也蕩然無存。

「那就照剛才說的，」葛林保醫師幫我重新扣好帶子：「兩星期後手術，然後妳就可以直接出院。」

「手術後就不用住院了？」我問。

醫師臉上笑意微微褪去。「不了，討論過後覺得手術後直接轉到療養院比較好。」

「可是小夏最近表現那麼好。」小詹說。

「我們評估後認為這樣安排比較好。」醫師解釋：「別擔心，我相信妳很快就能回家。」

我自己倒沒什麼信心。目前進展快是因為住院會安排很多治療，進入療養院以後頻率會大幅下降，就算最後能回家也要關上好幾個月甚至好幾年。

「知道了。」我最後答道。

反正聽起來沒有我置喙餘地。無所謂，我一定會回家，這份決心我有。

葛林保醫師輕拍我肩膀道晚安，留下我和小詹繼續用餐。我轉頭一看，小詹若無其事吃著他的雞皇醬⓯，沒有驚聲尖叫或跑進浴室乾嘔。應該說他看了我脫掉保護盔的模樣完全不以為意。

「抱歉得讓你看那種場面。」我還是開口說。

小詹咬一口三明治：「什麼場面？」

「我沒戴保護盔的樣子。」這麼說的時候我又臉頰發燙。

他聳聳肩：「以前不就看過。」

⓯ 雞皇（Chicken à la King）是雞肉佐以蘑菇、蔬菜、白醬製成的醬料。

「你記得？」

「當然。」他笑著說：「妳忘了嗎？我說看起來像被人咬了一口啊，後來妳還讓我摸摸看。」

「我記得。」

他又聳肩：「所以有什麼大不了嗎？又不像我腦袋上那麼大一條疤。」

但其實小詹頭顱的疤痕已經完全藏進頭髮，現在根本看不見，外觀無異於常人，還是個非常親切的帥哥。我的外觀完全談不上正常，而且我明白這不是手術能夠解決的。

58

六個月後

來不來得及上廁所這件事情即使戴了稜鏡也不會奇蹟好轉。不是完全沒進步，但大概就是從僅僅五分鐘延長到二十分鐘。二十分鐘一下就過去了，尤其護理師趕來也還需要五分鐘才能真正就定位。

和小詹坐在房間看電視的時候忽然想解放。儘管按了呼叫鈕，根據時間判斷正好碰上下午交班。護理師們一旦開始交接，除非病人快死了否則不會來看。但說什麼我也不要在小詹面前尿褲子。

「怎麼了？」他留意到我臉色不對。

有時候我覺得小詹好像會讀心，偶爾甚至能讀到我壞掉修不好的那個部分。

「想去廁所。」我咕噥著不想說太多。

小詹挑眉：「很急嗎？」

他明白狀況，畢竟不久前他自己上廁所也得先按鈴叫人。不知道他有沒有趕不上的經驗，這種事情總不好意思問。

「算是。」我坦承。

他抬頭望向牆上的時鐘。「正在交班呢，」他嘆道。看來是真懂。接著小詹若有所思看過來：「不然我扶妳去吧。」

呃，天吶，千萬不要。

「沒關係啦。」我趕緊說。

「我可以的。」小詹很堅持，褐色眼睛張得大大的，表情十分誠摯：「都看過幾百萬次護理師移床了。而且妳現在也算是能自己走路了吧？」

「不完全喔。」

「我扶妳起來，然後讓妳扶著走過去，」他說：「沒問題。」

他外表看起來的確傷勢康復大半，不過再怎麼說我都很確定這不是好主意。

「我現在重心很穩。」他還不死心：「早上做了平衡測試，拿滿分。是滿分喔，小夏。」

「但我坐馬桶的時候怎麼辦？」我其實沒打算讓他幫，只是找個託詞。

小詹竟然認真想了想：「我當然不走嘍。但就別過臉，發誓不偷看。」

說完他就直接站到我面前，不得不承認乍看之下他好像真能辦得到。除了身子骨結實之外，如他所言，他也看治療師扶我走路看了很多次。

我沒講話就被當默許，小詹探身要扶我起來。我不由得注意到他身上味道很好聞。克拉克身上只有香水味，但小詹想必沒噴香水，誰會在復健病房用那種東西？那是種乾淨的氣味，洗髮精與香皂殘留一股清新氣息。不過味道加上體溫讓我一下子很難專注在別尿褲子。

我勾住他脖子，順勢撫摸到他肩膀的肌肉。明知道讓他幫忙不妥，但這下子真的很難想太多。我只能順其自然，並且接受後果。

然而後果總是比想像來得更快。我屁股才離開輪椅警報就響了。彼此腦袋都不清楚，否則怎會忘記這件事，現在一聽到聲音就呆了，顯然小詹也不知道怎麼關警報。

所幸警報自有其用處——過沒幾秒，今天負責我的護理師琴姆衝進房間，看見現場狀況瞪大眼睛先叫道：「小夏！」接著望向小詹的時候眼袋又深了不知多少。「諾克斯先生你在幹嘛啊？」

「小夏要上廁所，」他怯生生回答完又補上一句：「很急。」

「那輪得到你扶她去嗎？」琴姆不可置信搖搖頭。

「我會遮住眼睛不看。」他耳根子通紅。

琴姆繼續搖頭，但看不出到底是好氣還是好笑，或許兩者皆有。「小詹你回自己房間吧，我來幫小夏。」

得到護理師幫忙，感謝上帝，雖然花了至少十五分鐘但這次有趕上。扶我回輪椅以後她重新打開警報。

「還以為差不多可以拿掉警報器了呢，」她發出嘖嘖聲：「看來還早。」

別、別、別啊，都這時候了我不希望成績不進反退，何況也不是我的錯啊。「是小詹的餿主意，他真的想幫忙，但我說過不用。」

琴姆笑了起來：「這我倒是相信。妳男朋友啊，是真在乎妳。」

我忽然兩頰發熱，不完全是因為保護盔。一部分而已。「人家不是我男朋友啊，他只想和我當普通朋友而已。」

琴姆挑眉：「哦，真的嗎？是他親口說的？為什麼我怎麼看都不覺得呢。」

或許他之前有動心過吧，大腦還沒完全康復前。但現在他明明對我沒興趣。「妳誤會了。」

琴姆一臉明白人表情。這種表情當實習醫生的時候就見過，代表護理師懂的比我多得多。

「小夏我跟妳說……他呀，除非在妳房間或者是去做治療，否則整天往護理站跑，聊的全是妳。『小夏在哪兒？療程什麼時候結束？我能帶她去醫院餐廳嗎？能帶她去院子嗎？』不問這些的時候就會跟我們說妳講了什麼妳做了什麼，深怕大家不知道似地。」琴姆笑了笑：「當然或許有一部分是腦損傷的緣故，但在我看來腦損傷只是讓他缺乏自制力，忍不住要跟所有人講說他多喜歡妳。」

我搖頭：「不是妳想的那樣。」

「不好嗎？」她戲謔地說：「妳不覺得他很可愛？我就覺得他長得還不錯！」

她不知道其實我滿腦子都是小詹但羞於承認。

「不是妳想的那樣啦。」我又重複一遍。

琴姆聳了下肩膀：「信不信由妳嘍，小夏。但我敢跟妳賭一百萬——小詹現在一定就在護理站等，我一回去他立刻就來。」

我覺得她說的難以置信，小詹回來我房間時那副雀躍模樣也難以置信。他整張臉都亮了，但一定只因為我們是朋友。不然和我待在一起究竟有什麼好興奮的？

59

六個月後

隔天晚上，小詹親了凱倫。

我輪椅停在走廊等人送回病房的時候凱倫出現了。就一個人，沒帶著山姆。小詹過來碰面，然後親了她。

只能說他們沒打得火熱、當場卿卿我我之類。但畢竟這是醫院走廊，本來也沒人會在這種地方親熱。

後來晚餐時間小詹沒來我病房，這才最叫人難過。我明白他可能更想和凱倫相處，若想復合就更有必要，但他再住院也沒幾天了，不能演到底還是令人唏噓。

接近八點鐘有人敲門。那時我一個人坐著輪椅看電視，以為是護理師送藥進來，沒想到居然是小詹。

我馬上留意到他連拐杖也沒拄，平衡感已經回復到無須藉助外力。

「嘿，小夏，」他開口：「能聊聊嗎？」

「嗯。」我朝旁邊椅子點點頭。

他要說什麼我心裡有數。小夏，我準備和凱倫復合了。其實呢，我覺得無所謂，會全心全意支持他、說他做了正確抉擇，假裝我真的很欣慰。

可是他再開口卻出乎所料，比那句話更叫人難受。

「我明天要回家了。」

我盯著他，一秒後爆出眼淚。想必很醜。

「別哭啊，」他哀求似地拉起我的手：「小夏拜託妳別哭。真的很抱歉。」

說真的為什麼要哭我自己也莫名其妙。小詹幾乎全好了，要回家是早就知道的事情，但我卻忍不住一直啜泣。「怎麼不早點告訴我？」我抽噎地說。

「我也是今天才知道，」他回答：「本來治療做完就想告訴妳，但後來……」

後來凱倫來了，她比較優先。我懂。

「小夏？」小詹掐掐我的手。

但我將手抽回來，拿了前面桌上衛生紙開始擦眼睛。情緒沒有那麼激動了，但怕開口的話會像傻瓜一樣帶著哭腔。

「妳說句話呀，」他眉毛勾在一起望向我的表情真可愛。我恨凱倫，我想和小詹在一起。好不公平，以後我會一直很想他。「拜託？」

我只是搖搖頭。

小詹稍微閉起眼睛再睜開：「我住布魯克林……不算很遠。現在不能開車，但可以搭地鐵過來看妳。我保證。」

我用力嚥下口水：「不需要特別費心——」

「我樂意。」他堅持。

說什麼傻話，明明不久前才做過腦手術，正是重啟人生的關鍵時刻，而且還有小孩要照顧，幹嘛因為我哭了就不辭辛勞搭地鐵過來呢？雖然我很希望是真的。

「你也可以來看安潔菈。」我說。

小詹翻個白眼。「小夏，我不討厭安潔菈，但搭一小時地鐵過來當然不是看她，是要看妳。」

不知如何回應好，應該說我根本不覺得他會特地搭地鐵過來，無論為了誰。但總之還是先轉移話題好了，不想聽他開空頭支票。

「你要回去上班了嗎？」我問。

小詹搖頭：「沒那麼快。我是想啦，不過……幾個星期前去看了神經科門診，醫生覺得還不妥……說我還沒準備好。」

「要準備什麼？」

小詹嘆息：「我也不確定。他要我做一些財務計算，以前我數學很好一下就能得出答案，但現在變得很奇怪，明知道題目不複雜卻算不出來。總之，醫生覺得要再過一段時間我才能像以前那樣子做帳。」

「你已經復原很多了，」我鼓勵他：「相信用不了多久才對。」

「嗯，希望。」他聳聳肩一派不以為意，但我看得出來他為此挺焦慮的。「最不濟的狀況，我就學我弟單純顧吧檯嘍。」

「很快你就能再當會計了啦。」我用更堅定的語氣對他說。

他抬頭擠出笑容：「嗯，不過可能只有妳這麼覺得。」

小詹神情忽然悲傷，我好想伸手給他擁抱。但我該抱嗎？會不會很奇怪？不希望被以為是我投懷送抱什麼的。想必他也後悔自己說過什麼想和我在一起之類，所以現在自己深受他吸引這種事情還是埋在心裡就好。

可是真的好希望我們能夠跨過朋友那一步。下次和男人跨越那條線不知道是什麼時候了，感覺要等非常非常久。

或許等不到。

不對，不該這麼想。做人要積極。

護理師探頭進房，訝異地發現小詹還在裡頭。「探病時間結束嘍。」

小詹今天穿著紐約大學T恤和舊牛仔褲，模樣和我相差太大了一點都不像病人，難怪被當成訪客。他亮出左手的白色腕帶：「我是病人，三二五房的詹姆士．諾克斯。」

「喔，」護理師眨眨眼：「但是病人也該休息嘍。趕快聊完回房去吧。」

小詹趁護理師轉身翻了下白眼。「好吧，」他說：「看來也該走了。」

不，拜託不要，別留我一個人在這兒。

「我一大早就出院，」他從椅子起身之後猶豫地說：「恐怕沒機會見面，所以……就先這樣了。」

「嗯。」

他朝我伸手，我握住了，也試著將那份暖意留存在心中紀念。我覺得這或許就是與小詹的最後一面。

「再見，小夏。」他說。

我居然還能在不噴淚的情況擠出一句「再見」。

再見了，小詹。謝謝你在我連自己是誰都不知道的時候與我為友。謝謝你每次用餐替我轉盤子。謝謝你讓我相信自己還是有魅力的，即使時間很短暫。謝謝你救回我沒多少價值的爛命一條。

謝謝，然後永遠再見了。

「不對……」我聽見小詹這麼說。

我好奇抬頭，想看看他是和誰講話，卻發現他若不是自言自語就是和房門聊天。

他緩緩轉身。「還不能走，」小詹搖搖頭：「有件事情還沒做。」

他毅然決然走回病床邊坐下，眼睛直直望過來。我還沒來得及反應，他身子前傾、嘴唇貼近——吻了我。小詹吻了我。

感謝上帝。這個吻非常美好，溫柔與激情、嘴唇與舌尖的比例恰到好處。我甚至覺得自己盼這麼一個吻盼了一輩子。小詹吻起來不能自已的模樣也彷彿用盡一生等待此刻。

他退開的時候，我們兩個都在顫抖。

小詹望著我，眨了眨眼睛。「抱歉，」他柔聲說：「但……不這麼做，我捨不得走。」

是因為我緩不過氣，否則我想告訴他：還好你沒走。

「剛受傷那段日子我活得朦朦朧朧，」他搖搖頭解釋：「記憶支離破碎，完全沒辦法專注。但某一天，我抬頭看到這輩子見過最美的一雙紫羅蘭色眼睛，忽然間好像霧散開似地什麼都清晰了。」他乾咳兩聲清清喉嚨，「小夏，是妳治好了我。」

這就有點灑狗血了。「應該不是我的緣故吧？」

「是妳。」他堅持，並且再次牽起我右手：「我想好起來也是因為想認識妳，那時候滿腦子只有這件事。」

「那你兒子呢？」我提醒：「你是為了兒子努力呀。」

「我當然很愛兒子，」他苦笑道：「但其實一開始連他叫什麼名字都記不起來，心裡卻一直想著妳。小夏、小夏、小夏……傷勢逐漸好轉，我依舊想著妳，時時刻刻都想。比方說，每天醒來就想著妳在做什麼、怎麼和妳見面，晚上睡覺前一想到隔天又能見面就會很興奮。」

「小詹，」我喃喃道：「我知道你覺得我眼睛漂亮，可是……這不能當作感情基礎呀。」

「那或許是我注意到妳的第一點，」他繼續說：「但不是我愛上妳的主因。」

他剛才說他愛我？太不可思議了，這一定是個夢，我隨時都可能醒過來。

「妳有顆善良的心，」他說：「那天妳和山姆玩的時候就看得出來了。像我們這樣子腦部受傷的人很難隱藏真實性格。我懂妳，小夏，我很懂妳，所以不想和妳分開。」

這輩子或許不會有第二個男人對我講出這麼甜的話。即便如此，我還是忍不住問：「那凱倫怎麼辦？」

他蹙起眉頭：「跟她有什麼關係？」

「她是山姆的母親，」我指出。何況人家能走路，能正常說話，沒有缺了半邊顱骨。更不用說人還挺漂亮的。「而且……我晚上還看到你麼兩個在走廊上接吻啊。」

「接吻？」小詹朝我猛眨眼：「我和凱倫哪有接吻，我保證絕對沒有。有的話一定只是臉頰之類的，我總得保持點風度吧，妳說是不是？」

「你們在一起待了兩小時……」

「新的監護權協議要一條一條討論，」他翻了下眼珠子：「沒完沒了我煩都煩死了。在這裡最後一天，我滿腦子想的都是過來找妳。相信我，我和她清清白白，現在對凱倫一點興趣也沒有。」

我想他是認真的，或者說他講得非常認真。

小詹深呼吸一口氣：「好了，我該說的說完了，輪到妳說點什麼。」

可是我說不出口，只是坐在原地乾瞪眼。感覺喉嚨哽著什麼講不出話來。

小詹顫抖的手順了順頭髮。「小夏，拜託說句話。」

我嚥下口水：「要我說什麼呢？」

「不知道，」他撇嘴笑：「可能例如『小詹你再親我一次』之類？」

說實在話，的確是想再一次。輕柔觸感還殘留在唇上，臉頰被捧過的地方仍微微發麻。但癥結是我意識到無論小詹還是自己都有漫長的下半生要面對，他應該專注於事業和孩子。無論我多想得到他都只會成為他的負累，這樣太自私。

這是我此生、至少是腦部創傷好了以後最艱難的決定。克拉克反覆誘導，營造我自私自利的假象，但或許小詹說得才對，我有顆善良的心。

「抱歉……」我低聲回答，搖了搖頭。

能說的就只有這句話。小詹面色一沉，我心裡罪惡感無以復加，好像自己是世界上最惡劣的人。但其實我這個決定是為了他，而且我認為他某種程度上也明白我放棄是為他好。畢竟我怎麼可能不喜歡小詹呢？這麼可愛的人。

所幸他也不試圖挽回，因為我很肯定自己沒有意志力拒絕第二遍。要是他再吻我就完蛋了。然而他只是起身。

「好像不意外。」他說。

我並不很懂他為何這樣說，但語氣裡沒有怨懟，我也無法想像他會像克拉克那樣子話中帶刺。小詹不是那種人。

再次目送小詹出門，這回他不再轉身。「再見了，保護盔。」他低聲說完，離開房間。

60

六個半月後

閨蜜布莉姬走進病房時我幾乎哭出來了。

我們從大學第一個學期就是最好的朋友，起因只是被偉大的室友神隨機安排在一起。說真的，第一個月那時候我覺得布莉姬好煩人，話多就算了，衣服和妝髮用品更多，大部分時候傻乎乎的，有一次還把燙髮夾放在我桌上害我灼傷。

後來某天我們一起參加派對，被兩個狗眼看人低的兄弟會男孩奚落一番，意思是我們長相不夠格出席那種場合。我一聽覺得自己真的那麼醜嗎？好難過、好想死，但沒想到布莉姬完全不當一回事。「去他們的。」她這樣告訴我，接著帶著我狂喝果凍調酒喝到醉醺醺，整個晚上嘻嘻哈哈談天說地。

上次見到布莉姬是什麼時候已經記不得了。至於她這麼久才來探望，心裡究竟是高興、難過、生氣還是鬆口氣也很難分辨。最近情緒總是亂糟糟的。

布莉姬沒什麼變化，依舊是一頭紅髮和淺淺的雙下巴，頸間那條金鍊是她祖母送的，從認識以來她每天都戴著。看見金鍊子，我忽然意識到自己也跟以前沒有不同，還是那個小夏，並不因為腦部受傷肢體障礙就什麼都變了。

「小夏！」她看見坐著的我立刻大叫。

我原本以為場面會有點尷尬，畢竟自己坐輪椅還戴著個大保護盔。結果並沒有，布莉姬衝過來抱了我可能有整整十分鐘。那十分鐘裡有好幾次我真的忍不住哭了。

布莉姬鬆手以後眼眶同樣濕潤泛紅，我看了覺得更自在了些。「好想妳。」她低聲說。

「唔，那怎麼不來看我呢？」「妳看起來狀態不錯。」她又說。

我翻了下眼珠子：「怎麼可能，糟透了吧。」

「不糟啊，」她堅稱：「只是感覺……隨時要上橄欖球場。」

我又翻白眼，但這次笑了出來。

布莉姬拿出一包禮物，幾乎都是吃的，餅乾、布朗尼、巧克力之類。或許她晚點來也是好事，否則我體重可能已經飆到兩噸，要是得換成肥胖症專用輪椅就更麻煩了。

布莉姬拆禮物的時候不只聊到茜爾希也提起咪咪。原來貓兒住到她家去了，過得很好，隨時可以接走。她滔滔不絕的時候，我媽端著從醫院廚房拿的蘋果汁和全麥餅乾走進來。我懷疑我媽最近濫用廚房資源，這層樓設有免費廚房，但她過來的時候每三十分鐘就去一次，我也不好意思說什麼。

「布莉姬，」我媽笑道：「真高興妳能來。」

「嗯，」我忍不住接了一句：「總算來了。」

她們立刻交換眼神。我是不是不該說這種話？縱使心裡有怨，惹惱布莉姬的話她以後是不是就不理我了？但說真的我確實是意難平，明明是閨蜜怎麼現在才來？我腦袋中彈了都不來看一下，這算什麼好朋友？

「小夏，」我媽淡淡道：「其實布莉姬一直都想來探病，是克拉克打電話過去說妳拒絕所有探視。」

布莉姬點頭：「我跟他說，是我的話妳一定願意見，但他竟然說要是我露面，妳以後會跟我絕交。我怕刺激到妳，就一直不敢來。」

我靜靜聽完這番話。原以為對克拉克的恨意已達極致，沒想到竟能更上一層樓。

「聽說克拉克被捕……」布莉姬搖搖頭：「我真不敢相信，就趕快打電話給妳媽，問了最快什麼時候能來。所以才會拖到今天。」

眼淚又奪眶而出。我還以為她真的不在乎我、不想見我了。

「唉，別哭呀，小夏！」布莉姬自己眼眶也紅了：「再哭下去我明天都要泡泡眼啦！」

我差點笑出來。還是我認識的布莉姬。

她擤了擤鼻子：「雖然克拉克這人真的好可怕，但我又覺得一部分是自己的錯。」

「妳的錯？」

布莉姬點頭：「多少有點關係吧。當初是我慫恿妳找徵信社調查他出軌的證據，也是我教妳怎麼把資產放進海外帳戶，免得離婚的話被他搶光光。但誰料得到他竟然是個變態殺人魔呢？」

這幾句話牽動了記憶，像是什麼東西縈繞在意識邊緣卻難以掌握。我望向母親，她也張大眼睛盯著布莉姬。

「什麼帳戶？」她開口問。

布莉姬白皙的臉頰漲紅了：「啊，抱歉，或許不該多嘴……」

「布莉姬，」我母親緩緩問：「妳是不是知道小夏的財務狀況？」

她先朝這兒望過來，似乎是徵詢我同意。我點點頭，不只因為她尷尬，也因為我想尋回這部分記憶。模糊印象中，自己走進律師辦公室，談了海外帳戶的事情……

「小夏擔心克拉克離婚會要求分財產，」布莉姬解釋：「所以我給她介紹了律師。她在律師協助下將財產藏起來了——」

我媽眼睛還是瞪得很大：「藏起來的有多少？」

「呃，這我不清楚。」布莉姬連忙說：「只知道很多。很多很多。小夏以前就常給病人做植髮之類的高價療程，加上我還在上班的時候常拿到一些小道消息，知道什麼新藥會大賣。」她朝我笑道：「小夏和我大賺很多筆喔！我以前都開玩笑說自己是靠賣藥買衣服。」

「可是實際數字呢，」我母親追問：「大概多少？」

「兩百五十萬美元。」我開口。

我媽一聽被蘋果汁嗆到。誰叫她要一直拿廚房的東西。「小夏妳還記得？」她邊咳邊問。

我聳聳肩：「有點印象。」

這下子就串起來了：克拉克覬覦的不是微薄的殘障津貼，甚至也並非那棟公寓。想必他發現我藏了一大筆錢，所以忽然開始探病，為的是要成為法定代理人將那筆錢取出來，然後帶著女友遠走高飛。屆時我將失去一切，真正一無所有。

我媽搖搖頭：「小夏，如果妳還有這麼多錢，那妳其實不必……我是說，妳請看護就好了，可以不用……」

可以與我媽住在一塊兒，不用自己搬進療養院。這筆錢改變了整個後半生。

布莉姬聽得都呆了，忍不住拆了自己帶來的巧克力塞一粒進嘴巴。「沒想到妳不記得了，」咬了咬她才說：「可惜沒能早點告訴妳。」

確實可惜，早知道就不必過得愁雲慘霧。應該說如果沒遇見克拉克，日子不知平順多少，然而人生無法重來。

至少我真的能夠回家了。

61

六個半月後

復健最後一天，我心裡很慌。

明天早上天還沒亮就要轉進急症醫院，重新切開頭皮傷口並接合顱骨。新頭骨材質是塑膠，全名聚甲基丙烯酸甲酯。葛林保醫師昨天才告訴我，我也奇蹟似地居然記住了。回想起來真不容易，幾個月之前我連自己名字都記不住。

能夠記住當然有一部分原因是我反覆默唸。聚甲基丙烯酸甲酯、聚甲基丙烯酸甲酯……但能記得就進步很多了。

今天復健科給我餞行，我母親帶了很多杯子蛋糕在現場分發，護理師與治療師紛紛說會想念我。連斐勒莉也不例外，雖然我總感覺自己不大討她歡心，但她上前擁抱，說我表現很好、是她最喜歡的病人。既是善意的謊言也就罷了。

手術後狀態良好的話還會住院觀察幾天。之後呢？就回家去。

我媽聯絡了當初布莉姬介紹的律師，結果在海外帳戶翻出將近三百萬。或許還不到下半生衣食無虞的程度，但足夠請個看護讓我回家休養，利用這段時間仔細思考未來日子怎麼辦。

每天我都感謝上蒼沒讓克拉克染指這筆錢。

總之一整天就在酸酸甜甜感受中度過。一方面對明天的手術有點不安，另一方面則是餞別的時候少了個人。

小詹。

小詹沒來，我也沒期待他來。上次醫生說話他在場，應該知道我明天出院。不過除了記憶力可能還不大好（可想而知），現階段他也有很多事情要煩心，像是重振酒吧生意、照顧兒子、自己的復健等等。說真的他會出現才奇怪。

即便如此，我還是抱著一絲期盼。

我時常在腦海回顧最後那次對話。就是他說他愛我，但我因為想當個好人所以反而拒絕他。我忍不住想像另一種情境，如果我說我也愛他呢，如果我吻回去呢？

我喜歡和他接吻的感覺。現在還常常回想。

不過木已成舟，小詹回去與家人團聚，我則要面對第二次手術。相信幾個月以後他會徹底忘記我，心思放到別人身上。或許嘴上說不肯但仍與凱倫復合，又或者認識了另一個女孩。

而我呢？再次將心託付給別人很困難，說不定永遠沒機會了。

克拉克說的話並非全無道理。

葛林保醫師抓緊最後的探視時間來道別。我躺在床上想靠電視麻痺自己，彷彿看一集《蓋酷家庭》就能忘記隔天要動腦手術似地。

「緊張嗎？」醫生問。

我好難直視他眼睛，只好望著他領帶，這次是五顏六色的氣球。「有一點。」

「別怕，」葛林保醫師說：「這種手術大半都很成功，還能加快復原速度。」

我蹙眉：「為什麼？」

「嗯——」他解釋：「平時因為有顱骨，大腦不受氣壓壓迫。現在妳顱骨有缺損，大腦就會一直被氣壓影響。只要裝回去就沒事了。」

「太好了。」我小聲說。

葛林保醫師笑了笑：「相信我，小夏，再過幾年妳進來打招呼的話大家根本認不得。」他又補上一句，「到時候我們都得改口叫妳麥坎納醫師了呢。」

總覺得不太可能，但想像是美好的。

「也許妳可以給我們免費做植髮。」他拍拍自己的光頭。

「沒問題。」我笑道。

葛林保醫師比了比手指：「這句話我會記住喔，小夏。」

也沒什麼好擔心，反正我認為自己沒機會再給人做植髮手術了。即便會，這兒醫護大半是女性，我虧不了多少。

「對了，」醫生又說：「有人快遞東西給妳，還擺在護理站。我去幫妳拿來？」

「謝謝。」我回答。

葛林保醫師離開，我坐在床上暗忖誰會寄快遞。大概布莉姬吧，可能又是巧克力。醫生捧著素雅花籃回來放在我右側，眨了下眼睛就留我自己找卡片。翻了兩分鐘才在一朵鬱金香和一朵紫丁香中間找到白色小卡。手寫的，筆跡很抖。

親愛的小夏，

祝好運！

等不及要看妳頭髮了！

愛妳的小詹

我閉上眼睛，握緊卡片。希望能給小詹看見頭髮。我真心希望。

終章

出院後一年

自己也不知道原因，但找布莉姬共進午餐之前我畫了一層唇膏。我不是愛上唇膏的人，以前不是、現在也不是。布莉姬倒是很喜歡化妝。對我來說，如果是約會那當然，唇膏之外或許還能加個粉底。但只是和閨蜜出門吃東西畫什麼唇膏呢，何況誰要看我的臉？雖說只是不大醒目的淺玫瑰色調罷了。

管他那麼多呢，有時打扮只是圖個樂趣，反正短期內是想不出找誰約會。上妝的時候，我發現咪咪在旁邊留意，給她看了妝容以後她喵一聲表達讚許。回家幾個月之後就將她從布莉姬那邊接回來，而且比以前更寵溺，畢竟是救我一命的愛貓。

下樓前我先拿好拐杖。經過一整年，現在我只靠底部伸出四個腳的金屬拐杖就能好好走路不會跌倒，短距離的話或許不拄拐杖都無所謂，只不過在人行道摔個狗吃屎實在不好看，所以我通常還是帶著。

拄拐杖出門免不了被行注目禮。沒東西給人看的時候都不知道原來大家這麼直接。剛出院那時候我出門還常坐輪椅，路人看我那眼神就彷彿我頭髮著了火似地。換成半側助行器以後狀況好些，但也只是好那麼一些。

拐杖引來的目光最少，但多數人還是會特別留意，可能因為我外表不夠老卻拄著拐杖慢慢走是個突兀畫面。假如我八十歲了應該就沒那麼奇怪。反正一整年下來我也習慣了，算是吧。

撇開拐杖，我外觀與受傷前差距不大。頭髮還沒留長，現在走乾淨俐落風格。其實以前也是乾淨俐落，差別只在於是不是自己選擇。仔細看會發現兩邊臉頰稍稍不對稱，再來我不專心的話走路會拖左腳。另外也得戴著左稜鏡，不過我給自己換了新鏡框，比復健那時拿到的可愛得多。

總而言之，考量到我是個腦袋中彈過的人，現在狀態算是絕佳。

尤其和克拉克相比。

最後見到克拉克的時候他認了罪，罪名是一級謀殺未遂。我都做好準備要作證了，聽說小詹、甚至凱爾與芮吉娜·巴瑞也都答應出庭，結果他應該是被律師說動了。畢竟認罪協商坐牢十二年，還是比走審判以後註定無期徒刑要好一點。

宣判那天我在場。我猜牢飯比醫院的菜色更差，所以他消瘦許多，西裝不再合身、頭髮凌亂邋遢，藍色雙眸失去神采，才四十二歲卻異常憔悴。

每當肌肉緊繃、平衡感失靈，或者自怨自艾、鬱鬱寡歡的時候，回想一下克拉克被宣判那日心裡就舒坦些，感覺世界仍有公理正義存在。

下樓一看，布莉姬已經帶著女兒茜爾希在大廳等候。現在倒很慶幸當初她選擇離職幾年在家帶小孩，否則肯定沒時間陪我，我也就更少有機會見見自己的乾女兒。

「吃什麼好呢？」布莉姬問。

「麥當勞！」茜爾希叫道。

「否決。」我開口。復健期間麥當勞超誘人，今天還是算了吧。後來找了兩個路口外的餐館——不是以前和克拉克去的小店，因為那裡永遠蒙上陰影了。我覺得腳還不夠穩，也就不敢冒險走遠，出門範圍侷限在半徑五個路口內。至少今天天氣好，路上有徐徐微風揚起我輕短的髮梢。

也只有這種日子才覺得繼續待業沒那麼大不了。平時我都快瘋了，真的很想回去工作，好懷念能幫助病人、診治疑難雜症的那段歲月，感覺生活有意義得多。

不過我的認知能力還有缺陷，也不大可能完全回復。所幸我和當年住院醫師時期的指導顧問談過，他認為還有一條路線能幫我重返醫師職場，雖然是漫長艱辛的過程但我已經下定決心，就算會花上十年也要再次成為麥坎納醫師。我絕對會做到。

但話說回來，那我就真的得給復健中心所有醫護做植髮了。

有點好笑，我居然點了起司漢堡和薯條，其實去麥當勞大概也是點這兩樣東西。只是年紀大了，吃他們的薯條有種消化不良的感覺。

看著布莉姬小口小口吃進火雞肉三明治，我很難不察覺到她臉色微微發青。都認識這麼久了，一看就知道怎麼回事。

「妳懷孕了。」我這可不是問句。

布莉姬瞟了女兒一眼竊笑說：「噓，還沒打算告訴她。」

「太好了！」我低呼：「恭喜！多久了？」

「三個月。」

三個月。以前布莉姬什麼都跟我說，這回卻瞞著我了。

「我只是……」她囁嚅起來：「覺得妳太多事情要煩心，怕說了妳會……」

我懂。我差點被丈夫殺死，到現在還沒康復，和我分享好消息很難不觸景傷情。何況布莉姬也知道以前我是想要小孩的。

現在還想要嗎？看著茜爾希用馬鈴薯泥堆雪人，我心裡明白自己還是想。問題是將近四十了，身邊連個能約會的對象也沒有，要給孩子找個爸談何容易？恐怕是沒指望了。

感覺很糟，但會過去的。如果被子彈打中腦袋都能熬過去，應該沒什麼事情過不去才對。起司漢堡吃一半，忽然有什麼東西彈到肩膀。力道不大，只是輕輕點了一下，但隨即連大腿也有了同樣感覺。

我抬頭望向天花板，是漏水嗎？不過手摸摸肩膀，完全沒有濕。腦袋出問題了嗎？該不會也是受傷的關係？某種晚發的後遺症？

這次東西打在手背，我親眼看見了，是綠色小顆粒。

困惑中我定睛看了一分鐘，然後撿起來確定。是青豆。

「小夏，」布莉姬小聲說：「隔兩桌的地方，有個很好看的男生一直盯著妳。」

她還來不及阻止，我已經整個人轉過去看。不出所料，是他。

小詹。喔天吶，是小詹！

他朝我揮手，耳朵微微發紅。同桌對面的山姆對自己爸爸幹了什麼好事似乎毫不知情。

「妳認識？」布莉姬問。

「嗯，」我回答：「復健認識的。」

她瞪大眼睛：「所以腦子……不好？」

我白她一眼，她至少還知道要尷尬。「那妳怎麼不請人家過來一起坐？」

這次換我來不及阻止，布莉姬一縱身就跑去小詹那桌，留我一個人在原地不知如何自處。其實這一整年常想起小詹，多半是後悔當初逞什麼英雄拒絕人家。偶爾我心想那是這輩子最愚蠢的決定，與嫁給克拉克能夠相提並論。

假如後來生命中出現別的男人，或許我會忘記他。可惜並沒有，一整年都在養病，沒心情找人約會。考量到我現在的狀態，也還沒做好重返交友市場的準備。以後再說吧，我也不確定。看著布莉姬與小詹輕聲交談，我不禁暗忖他是否已有對象。當然有，怎可能沒有，尤其現在小孩都不必自己帶了。這麼棒的男人，哪個女人不想要？

我連自己屏住氣都沒發現，直到看見小詹起身。山姆搶在前頭朝這桌跑來，一看見我立刻停下腳步，打量片刻後眼睛張得像個小碟子。

「小夏！」他大叫，轉頭望向父親：「爹地，是小夏！醫院那個！」

「我知道。」小詹視線從來沒離開過我的臉。

我勉強擠出笑容：「是你呀。」

「小夏妳頭髮很美。」他點頭說完，輕聲補上一句：「跟我想的一樣。」

我忽然覺得嘴巴好乾。

五個人一起用餐氣氛不算差。有那麼一點點小尷尬，但大人沉默的時候小山姆會救場，他一直用很可愛的方式要跟小茜爾希做朋友。布莉姬居然能克制住沒過問小詹腦袋受傷的事情也是個奇蹟。

「剛好碰到面，運氣真不錯。」布莉姬說完，侍者送了帳單過來。

「是啊，」小詹搶在我們之前接過帳單：「有機會應該多聚聚。」

「說得對。」布莉姬也很積極的模樣，接著兩個人都望過來。

我聳肩：「好啊。」

看得出來小詹因為我態度冷淡有點失落。我真想用力敲敲自己腦袋——為什麼不敢表達真實心情呢？

或許因為我害怕，怕他已經前進了。

小詹付了錢，兩個小孩嚷嚷著要去廁所。

「沒關係，」布莉姬說：「我帶他們去吧，你們兩個先到外頭等？」

我知道布莉姬打的是什麼算盤，覺得有點煩。她以為能擦出什麼火花嗎？但我一點也不想和小詹單獨相處。

「好。」小詹回答：「謝謝妳了，布莉姬。」

我抓住拐杖，心裡開始在意自己走起路是什麼模樣，但又想到小詹老早看過我比現在更慘的德行。話雖如此，一舉一動仍舊戰戰兢兢，就怕不小心撞上牆。平時當然不至於，此情此景之下卻沒什麼把握。

走到戶外，氣溫似乎一下掉了好幾度，我身子開始抖起來。小詹盯著我，擰了擰自己的手，後來我聽見他深呼吸。

「我得老實說，」嗯喔，這句話開頭總是沒好事——「其實會在這裡碰見不是巧合，我是特地來找妳的。」

「唔，」我擠出回應。好像不算意外，從小詹住處搭地鐵過來至少也要一小時。

「我們站在妳家前面，站了大概一小時等妳出來。」他羞澀地笑了笑：「還得拿糖果收買山姆，叫他陪著我等。」

「你根本不知道會等多久啊。」我說。

他點頭承認：「我知道。其實本來不該帶山姆，但我想說有他在，妳才不會不理我。」

「我為什麼會不理你？」

小詹朝我挑眉：「妳忘了我們最後一次對話是怎麼結束的嗎？我說我愛妳，結果妳叫我滾蛋？」

我翻白眼：「哪有說得這麼難聽。」

「是沒有，」他妥協：「還挺客氣的，但意思基本上一樣。」

他用力凝視我，我有種喘不過氣的感覺。「那其實是為你好。」

「是嗎？」小詹焦躁地伸手抓頭，頭髮翹了幾根起來。不知道他搔頭會不會摸到疤痕，也不知道他的疤痕是否和我的一樣至今仍會癢。「或許妳覺得妳那叫做為我好，但結果就是我一整年惦記著妳，每天想著妳在做什麼、有沒有可能見到面，反而總是心神不寧。」

漫長的沉默在彼此間蔓延，我不曉得該說什麼好。很想表白自己也是無時無刻不想他，卻又怕這麼做並不明智。我和他都還有很多難關要面對，兩個人在一起會是互相拖累。

至少，我認為是拖累。有可能是拖累。但，也不是不可能有好結果。

能感覺到我真的沉默太久，小詹越來越焦慮，最後忍不住脫口問：「難道妳完全沒有想過我？」

天吶，怎麼會這麼問呢？他是我復健時最好的朋友，幫我反抗過克拉克，或許因此救了我一命。以為我是狼心狗肺嗎？

「當然有！」我反駁：「我一直都在想你，每天都……」意識到自己說太多了我趕緊打住。

「小夏，」他牽起我的手，我只好先放開拐杖。好像該將手抽走才對，但是我沒有。「我知道妳覺得這麼做很傻，但不會的，我保證。」

我只是搖頭。

「妳讓我先重整生活，」小詹繼續說：「那我已經做到啦。酒吧繼續營業，生意還更好。山姆和我也都過得不錯，我的日子已經重回當初了。」他稍微停頓，再次深呼吸。「唯一的空白就是妳。」

不得不說這番話很有說服力。

「小夏——」他又緊張地搔搔下巴，今天留著一層淺淺鬍青，還挺可愛的，也令我想起之前在復健病房一兩天沒刮鬍子的模樣。「拜託，說句話。」

上回他這樣求我，我請他離開，此生不再相見。但當時意志比較堅定吧，這次我說不出要他走，心裡根本默許了彼此間的感情萌發。

所以我索性吻過去。

事後回顧才發覺這樣很莽撞，自己都站不穩了還去親一個平衡感出過問題的人，運氣不好就兩個人一起栽跟斗。頭十秒鐘小詹也是勉強支撐，幸好他背對餐廳，後來直接靠著玻璃窗撐住兩人重量。

不怕跌倒之後他就變得很投入。應該說我們都很投入，吻了好像有五分鐘之久，總之足夠兩個小小孩上完廁所了。

很美好的吻。不對，「美好」還不足以形容，因為「美好」就好比一束漂亮花朵，但這個吻卻包羅萬象：既溫柔又激情、既性感又為生命帶來蛻變。他將我拉近、手指穿過我頭髮，我立刻知道剛才的吻只是個開始。

分開喘口氣，小詹的神情我這輩子沒在別的男人臉上見過。唯一貼切的形容就是與眾不同——他與眾不同，是我尋覓良久的那個人。

「好想妳，保護盔。」他向我呢喃。

但都過去了，我已經不必再戴保護盔。若是為了走到此刻，旅程的辛苦全都值得。

致謝

一開始和老公說我要寫本小說，故事是女子頭部中彈，凶手真實身分埋藏在她被鎖上的左半邊視野內。結果他說：「妳知道嗎，這凶手就該是邪惡連體嬰，長在她自己身體的左半邊！」

我翻個白眼：「真天才。」

「我是說真的！到高潮的地方就讓她照鏡子，然後發現那個連體嬰一直都在。」

「我覺得不行。」

「妳試都不試當然不行。」

本書的寫作與編輯完成後，我問我老公有沒有興趣讀讀看。

「是我說要用邪惡連體嬰當凶手的那本？」

「對。」

「那妳用了嗎？」

「沒用。」

「那還是別看比較好，」他一副體貼的口吻：「否則一定邊看邊想說加上連體嬰這個反轉該有多精采，這樣原本的情節會食之無味——」

「你當我沒說！」

想找個人讀一下自己未發表的作品其實挺困難，家人朋友不一定幫得上忙。

也因此想藉機感謝為本書付出時間心力的親友團。我母親讀了三遍不同版本草稿，父親則是讀完整本以後建議我該「真的」拿去出版（而不是像我其他書一樣只在想像中出版）。特別感謝Jessica Schuster，她的評論尖銳到我得配一口威士忌才敢看，不過也因此讓本書提升不止一個檔次。另外也感謝Orthochick醫師、Katie、Jenica Schultz、Eve Shvidler醫師以及Dane Miller，你們總是最棒的。

最重要的則是我的病人、以及協助病人康復的治療師和醫護團隊，你們都是我的靈感泉源，在此向各位致上敬意。假使你們誰身體左邊長了個邪惡連體嬰，我一定會立刻通知。

Storytella 241

腦損傷

Brain Damage

腦損傷/芙麗達.麥法登(Freida McFadden)作 ; 陳岳辰譯. -- 初版. -- 臺北市 : 春天出版國際文化有限公司, 2025.05
面 ; 公分. -- (Storytella ; 241)
譯自 : Brain Damage
ISBN 978-626-7637-74-6(平裝)

874.57 114004061

ISBN 978-626-7637-74-6
Printed in Taiwan

作　者　芙麗達·麥法登
譯　者　陳岳辰
總編輯　莊宜勳
主　編　鍾靈

出版者　春天出版國際文化有限公司
地　址　台北市大安區忠孝東路四段303號4樓之1
電　話　02-7733-4070
傳　眞　02-7733-4069
E—mail　bookspring@bookspring.com.tw
網　址　http://www.bookspring.com.tw
部落格　http://blog.pixnet.net/bookspring
郵政帳號　19705538
戶　名　春天出版國際文化有限公司
出版日期　二〇二五年五月初版

定　價　430元

總經銷　楨德圖書事業有限公司
地　址　新北市新店區中興路二段196號8樓
電　話　02-8919-3186
傳　眞　02-8914-5524
香港總代理　一代匯集
地　址　九龍旺角塘尾道64號 龍駒企業大廈10 B&D室
電　話　852-2783-8102
傳　眞　852-2396-0050